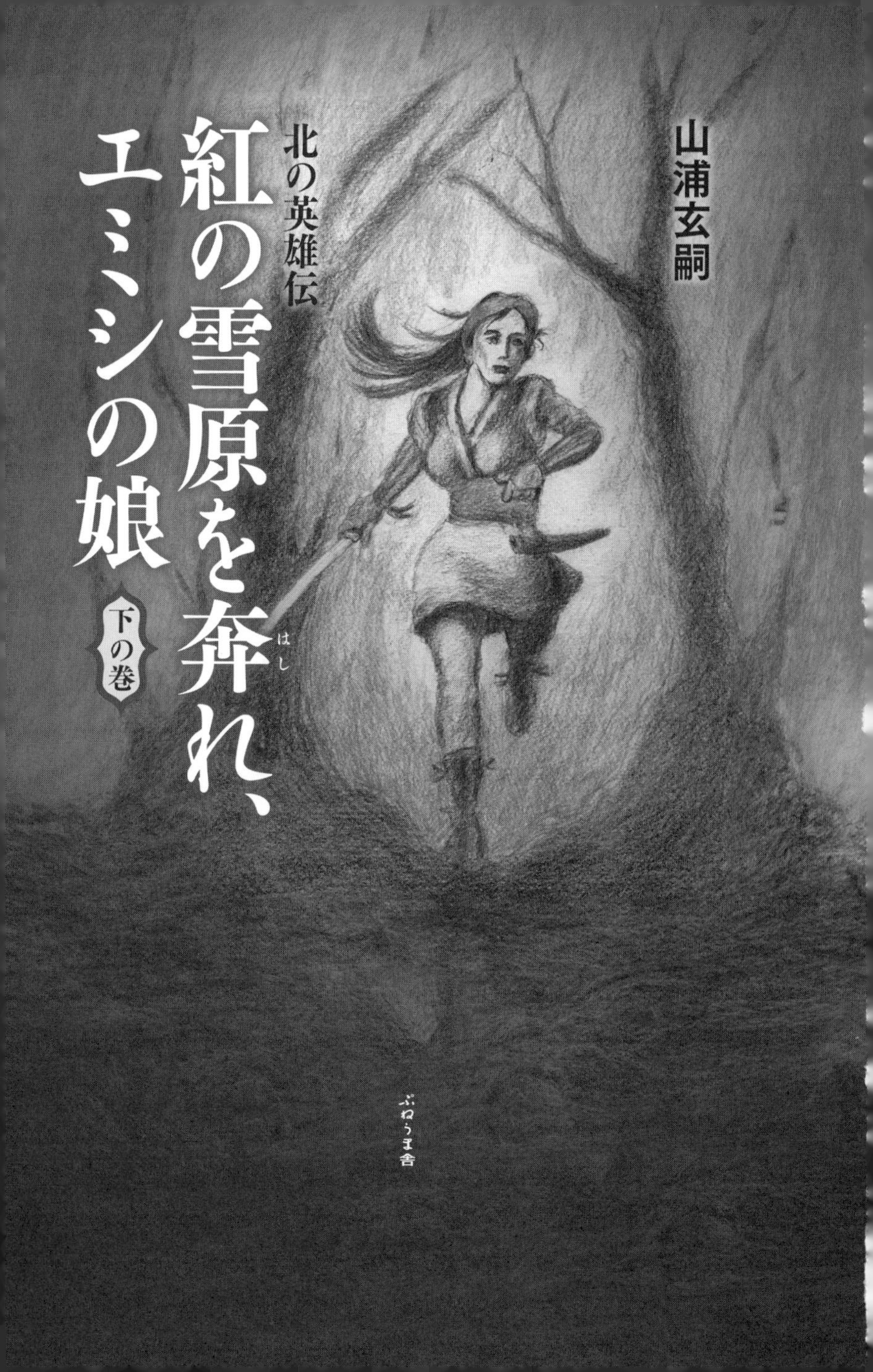

山浦玄嗣

北の英雄伝

紅の雪原を奔《はし》れ、エミシの娘

下の巻

ぷねうま舎

装画＝山浦玄嗣
BowWow
装丁＝矢部竜二

図　エミシの大地　004

下の巻　目次

巻五　寒椿……093

巻六　白龍の舞い……177

ケセマック
オイカワッカ
ピタカムイ大河
クリパル
オラシベツ
ワッカオイ
コムニクイ
クンネクイ
オンネノル
スンクシフル丘陵
マキ山
ヤムトー
フミワッカ川
多島海
レブンカムイ島
ミヤンキ
ライカムイ
東の大海

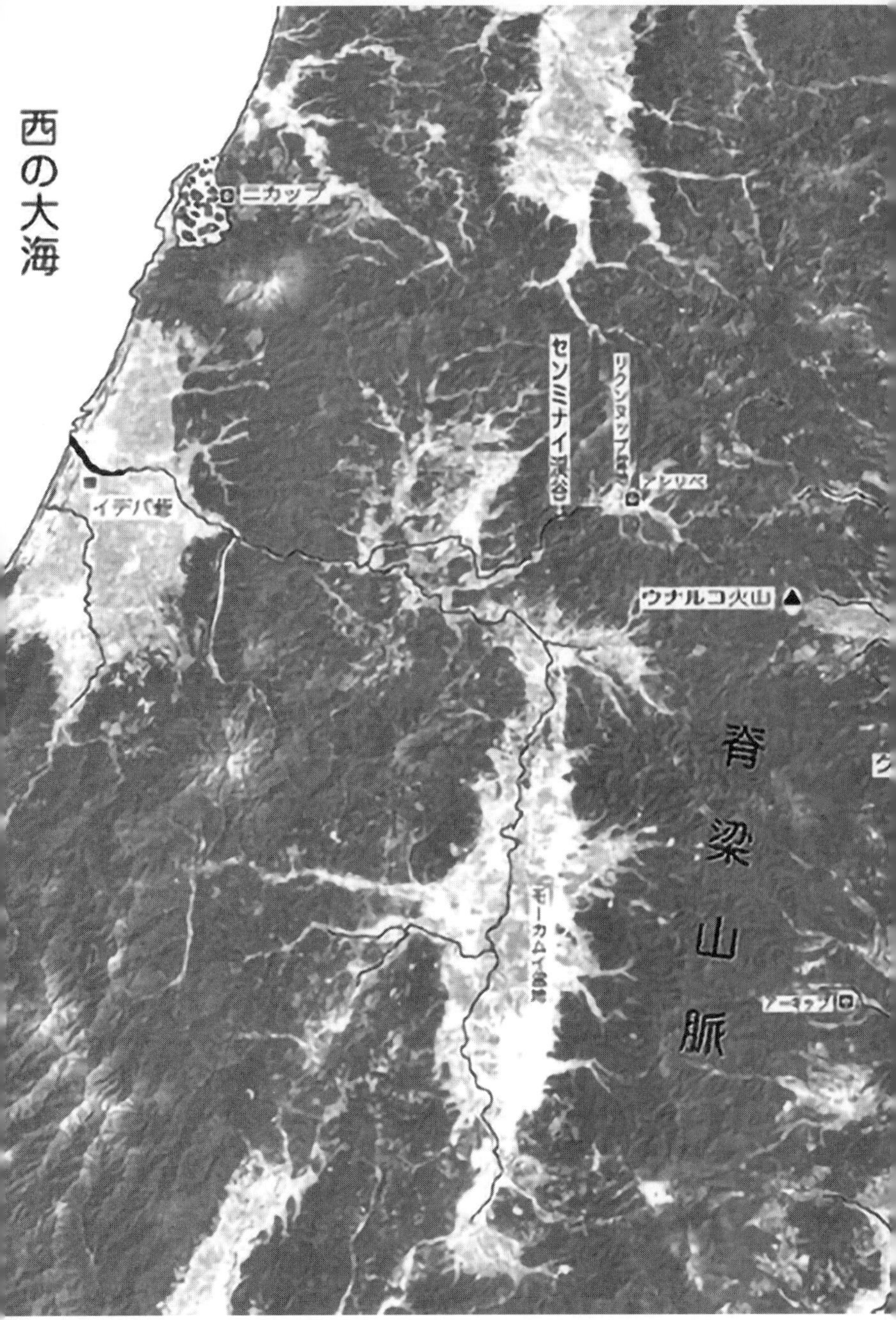
西の大海
ニカップ
センミナイ渓谷
ウナルコ火山
脊梁山脈

主な登場人物（エミシ側）

カリパ　オンネフルの女戦士。シネアミコルの妹。マサリキンの恋人。綽名《あだな》、クソマレ。
マサリキン　オイカワッカから来た遍歴修行の若者。名馬トーロロハンロクを操り活躍する。
レサック　元マルコ党のエミシ下人。禿げ頭の大男。豪勇無双だが、少し知能発達不全。
クマ　元マルコ党のエミシ下人。鉾の名人。
ヌペッコルクル　ウェイサンペ帝国の侵略に抵抗する、原住民エミシ族の武装自衛戦士団。
オノワンク　ヌペッコルクルの首領、通称オンニ。
ウソミナ　オラシベツのエミシの首長。オンニの片腕。
カオブエイ　渤海《ボーハイ》から亡命してきた将軍。ヌペッコルクルの軍師。医術にも詳しい。景教徒。
シネアミコル　オンネフルの戦士団の隊長。カリパの兄。綽名「赤髭」。
ラチャシタエック　呪術師。フミワッカ川下流域で名高い、正統派の癒し人《トゥスップ》。
セシリパ　脊梁山脈西側のリクンヌップ地方の首長。
トヨニッパ　盗賊団の頭。飛礫《つぶて》の名手。
アシポー　下毛野国の夷俘《イーブ》。カリパの従妹コヤンケの夫。
シピラ　ウォーシカ半島の付け根、マキ山に住むマキ族の女戦士。

主な登場人物（ウェイサンペ側）

マルコ党　ウォーシカ地方に盤踞《ばんきょ》するウェイサンペ族植民豪族。族長は通称ムランチこと、丸子連大国《クルコのムラジ・オボクニ》

イシマロ　丸子連大国の次男。残忍。

コムシ　丸子連大国の妾腹の子。マルコ党の砦ペッサム砦がエミシに襲撃された事件で、マサリキンの乗馬トーロロハンロクに首を嚙み切られて討たれた。

セタトゥレン　呪い人《アントマップ》（妖術使い）。マサリキンに討たれた按察使《アゼティ》・上毛野朝臣広人《カミトゥケヌのアソーミ・ピロピト》の側女《そばめ》。復讐に燃える。コムシの妹。

オコロマ　セタトゥレンの伯母、凄腕の呪い人《アントマップ》。

アカタマリ　正四位下征夷将軍・多治比真人縣守《タディピのマピト・アガタモリ》の綽名。

ユパシル　従五位下征夷副将軍・下毛野朝臣石代《シモトゥケヌのアソーミ・イバシロ》の綽名。

カケタヌキ　従五位上鎮狄将軍《ちんてきしょうぐん》・阿倍朝臣駿河《アベのアソーミ・スルガ》の綽名。

コマロ　正七位下陸奥介《ミティノクのスケ》・小野朝臣古麻呂《ウォノのアソーミ・コマロ》。

カタモリ　従七位下左兵衛少丞《サヒョウエのスナイジョウ》・多治比真人潟守《タディピのマピト・カタモリ》。縣守《アガタモリ》の庶子。別名、壬生若竹《ミブのワカタケ》。密偵。

ミムロ　鎮所《ちんじょ》のシノビ。本名、難波御室《ナニパのミムロ》。顔が仏像に似ているので「仏の御室」の異名。

上の巻

巻四　氷雪の檻

34　タンネタイの森

カリパは夕闇の細道を駆けた。向こうから十人ほどの男が駆けてくる。一人は騎馬だ。

「マサリキン！」

馬から飛び降りた恋人の首っ玉に飛びついた。

「オンネフルはどうなったの？　落ちたの？」

「落ちた」と、後ろのシネアミコルが悲痛な声で答えた。

「みんなはどうなったの？　他の人たちは？」

「お前、なぜここに来た。女子供や老人たちはどうなった。無事にウカンメ山に届けたのか？」

「兄さん、それがだめなの！」

カリパは兄の胸に飛び込んだ。両目から涙が迸《ほとばし》った。赤髭は体中返り血だらけだった。

「闇夜の中、足弱《あしよわ》ばかり。みんな疲れて、動けなくなって、森の中に固まって夜を明かしたの。明け方、森の端まで行ったら、フミワッカの岸には征夷軍がいる。ウカンメ山から味方が押し出して来て、こちらに渡って来ようとするのを待ち伏せていたのね。その上、マルコ党まで出て来て、ヌペッコルクルはかなりの手負い、討死を出して押し戻されたの。押したり引いたりの激戦をしてるうちに日が暮れる。兄さんに知らせなくちゃと思って、走って来たの。そうしたらオンネフルが燃えている。森まで燃えている。その火の中を大勢が逃げて来る。兄さんは最後まで踏ん張っているっていうので、気が気でなくて！」

「そうか、御苦労だった」兄は妹を労《ねぎら》い、すぐに赤髭隊長の顔に戻って言った。「マサリキン、クマとカリパと一緒に女子供の潜む所へ急いでくれ。何としても助けたい。俺は戦闘部隊長だ。森に退避した仲間を集め、部隊を組み直して反攻する。行け！」

後ろを振り向くと、猛火が、折からの西風に煽られて広がってくる。村落《コタン》の裏の牧場が燃えていた。

「御免なさい、マサリキン」カリパは泣き声を上げた。「とんでもないことをしてしまった」

「どうした？」

「牧場を流れる小川のほとりに大きな橅《ぶな》の木があるの。幹が洞《うろ》になっていて、わたしの大切な宝物をしまっておく秘密の場所なの。そこにあなたからいただいた五絃琴《トンクル》があるの。でも、もう駄目。あの森が燃えている。あの五絃琴《トンクル》も燃えている。御免なさい。御免なさい！」

「気にするな。また作る」と、マサリキンが笑った。「それより、母さんたちを探しに行こう！」

鎮狄軍《てんてきぐん》は森の中の谷沿いに進入し、至る所に火を放った。森はエミシにとって聖なる場所、これに火を放つなど考えも及ばぬ瀆聖《とくせい》行為だ。塒《ねぐら》を奪われた野鳥が狂ったように叫び、暗い夜空に飛び立つ。ありとあらゆる生き物が火達磨になって逃げまどった。


猛火の中をトヨニッパは駆けた。濡らした防寒布をかぶって火熱から身を守り、オンネフルの裏の牧草地を目指した。小川の岸で幹に大きな洞《うろ》のある橅《ぶな》の古木が燃えていた。あれだ！

バリバリと音がして、弱い洞のところから燃える幹が折れて小川に倒れ、猛烈な水蒸気の柱を吹き上げた。焦げた洞の中に五絃琴《トンクル》の形を止《とど》める焼け棒杭があった。それを抱えて小川から飛び出した。

だが周りは全て炎の壁だ。豪胆な男だが、恐慌状態になりかけた。

「トゥカリ（こっち）！」と、叫ぶ女の声がした。燃える枯れ草の向こうで、びしょ濡れの防寒布をかぶった女が手招きしている。トヨニッパは焦げた棒杭を小脇に、燃える枯れ草の中を走った。

「ここから逃げられます。ついて来て！」

叫んで女は、燃える森に駆け込んだ。なるほど両側は火の壁だが、曲がりくねった小道にはまだ火が回っていない。頭から火の粉の雨を浴びながら、二人は燃える密林を駆けた。

森の端で、やっと火災から脱出したら、女が言った。

「もう大丈夫。ここでお別れです。カリパはきっとここを通ります。藪陰でお待ちなさいな」

女は爽やかに微笑むと、踵《きびす》を返して森の小径《こみち》に駆け戻った。あっという間だった。トヨニッパは暫くの間呆然としていた。なぜカリパを知っているのだ？　何者だ、あの美しい女は？

火は、森に逃げ込んだカリパたちにも襲いかかった。火は風を、風は火を運び、森全体が炎だ。

「奴らは森ごと俺たちを焼き殺すつもりだ！」兄が部下と共に高熱の森に駆け込んだ。

「隊長はどこへ行くんだ？」と、マサリキンが走りながら訊いた。

ああ、この張りのある素敵な声！　もとのマサリキンに戻ったのね！　嬉しくて、嬉しくて、泣きながら走った。クマが答えた。

「森にはたくさんの小さな柵《キ》がある。洞穴も無数にあって、何日でも潜《ひそ》めるし、食料もある。脱出した味方はそこに潜んでいる。だがこの火事では駄目だ。隊長はみんなを集めに行った」

「レサックはどうした。なぜここにいない？」

「奴は呪い人《アシトマップ》に攫《さら》われた。妖術に支配されて、今では俺たちを殺そうとつけ狙う厄介な敵だ」

村人が避難していたのはタンネタイの森の東端で、フミワッカの川岸に近い丘の上だった。恐怖に震える女子供、老人たち二千人を猛火が襲った。丘の下には敵兵。火に追われて何百人もの女子供が森から飛び出した。敵の指揮官が鬼のような声で吼えた。

「虫けらどもだ。一匹残さず、皆殺しにせよ!」

悲鳴を上げて逃げまどい、頭を地に擦り付けて命乞いする女子供が征夷軍の鉾に貫かれ、大地に血達磨の骸《むくろ》を横たえた。脅えて森に逃げ戻った者は炎に呑まれ、生きながら焼かれた。

哀れな群れは、幼子《おさなご》の手を引き、老親を背負い、必死に火の弱そうなほうへ走った。灼熱地獄の中で、泣き叫ぶ村人が次々に生きた人間松明になった。カリパの父母もその中にいた。吸い込んだ熱い煙で肺を焼かれてセームツが倒れた。嫁が、燃える木の下敷きになって、幼児《おさなご》を胸に焼け死んだ。

カリパたちが飛び込んで来たのは、そうした地獄のただ中だった。

「父さん! 母さん! 義姉《ねえ》さん!」黒焦げになって燃えているたくさんの死体に混じって、燃えくすぶる藪陰に母が倒れていた。全身に酷《むご》い火傷《やけど》を負い、激痛に悶えて、息絶え絶えだった。抱き起こされてかろうじて娘の顔を認めたが、ものを言う力もない。

「母さん、しっかりして!」必死に叫ぶ娘に、母はやっと口を開いた。

「父さんは死んだよ。わたしも、もういけない。ありがとう、カリパ」

泣き泣き、叫んだ。

「母さん、しっかりして。死んではだめ! この敵《かたき》はきっと討つ! 必ず討つ!」

その言葉に、息絶え絶えのパンケラが目をカッと見開き、最後の力を振り絞って言った。

「よしなさい！　復讐はいけません。怒りと恨みに身を任せれば、自分も生きながら地獄に堕ちます。憎しみに心を委ねてはだめ、人はいずれ死ぬのです。天上の神の国《カムイモシリ》で会った時に、あなたの口から醜い人殺しの話など聞きたくありません。カリパ、幸せは赦すことからしか生まれない……」

あとはただ、焼けた喉からヒューヒューと苦しい息が何度か漏れて、母は娘の腕の中で息絶えた。

「危ない！」

横にいたマサリキンが、母親の焼け爛《ただ》れた屍《しかばね》に取り縋《すが》って泣いているカリパを抱え、横っ飛びに跳んだ。二人の体が絡みあって転がるその上から、燃える松の大枝が落下した。間一髪で火達磨《ひだるま》になるところを逃れたが、パンケラの体は凄まじい音をたてて落下してきた燃え木の下敷きになった。

物凄い輻射熱の中で、クマが叫んだ。

「この儘では、俺たちも焼け死ぬ。逃げろ！」

トーロロハンロクも恐慌状態だ。マサリキンの一声で我に返り、あるじの後について猛火の中を走った。だが、どこへ逃げたらよいのだ。周囲は全て火の壁。その熱で火傷しそうだ。

もう駄目かと思った時、横から跳び出してきた者がある。

「カリパ、こっちが開いているわよ！」

マキのシピラだった。落ち着いた和やかな声だった。

「ヒーオイオイ（ありがとう＝女言葉）！」

叫んで、シピラの後を追った。恐ろしく敏捷な娘だ。まだ燃えていない細い隙間を駆けに駆けた。

駆け抜ける後ろで、燃える巨木が大きな音を立てて倒れる音を何度も聞いた。

やっとのことで燃える森を飛び出したら、目の前に二十人ほどの敵がいた。民家の屋根から剝ぎ取ってきたらしい萱の束を並べて、森の縁に置き、それに火を点けていた。

「困った人たちね、馬鹿なことはやめさせましょう」と呟いて、シピラが赤い羽根の矢を放った。

矢は敵の一人の肩に突き刺さった。敵は痛さで地面を転げ回っている。クマが跳び込んで、左右の敵を火の中に放り込んだ。敵兵が一斉に襲いかかるのを、鉾で次々と刺し貫いた。マサリキンも敵兵の群れに飛び込んだ。イレンカシ仕込みの殺人剣技が冴え、あっという間に四、五人の敵兵が血飛沫を上げて斬り伏せられた。カリパも悲しみと怒りで半狂乱になっていた。

「わたしが悪いんだ！　わたしが悪いんだ！」泣き叫びながら羅刹《らせつ》のように暴れ回った。あの一瞬のためらいで、アカタマリを殺せなかった。その結果がこれだ。わかっていたのに、殺せなかった。そして親と親族と村落《コタン》の仲間を焼き殺された。みんな、自分が悪いのだ。ここで一人でも多くの敵を殺し、自分も死ぬ。そうしなければ、死んだ仲間に申し訳が立たない。二股杖《エキムネクワ》を握り、目の前の敵に襲いかかった。殺すことと死ぬことしか考えなかった。杖が敵の喉輪を捉え、相手は後ろに吹っ飛んだ。止《とど》めを刺そうと跳びかかった。

いきなり、この修羅場にはそぐわない、けたたましい笑い声が響いた。肩に赤羽矢《あかばねや》を射込まれたあの男が、楽しくて堪らないというように笑い転げている。何だ、あれは？

「あれはミナカルシ、マキ特製の笑茸《わらいたけ》の毒矢。楽しくて嬉しくて、しばらくは戦《いくさ》なんかできなくなるの」シピラの楽しい声で、その場の殺気が一気に消し飛んだ。

その時、大きな翼を広げたアンガロスが地面すれすれに飛んで来た。驚いた途端、真っ黒で巨大な猪がカリパの体に激突した。力強い両腕が、猪の腰と背中をがっちりと摑み、地を駆けた。

「やめるんだ、カリパ！」と、猪が囁いた。「人殺しを教えた俺が悪かった。お前には似合わない。

こんなことをしていたら戦場《いくさば》の悪霊《ウェンカムイ》に死ぬまで取り憑かれる。逃げろ！」

どさりと藪の中に放り込まれ、一本眉毛が闇に消えた。燃え上がる炎を背にして蹄の音も高らかに、トーロロハンロクが駆けて来た。カリパは藪から跳び出し、両手を振って立ちはだかった。マサリキンが馬上から猿臂《えんぴ》を伸ばしてその手を摑み、跳び上がる彼女を馬上に引き上げた。猛火が二人の若者を真っ赤に照らしていた。


フミワッカの瀬音が高い。前は闇に沈むコイカトー大湿原。後ろではタンネタイの森が燃えていた。

「寒い」と、カリパは小声で訴えた。寒さで歯の根も合わぬほど震えていた。

「あっちへ行こう。茂みの陰になっている。少しは風避《かぜよ》けになるだろう」

マサリキンがそう言って、カリパの肩を抱いた。マサリキンが茂みの陰にカリパを誘い、腰を下ろした。彼は、厳冬の雪中に寝ても凍えることのない二重毛皮の服を着て、その上に革の胴鎧を着けている。甲《よろい》を外して地面に敷き、腰を下ろさせた。これで地面の冷たさが遮断された。甲下《よろい》の毛皮の服を一枚脱いでカリパに着せた。

「ありがとう。とっても温かいわ。それにあなたの匂いがする」

二人は闇の中で体を寄せ合っていた。話すことが山ほどあるのに、何も言えなかった。こうしてセノキミの腕の中にいるだけで十分だった。長く甘い沈黙の後、闇の中でそっと囁いた。

「寒くない？　あなた《ニシパ》」言ってからハッとした。妻の夫への呼び方をした自分に気付いた。

「大丈夫、もう一枚、裏毛皮の肌着を着ている」

温かい「ニシパ」の声が、カリパの狼狽を優しく包んだ。カリパの声が潤んだ。

「でも、やっぱり寒いはずだわ」

不意に抑制不能の涙と嗚咽が込み上げて来た。マサリキンが肩を強く抱き寄せた。カリパは泣きながらその胸に思い切り飛び込んだ。はずみでマサリキンが仰向けにひっくり返る。後頭部が硬い地面に当たり、マサリキンが「いててっ」と叫んだ。カリパはびっくりし、マサリキンの体の上に乗った儘、「大丈夫?」と訊ねた。マサリキンが悲鳴を上げた。

「いてて! 頭が割れたみたいだ。それに、うーっ、重くて重くて息もできない!」

「嘘ばっかり!」カリパは涙でぐしょぐしょになった頰を、しっかりとマサリキンの頰に擦り付けて笑った。荒い髭がザラザラと、カリパの柔らかい肌をこすった。マサリキンは両腕を伸ばして、彼女を抱きしめた。二人はずいぶん長い間、その儘じっとしていた。互いの心臓の鼓動が全身で感じられた。喘ぐような息吹が、冷えた耳朶《みみたぶ》を温めた。

「泣け。思いっきり泣け。我慢しちゃだめだ。泣け、いやむしろ泣くべきなんだ。父さんと母さんのために、今こそ泣いてあげるべきなんだ。俺も一緒に泣く」と、「ニシパ」が囁いた。

その言葉に励まされ、カリパは子供のように声を放って泣いた。涙も声も枯れ果てるほど、泣いて泣いて泣き続けた。やがて大量の涙と共に優しい慰めが胸いっぱいに満ち溢れた。

「君を好きになってもいいか?」と、若武者が囁いた。

「もうなってるでしょ?」と、鼻声で答えた。またも涙と鼻水が瀧のように溢れた。

「そうだな。もうずっと前から好きになっていた」と、男の鼻声が答えた。長い間ひたすら待ち焦がれていた言葉だった。マサリキンはカリパの頰を両手に挟み、その唇に自分の口を押し当てた。涙と鼻水で、唇はびしょびしょでしょっぱかった。長い間、二人はその儘、動かなかった。互いの息遣いだけが世界でただ一つの物音だった。フミワッカのせせらぎも、ヒューヒューと唸る風の音も、今は遠い世界だった。疲れきっていた二人はその儘、深い眠りに落ちていった。

35 妖魔対決

「そう、そんなことがあったのね」

暁闇《ぎょうあん》のフミワッカ川原でシピラは藪陰に腰を下ろし、横にいるトヨニッパの長話に頷いていた。トヨニッパの膝には焦げた棒杭が乗っていた。二人とも声は不要だ。彼は闇に紛れて仕事をする盗賊。商売柄、読唇術に長《た》けていたし、シピラは部族独特の武術も読唇術《どくしんじゅつ》も心得ていた。

「だから、こんなところで徹夜で、あの人を見守っているのね」

「あいつは俺の尻穴《オソロ》の恩人だ。俺は人前に顔を曝《さら》せない悪党だ。せめて陰で見守りたいのさ」

「シーーッ！　貴方《ニシパ》、気が付いている？」

「勿論。あの二人のいる藪の向こうに物騒なのが三匹、大男と、二人の女。ただ者ではないな」

「さすがね、親分《ニシパ》。でも、もう一人いるわよ」

「えっ、どこだ？」

シピラが肩越しに背後を指差した。唇が楽しげに笑って「お・じ・い・さ・ん」と、動いた。

「さすがだ。なるほど気配はわかる。ん？」

トヨニッパは足下の川原石を拾い上げた。遠い背後の山火事の微かな光で、身の丈六尺を越える大男が、音も立てずに目の前二十メートルに忍び寄って来るのが見えていた。そこには疲れ切ったマサリキンとカリパが熟睡している。あいつだ！　アカタマリ暗殺に失敗したあの夜、クマを殺そうと暴れ込んだあの男だ。すると後ろの女は呪い人《アシトマップ》セタトゥレンと、その伯母オコロマか。

大男の膝を狙って石を投げた。腰を下ろした姿勢で投げた石は威力が弱い。中《あた》ったものの、頑丈な脛当てに弾かれた。大男が怒りの声を上げて跳び上がった。

マサリキンが驚いて目を覚まし、そばに寝ているカリパに叫んだ。

「キラ（逃げろ）！」

だがその時、すでに遅く、獣《けもの》のような叫び声を上げて、真っ黒な塊が突進して来た。マサリキンが太刀を構えて、カリパをかばった。石頭棍棒《せっとうこんぼう》が彼の頭めがけて振り下ろされる。変だ、と思った。こんな時、反射的に爆発する筈のマサリキンの対抗殺気がまるで感じられない。ゆらりと棍棒を避け、太刀を横薙ぎに振った。太刀先が革甲《かわよろい》を軽く切ったようだ。

「馬鹿め。どこを狙っている。それで人が殺せるか！」

トヨニッパは悪態を吐《つ》き、飛礫《つぶて》を摑んだ。今度はあの禿げ頭を粉砕してくれよう。

初攻を躱《かわ》されたレサックは、棍棒を左右に振り回して襲いかかってくる。レサックとマサリキンとトヨニッパはほぼ直線上に位置していて、動き回るマサリキンが邪魔で飛礫《つぶて》を投げられない。

「レサック！　やめろ、俺だ。騙されているのがわからないのか」と、マサリキンが叫ぶ。

だが相手は一瞬のためらいもなく突進してくる。

「やめろ、レサック、馬鹿をするな。俺はお前の相棒のマサリキンだぞ」

トヨニッパは素早く右横に移動した。飛礫の投擲線《とうてきせん》からマサリキンを外すためだ。

「俺はもう名無し《レ・サック》ではない。シコウォだ。セタトゥレン姫の許婚《いいなずけ》、吉美侯部《キミコベ》の醜男《シコウォ》さまだ。コムシさまの敵《かたき》、マサリキン、今日こそうぬを殺す！」

甲高い声が響いた。二股杖《エキムネクワ》を構えたカリパが飛び出した。大事なセノキミだ。命に代えても守ろうと猛然と襲いかかった。だが圧倒的な膂力《りょりょく》の差がある。杖が跳ね飛ばされた。カリパが、なおも腰の太刀を引き抜いて、猛然とレサックに突進する。

「やめろ！　カリパ、君の敵《かな》う相手ではない。逃げろ！」

マサリキンが、カリパを守って仁王立ちになった。その脳天に石頭棍棒が振り下ろさる。避けようにも遅すぎた。マサリキンが右手に太刀の柄《つか》を握り、左手を峰に添えて顔の前に構えるが、棍棒の重い石をこれで受け止められるはずがない。次の瞬間に太刀は二つに折れ飛び、彼の頭は味噌玉のように粉砕されよう。あの若者《オッカイポ》、死ぬ気だな、と見た。だが、まだ間に合う！　トヨニッパは大きく右腕を振って、レサックの頭に必殺の飛礫を投げ……いや、投げつけようとした。

河原の冷気を引き裂き、裂帛《れっぱく》の気合いが押し寄せ、続いて穏やかな老人の声が囁いた。

「イテキ・モイモイケ（動くな）！」

石頭棍棒はマサリキンの頭上に停止し、その場の全員が動きを止めた。凄まじい金縛《かなしば》りの術である。暁闇《ぎょうあん》の中から一人の老人が朧《おぼろ》に歩み出て来た。ノンノヌプリの癒し人《トゥスップ》、ラチャシタエック翁《エカシ》ではないか！

「多分こうなると思って、見張っていたのさ」と、老人が悲しそうに囁いた。「久しいな、オコロマ」悲しみの中にも飄々《ひょうひょう》とした声だった。オコロマの硬直が緩み、老婆は地面にくずおれた。

「お前は！」

「道ならぬ恋の誘いに、ついに乗らなかった憎いラチャシタエックさ」と、老人が答えた。「気の毒にな、オコロマ。若い時にはウォーシカ一の美女と謳《うた》われたお前だが、お前がわしに懸想《けそう》した時には、わしには妻も子もいた。いくら言い寄られても、愛《いと》しい妻を裏切るわけにはいかない」

オコロマが歯軋りし、悲痛な呻き声をあげた。

「お前はそこで横道に逸れた。何とかしてこのわしを手に入れたいと思うあまり、神聖言霊術《カムイオロイタック》の神聖な誓いを破り、異常な執念に取り憑かれて、人の心を思う儘に操る術を探し続けた。そして編み出したのが、おぞましい色情《ホエキマテック》の術だ。己の心に情欲を燃えたぎらせ、媚態《びたい》と淫欲《いんよく》で男を虜にし、偽りの快楽で死に至るまで弄《もてあそ》ぶ。お前は、何人もの罪もない男を愛欲の渦に誘い込んでは殺した」

「お前が好きだったからだ」と、血を吐くような声が闇から絞り出された。

「気の毒だが、やり過ぎた。お前は、何の落ち度もないわしの妻にまで手を掛けて、無慚に殺した」

金縛《かなしば》りで身動きもできなかったが、跳び上がるほど驚いた。そうだったのか！　あの老人、そんな酷《むご》い目に遭っていたのか。

「わしの悲しみ、苦しみについては、今更《いまさら》何も言うまい。お前の心は冷たく固く干《ひ》涸《から》びて、人の心を受け入れる柔らかさは既にない。白状するが、わしはお前を殺そうとまで思った。だが癒し人《トゥスップ》の誓いは人を救うことであって、殺すことではない。改心の機会を与えようと、わしはお前を封じ込める術を工夫し、レプンカムイ島に幽閉した。だがお前は実に有能な呪い人《アシトマップ》だ。何年か後に封じ込めの術を破ることに成功し、密かに島を抜け出してはまた悪さを始めた。あの残忍な赤蛇《フレトッコニ》の術を磨き上げ、人が悶え死ぬのを楽しんだ。人殺しの鬼婆、若かった頃のお前はどこへ行った。あの頃のお前はもっと美しく、優しかったぞ。わしは心底悲しい」

「わたしは今でもお前が恋しくて憎い。ここで遭ったが百年目だ。今こそお前を若い時に果たせなかった恋の虜とし、焼きつくす愛欲に身を焦がさせてやる。さあ、わたしとの愛の喜びに狂え！」

「馬鹿なことはやめろ。お前は自分を破壊することになるぞ」

老婆が呪文を唱え始めた。潮風に日焼けして皺を刻んだ渋紙のような顔が、俄《にわか》に瑞々《みずみず》しく魅惑的なウォーシカ女の顔に変わった。細面で色白で、目がぱっちりと大きい蠱惑《こわくてき》的な美女が、突き出た胸乳《むなち》と豊かな臀《しり》を小刻みに震わせ、薄明の中で老人の前に滑り出して来た。

「コシッコテ・ニシパ（わたしはあなたが恋しいの）、コシッコテ・ニシパ！」

歌うように、囁くように、啜り泣くように、怨むように、恋に狂う女の甘く切ない声が肺腑に滲み込む。脱ぎ捨てた黒い防寒布の中から、水色の絹の薄物を身にまとった女が滑り出し、低く肉感的な声で歌いながら踊り始めた。

「コシッコテ、コシッコテ（わたしは恋しいの）！」

女呪い人《アシトマップ》が全身を妖しくくねらせ、切なく悲しく妖艶な節回しで恋の呪文を歌い、舞う。全身からとろける甘い匂いが発散してくる。

「コシッコテ、コシッコテ！」

甘い誘惑を、氷のような声が打ち砕いた。

「愚か者め。わしもこの通りの老いぼれだが、お前は己の惨めな老醜がわからぬのか。体中に偽りの浮腫《むく》みを張り巡らせて、皺を消したつもりだろうが、そんな小細工に騙されるほどわしは若くはないわい。お前の行く先に待っているのは精々悪霊《ウェンカムイ》とのオチューだ」

ラチャシタエックが大きく両腕を広げた。防寒布が壁のように広がり、妖術を跳ね返す反射板となった。呪い人《アシトマップ》は猛然と死力を絞り、全精力をつれない恋人への虚しい色情の放射に注ぎ込んだ。それがいきなり自分に跳ね返って来た。自らが仕掛けたホエキマテックの激情が己に襲いかかる。気も遠くなるような興奮と快感が渦となって全身を揉みしだき、淫楽の呻きがその喉から迸《ほとばし》った。

鬼婆の顔が赤黒く変わった。血管が限界を超えて膨れ上がり、鋭い悲鳴が闇を引き裂いた。老化して脆くなっていた脳動脈が、度を超えた性的興奮によって急激に上昇した血圧に耐えきれず、脳幹部の蜘蛛膜下腔に大出血を惹き起こした。女は両手で頭を抱え、激痛に悶えて河原石の上を転げ回った。全身を痙攣させて嘔吐し、吐物を気管に詰まらせ、血だらけになるほど喉を掻きむしり、そして動かなくなった。

「哀れだな、オコロマ。息は絶えたようだが、まだ耳は微かに聞こえておろう。これがわしの編み出したカンカミ（鏡）の術だ。邪《よこしま》な妖術をその儘跳ね返す。お前の目の前にはいきなり大きな鏡が見えたことだろう。それがお前自身の醜く浅ましい姿を映し、お前の術をお前自身に跳ね返したのだ。お前は己《おのれ》を淫欲《ホエキマテック》の生《い》け贄《にえ》にしたのだよ」と、老人が汚物にまみれて足下に横たわる骸《むくろ》に声を掛けた。

「あの時、わしの言葉に耳を傾け、頑なな心を優しく柔らかにしていたら、こんな惨めな人生にはならなかったであろうに。色情《ホエキマテック》というのは男と女が幸せに結びつき、かわいい赤子を授かるために与えられた恵みなのだ。お前は目的と手段を取り違え、尊い命の悦びを破滅の道具にし、己の邪悪な術を我が身に食らって自ら滅びた。これですべて終わったな。つまらぬ恨みは捨てて、安らかに天上の神の国《カムイモシリ》に戻り、気が向いたらもう一度、優しい心になって戻って来い」

ラチャシタエックがオコロマの痩せた体を抱き上げ、ザブザブとフミワッカ川の流れに入って行く。

川はせせらぎの音と共に遺骸を受け取り、はるかな海へと運んで行った。

気がつけば、いつの間にかセタトゥレンとレサックの姿が消えていた。

金縛《かなしば》りは解かれているのに、なおも呆然と突っ立ったままのマサリキンの背中に、カリパが飛びついた。命を捨てても自分を守ろうとしてくれたセノキミへの熱い感謝が、涙と口付けの雨となって彼の首筋に降り注ぐのが、薄明の中に見えた。

36 鎮狄軍西へ

術《じゅつ》は解けていた。トヨニッパは身を低くして藪陰に隠れた。脇にシピラが寄り添って来た。

「誰か来るわ……。あれは赤髭シネアミコルとクマ」と、シピラが囁いた。

カリパが飛び上がって駆けだした。赤髭は足を痛めていて、クマに肩を借り、足を引きずりながら歩いてくる。自慢の髭は半分以上焼け縮れていたし、左腿が裂けて、血に染まっていた。

「カリパ、無事だったか」と、シネアミコルが叫んだ。

「お兄ちゃん！」しがみつく妹を抱きしめながら、赤髭が言う。

「すまない。辿り着いた時にはみんな死んでいた。女房も子供らも黒焦げで、幼子《おさなご》を抱いて焼け死んだ女たちが転がっていた。生き残りを探そうにも、火の勢いが強くてできない。妻子を失っては生きる意味がない。この上は一人でも多くの敵を殺して死のうと、みんなで炎の中を駆け下った。

そこでお前の知り合いだという男に会った。今は一人でも生き残り、態勢を立て直せと言われ、正気に戻った。敵の包囲網を破ってここまで落ち延びた。気がついた時にはあの男はいなかった」

泣き崩れるカリパを支え、マサリキンが言う。

「希望を失うな！　これは正義の戦《いくさ》。必ず勝つ。今は手当てと休養が必要だ。こっちへ来い」

「あなたも一緒にいらっしゃらないの？」と、物陰で彼らを見ながらシピラが訊ねた。

「俺はな、シピラさん」と、トヨニッパは淋しそうに言った。「俺は盗賊だ。明るいところを堂々と歩ける体じゃない。俺などが面《つら》を出しちゃ、せっかく友だちになれた人に気の毒だ」

「じゃあ、わたし、暫くあなたのそばにいてあげる。これ以上、悪いことをなさらないように、ね」

マサリキンたちは、ラチャシタエック老人の持って来てくれた食べ物で当座の空腹をしのいだ。燃える森の向こうで黄色い旌旗《せいき》の征夷軍が、フミワッカ川の上流に向かって進んで行くのが見えた。

「ウォーシカに入るつもりだな」とクマが呟いた。

「鎮狄軍《ちんてきぐん》が来ないわ。青い旗が一本もない。きっと真っ直ぐに脊梁山脈《せきりょうさんみゃく》に向かったのね」

「何だって？」と、シネアミコルが驚いて訊き返した。

「『北狄が植民村を襲い、イデパ砦を包囲した。さらに山を越えて東側に応援に来ている。この儘では鎮所がもたない』って、征討軍の本営に鎮所のスケから矢の催促だったの。それで、農民の徴兵忌避がひどくて、三万人のつもりが一万人しか集められなかったのに、皇軍《スメラミクサ》が慌てて出撃したの。鎮狄将軍は、家柄に釣り合うようにと名目は将軍なんだけど、実は征夷軍の副将軍扱いだったの。でも鎮所からの矢の催促で、軍を二手に分けて、四千を鎮狄軍とし、実戦経験のない鎮狄将軍に初陣で経験を積ませようと、征夷軍の後見でオンネフル攻めをさせて、すぐに西に向かわせたのよ」

マサリキンは驚いた。

「何で、君がそんなことを知っているんだ？」

だが、それ以上詮索するのはやめた。うっかり何か言うと、単純男だと馬鹿にされる。

「どうしてそんなことになったのだ？」と、赤髭も肝を潰した。「西のエミシでこっち側に応援に来ているというのは、精々イレンカシぐらいだぞ」

「あのカケタヌキって人は、努力家で勉強家で結構有能なんだけれど、世渡り下手ね。だからあの歳《とし》になっても散位《さんい》。今度の戦《いくさ》でも、目先の手柄が欲しくてオンネフルであんな残虐なことをやらかす。あんなことをしたら、末代までも恨みを買い、後々の統治がうまく行かないということを考えることもできない。だから、これがスケの陰謀かも知れないなんて、思いも寄らないのね」

熱血マサリキンが叫んだ。

「そいつが軍隊を半分引き連れて、これから冬の脊梁山脈に入って行くというわけだな。よし、タンネタイの敵《かたき》を討つ！　俺はこれからイレンカシ師匠の許に帰る。これこそ正義の戦だ！」

「待って、マサリキン」カリパが熱血男の袖に縋《すが》った。「その前にまず、オンニに相談すべきよ。オンニに無断で戦士を動かすことは、ヌペッコルクルの統制を乱すわ、ねえ、お兄ちゃん」

シネアミコルに助けを求めるカリパの必死の声に、マサリキンは断固として言った。

「それはイレンカシ師匠《ニシパ》が決めるべきことだ。俺はあの方に助けられ、エミシを団結させるためにこれまで一緒に働いて来た。師匠《ニシパ》のチャランケで、今、山麓地方のエミシたちは奮い立っている。師匠《ニシパ》は、オンニとは肝胆相照らす古い親友だ。これがオンニの方針に反するとは思えない。

実はイレンカシ師匠《ニシパ》は、俺がここに来ようとしたら、『この戦《いくさ》は負ける、今から行っても無駄死にする。放っておけ』と止めたのだが、放ってなどおけるものか。俺は師匠《ニシパ》の反対を押し切って、ここに駆け付けた。君たちは俺にとってかけがえのない友だからな。俺のなすべきことは唯一つ。死ぬなら君たちと一緒だということだけだ。だから、この儘だと俺は師匠《ニシパ》に背いた裏切り者だ。まず師匠《ニシパ》の許に帰って、お詫びをしなければならない。あの方は、赤蛇《フレトッコニ》の呪いから俺を解き放ち、これから進むべき道を示してくださった大恩人なのだ」

妹が泣き出しそうな溜め息をついた。赤髭はマサリキンの目を見つめた。

「ありがとう。わかった。確かにお前は友のためなら命を懸ける男だ。この度も大事な立場にありながら俺たちのために駆け付けてくれた。イレンカシは戦略に長《た》け、雄弁家だ。正義のためならいかなる犠牲も厭わない。ただ惜しいことに、あの人は頑固すぎて人を束ねる人間的魅力が今一つ不足だ。だからお前が必要なのだ。よかろう、行け。オンニには俺から報告しておく。今のウカンメ山は征夷軍には歯が立ちそうにない。イレンカシとお前の集めた軍勢を引き連れて、一刻も早くウカンメ山に駆け付けて来てくれ。いいか。これがお前の果たすべき役目だ」

「わかりました、隊長」と、マサリキンが立ち上がった。

行かないで……と、出かかる言葉を呑み込み、カリパがマサリキンの腕にしがみついた。

「カリパ、兄さんの怪我の手当てを頼む。これは正義の戦《いくさ》だ。必ず帰るから、待っていてくれ」

やれやれ、この単純な頑固者め、とシネアミコルは渋い顔になって言った。

「正義もいいが、マサリキン、あのイレンカシには気を許すな。確かにすばらしい雄弁で人を酔わせるが、腹の中で何を考えているかよくわからぬ。正義の戦という言葉ほど人を酔わせる言葉はない。

だがそんなものはどこにもありはしない。戦とは所詮惨《むご》たらしい殺し合いだ。何かあったら必ず俺を頼れ。お前が俺たちを見捨てなかったように、俺も決してお前を見捨てない！」

古老が言っていた。タタンネタイの森を境にして南北で気候が変わる。冬の季節風が運んで来る西の大海からの湿気が脊梁山脈にぶつかって、エミシモシリの西側に豪雪をもたらすが、山脈がこのあたりで低くなるために、雪雲の舌が山を越えて乾燥した東側に延び、大雪を持って来る。

クリパル地方に入り、目指す山裾の村落《コタン》に着いた時は日が暮れていた。村《コタン》の中央にある集会場に三百人ほどのホルケウ軍団の戦士たちが集まっていた。イレンカシはいなかった。

「ポロホルケウ！」みんなは彼の姿に大喜びした。「団長《ニシパ》は昨日発《た》った。鎮狄軍《ちんてきぐん》が脊梁山脈を越えてリクンヌップを襲うという報《しら》せが入ったのだ。奴らはウナルコ渓谷から山越えしたそうだ」

それならここから鎮所への道はがら空きだ。今こそ鎮所を襲う絶好の機会ではないか。だがイレンカシはこの機会をみすみす無視して、自分の故郷を救うべく寄り道をした。大義、小義を滅すと叫んで俺を叱っておきながら、これでは二重規範だと、師匠への不信感が腹の底に巣喰い始めた。

「リクンヌップは団長《ニシパ》のふるさとだ。放っておくわけにもいかなかったのだな。仲間を十人連れて、リクンヌップへ向かった。タンネタイの惨劇の二の舞いを避けるためだと言っておられた」と、年配の男が弁解した。若者の心を読んだらしい。確かに、ここで殺人鬼集団鎮狄軍と衝突するのは避けるべきだ。リクンヌップなら背後の深い山に逃げ込めば、人命だけは何とか助かるはずだ。

「俺も師匠《ニシパ》を追う。何としても伝えるべきことがある」

鎮狄軍の行動が陸奥介の偽計によることだけは知らせたい。無意味な殺し合いを避けたい。

マサリキンはこのあたりの山道を知らないので、屈強な若者が二人道案内についた。馬の雪山越えは無理だと、トーロロハンロクを預かってくれた。早朝、出発した。極寒の野営に耐えられる装備も案内人たちが背負ってくれた。恐縮して自分も背負うと言ったが、彼らは笑って取り合わない。

「ポロホルケウ、暖地から来たお前さんは、樏《かん》の履き方もろくに知らないではないか。心配しないで付いて来い。谷底に転げ落ちないことだけを考えていろ」

天候はよかった。途中の避難小屋《カシ》で一晩過ごした。リクンヌップの人々は炭を焼き、ウェイサンペ村に行って米と交換する。更には西海岸まで行き、魚介類の干物や塩を手に入れてくるという。

二日目の夕方、脊梁山脈の真ん中、リクンヌップ盆地に着いた。北西から南東に長さ六里（十一キロ）、幅四里弱（二キロ）の細長い平野《ひらの》があり、横から北東に三本の谷が分かれる。村落《コタン》が七つあり、中心はこの地方の大首長《サパ》、セシリパの在所アシリペだ。中央盆地の西端はセンミナイ渓谷に続き、イデパ方面に抜けるただ一つの道で、渓谷の両側の斜面は炭焼き用の雑木林だそうだ。

炭焼きは、まず窯を作ってその中で薪を蒸し焼きにする。七、八日は目が離せないので、近くに洞穴を掘って寝泊まりする。洞穴は冬は地熱で暖かく、快適だそうだ。豪雪極寒の冬は山の洞穴、夏は平地に造った竪穴住居と、季節によって住み分ける人が多いとも聞いた。

「おい、あれは何だ?」

案内役の若者が、尾根の上から盆地を指さして叫んだ。野は浅い雪に覆われて白く輝いていた。その清らかな白を汚すように、黒煙があちこちから濛々《もうもう》と空に上がっている。

「村落《コタン》が燃えている!」

タンネタイの森の悲惨な光景を思い出した。

「急ごう！」マサリキンは叫んだ。山に入る時に渡された二股杖《エキムネクワ》に跨がり、雪の斜面を遮二無二滑り降りた。怒りで体中の血が沸騰していた。

37 魚の尻尾

セタトゥレンは、ヤムトー砦の「お屋敷」にいた。

「お父上さま、お久しゅうございます。お目にかかりたくて、戻って参りました」

砦の中にもう一つの柵《キ》があり、玉砂利を敷き詰めた広場の奥に巨大なマルコ屋敷がある。太柱を地面につき立てた豪壮な天地神明造り。檜皮葺《ひわだぶ》きの大屋根に千木《ちぎ》が聳え、高床式の建物へは階《きざはし》を登る。床には分厚い藁の敷物が敷かれ、壁には種々の毛皮が掛かっている。熊、鹿、氈鹿《かもしか》、貂《てん》、狐、狸、海豹《あざらし》、海馬《とど》、海獺《らっこ》……。一段高い上段の間にあるじ丸子連大国《マルコのムラジオポクニ》が大兵肥満《たいひょうひまん》の巨体でふんぞり返り、昼間から酒を飲んでいた。傍らにはセタトゥレンとあまり歳も変わらない美女がしなだれかかっている。近頃お気に入りの側女《そばめ》だ。

かつてあの上段の間には正五位下陸奥按察使《ミティノクのアゼティ》・上毛野朝臣広人《カミトゥケヌのアソーミ・ピロピト》が座り、その脇に着飾ったセタトゥレンが按察使《アゼティ》の膝にもたれて、下段に平伏する父を見下ろしていたのだ。

「で？」と、父が面倒くさそうな声を上げた。「この役立たず女《アッコチ・メノコ》。その後の首尾は如何《いか》に？　母と兄の仇は討ったか？　よい知らせも届かぬどころか、お前の伯母のオコロマがあのラチャシタエックとかいう糞爺《くそじい》に殺されたそうではないか。お前がついていながら、どうしたことだ。俺の娘として少しは役に立つところを見せてみよ。
おう、お前は初めてか。これは俺の近頃気に入りの側女《そばめ》でな、トマハヌーだ。踊りが上手いぞ。役立たず《アッコチ》のお前とは月と鼈《すっぽん》だな。それ、鼈よ、後ろの屏風の陰にお便器《まる》がある。義母上《ははうえ》のお尿《ゆ》だ。置いておくと臭くなるからな。捨ててこい。ま、そのぐらいの役には立て」

ひどい屈辱だった。これは最下級の女奴隷《メヤトゥコ》、樋洗《ビスマン》（便器洗い）の仕事だ。腸《はら》が煮えくり返るのを抑え、立って屏風の後ろにある赤漆塗りの桶を取った。振り返るとトマハヌーが「ふん」と鼻を鳴らし、ムランチの髭面に唇を寄せるのが見えた。悔し涙が滲んだ。トマハヌーめ、よくも笑ったな。あのお膝は本来このわたしの場所だ。わたしはお前の樋洗《ビスマン》をするために帰って来たのではない。そのうち、そのなよなよした体に赤蛇《フレトッコニ》の十匹も絡みつかせてやる。腹立ち紛れに、父の目の届かない階《きざはし》の途中で尿をぶちまけた。戻ったらムランチが言った。

「セタトゥレン、お前がわしの気に入られたかったらな、按察使《アゼティ》を誑《たら》し込んだ時のように、今度は征夷将軍をお前の色香で骨抜きにしろ。それができたら、お前は今度こそ魚の尻尾《アッコチ》ではない」

こうしてセタトゥレンはヤムトーを発ち、東山道を南へ下った。ホエキマテックの術で骨抜きにされたレサックと忠実なフツマツが一緒だった。父にはレサックのことは内緒にしていた。

「わたしはアッコチではない！　レサックという武器を手にしたのだ。必ず母と兄と按察使さまの敵を討ち、父上のお膝を奪い返す。見ていろ、仕上げは赤蛇《フレトッコニ》だ」

ここはシネパの郡《コポリ》、メサックの山中。征夷将軍暗殺未遂騒ぎの後、セタトゥレンはレサックとフツマツを連れて北に向かった。東山道なら直路《ちょくろ》だし早いのだが、この馬鹿でかい大男は目立ちすぎるので、海沿いの道を選んだ。妖術に支配されているレサックにとり、連れだって歩いているのは現実のセタトゥレンではない。首の折れた、主人コムシの亡霊だった。掠れた声が囁く。

「シコウォ、お前がなぜあの青二才に負けたか、わかっているか。クマに裏切られたからだぞ」

「何ですって？」

「あのこそ泥め、お前が寝ている間に、自分の剣《つるぎ》をお前の宝剣と取り替えた。あの果たし合いの時、お前が持っていたのは俺の魂《ラマット》の宿っていないほうの剣《つるぎ》だ。不覚をとったのは、そのためだ」

レサックが怒りの呻きを上げた。

「お前が崖から蹴落とされた時に、俺は全力でマサリキンに取り憑き、お前の掴まっている蔓《つる》を引き上げさせた。俺はマサリキンの憑き神《トゥレンカムイ》に噛みつかれ、背中の皮を引き裂かれたが、何とかお前を助けた。そこにクマが、宝剣を抜いて敵の背後に忍び寄った。その時、マサリキンの憑き神《トゥレンカムイ》が今度はお前に取り憑き、小《こ》草彅《くさなぎ》の剣《つるぎ》をクマから奪って崖の下に捨てさせた。後にそれが鎮所を脱走して来たチキランケの手に入り、俺は惨めな漂泊の悪霊《ウエンカムイ》に落ちぶれたのだ」

「わたしを助けたのはマサリキンではなく、コムシさまだったのですね。そしてチキランケが殺されて、この宝剣はやっとわたしの手に戻ったというわけですね！」

シコウォが地に額を押し当て、肩を震わせて悔し泣きに泣いた。

「俺は何とかして小《こ》草薙《くさなぎ》の剣《つるぎ》に戻ろうと頑張った。チキランケが死に、その剣《つるぎ》はお前の腰に戻ったものの、剣《つるぎ》には別の強力な憑き神《トゥレンカムイ》が入り込んでいて、どうしても奪えない。あれはピタカムイ大河の神霊だ。シコウォ、俺をその剣《つるぎ》の中に住まわせろ。さすればまたお前を守れるようになる」

「どうすればよいのですか」

「クマを殺せ。裏切り者の血を塗れば、剣《つるぎ》は再び我が物となる。憎いマサリキンとあの化け物のような馬を殺せ。そうすれば、折れた首も元に戻り、俺は痛みと屈辱から解き放たれる。お前は再びマルコ党に戻り、我が妹の婿になる。栄えあるマルコ党の一門として、ウォーシカの支配者になる。妹は今でもお前を恋しく待っているのだぞ！」

セタトゥレンの心に、不意に父の叱責とトマハヌーの蔑笑《べっしょう》が浮かんだ。アッコチ・メノコ！　崩れそうになる気を取り直し、改めてシコウォに向き直った。ボーッと突っ立っている大男の足下に可憐なエシケリムリム（片栗）の花が咲いていた。それに目を留めたのがいけなかった。呪い人《アシトマップ》の心にあってはならない、優しい女の子の心が不意に芽吹いた。繊細可憐な早春の花が、この凶暴な男となぜか似ているような気がしたのだ。馬鹿な！　そんな気持ちを荒々しく押しのけ、セタトゥレンは自分の前面に出ている憑き神《トゥレンカムイ》コムシを引っ込め、呪い人《アシトマップ》としての己に戻り、とろけるような優しさで囁いた。

「シコウォ、お前はわたしが好き？」

「はい、姫さま」大男がうっとりと答えた。全身から恋の喜びが匂い立っている。「姫は許婚の我が身にそのかぐわしき御身をお委ねになりました。何たる幸せ、何たる喜び。わたしは身も心も姫さまにお捧げ申しております」

「嬉しいわ、シコウォ。わたしたち、まだ仇討ちを果たしてないけど、わたしは待ちきれない。一日も早くお前に添いたくて、やって来たのよ。お前への恋がこの身を焼いているの。幸いこうして添うことができたからには、お前はわたしの愛しい夫。さあ、目をつむり、この身を優しく抱いてちょうだい。二人で愛の悦びの極みに登りつめましょうね」

陶然としているシコウォに、セタトゥレンは腐れかけた枯れ丸太を押しつける。滑稽だが残酷な光景だ。シコウォは枯れ木を抱きしめて、撫でさすり、忘我の境にのめり込んだ。

「こうしてわたしを抱くからには、コムシお兄ちゃんの敵《かたき》を必ず必ず討ち取らなくてはね」

「勿論です。マサリキンを討ち果たします。それこそが、わたしのしたくてならないことです」

「わたしはお前、お前はわたし。一心同体よ。あの憎い敵を必ず討ち取ってね」

男は喘《あえ》ぎながら言う。

「必ず奴の首を取ります、姫」

「それからあの裏切り者のクマ。重代の御恩を受けながら、我々を裏切った。八つ裂きにしても飽き足らない。いいこと？　必ずクマを殺すのよ」

「クマは裏切り者です。必ず奴をぶち殺します」

「よく言ったわ、シコウォ。さあ、もっと強くわたしを抱きしめて。これまでの倍もすばらしい悦びを、その逞しい五体に感じさせてあげるわ。おお、わたしのシコウォ！」

「おおお、姫さま！」

シコウォは際限もない絶頂に登りつめて叫んだ。終いには爆発する至福の中で気を失った。

毎日毎日、朝から晩までこれを繰り返している。もうこれで五日目だ。今やこの大男は完全に彼女の意の儘に動く、操り人形だった。

「哀れな奴！」

人の心を自在に操る面白さにセタトゥレンは酔っていた。この巨人は常に優しい眼差でうっとりと彼女を見つめ、口元にはとろけるような微笑が消えない。目の前の天女は彼にとっては現実そのもの、この上なく優しい愛を惜しみなく注いでくれる生涯初めての女性だった。至純の愛が全身全霊を燃え上がらせていた。これが妖術の作り出した偽りの幻だなどと、当人は夢にも知らない。

「こうして眺めていると、このうすら馬鹿も見ようによってはなかなかの男前だわ」と、おかしかった。禿げ上がった頭も形良く、彫りの深い顔立ち、大きな光る目玉、高い鼻梁、濃い髭、頑丈な顎、そして全身を鎧う逞しい筋肉。剛強な骨格。悪くない。この男に秘術の限りを尽くし、完全に支配する快感に若い女呪い人《アシトマップ》は酔った。自分でも気付かぬうちに奇妙な感覚が萌え始めていた。こんな朽木を自分の柔肌だと思い込んで恍惚の絶頂に呻く男の姿を見ていると、哀れでは済まない気持ちになってくる。男の全身から発する恋の香りが、自分の本当の人格にじわりと滲み込み始めているのに、若い妖術師はまだ気がついていなかった。

次にシコウォにクマを殺させる練習を試みた。まずコムシの亡霊を見せ、傍らの橅《ぶな》の古木をクマだと思わせた。幻のクマが鉾《ほこ》を振るってコムシに襲いかかる。コムシは必死に応戦するのだが、何しろ首の折れた体。たちまち体中に傷を受け、退く一方だ。これを見て、レサックが叫ぶ。

「やめろ、クマ父《アチャ》ちゃん！　コムシさまを殺さないでくれ」

幻のクマが怒鳴り返す。

「父《アチャ》ちゃんだと？　ふざけるな。俺さまはお前のような薄汚い乞食野郎とは何の関わりもない。こいつを殺したら、次はお前のどてっ腹を串刺しにしてやる。そこで待っていろ！」

幻のクマがそう叫び、幻のコムシの腹に鉾を突き刺す。コムシが絶叫した。

「痛い。苦しい。シコウォ、クマを殺せ。俺は悪霊《ウエンカムイ》だ。一度死んだ者は鉾で貫かれようとも二度と死なぬ。いや、死ねぬ。だが、痛みは感じるのだ。痛い！　痛い！　助けてくれ！」

シコウォは腰に佩《は》いた幻の剣《つるぎ》を引き抜き、後ろからクマに抱きついた。

「アチャーッ、御免な！」

シコウォが半分レサックに戻り、泣きながら、逆手に握った幻の剣《つるぎ》をクマの胸に突き刺した。剣はクマの心臓を貫き、背中を突き抜け、レサックの胸深くまで突き刺さった。

絶叫と共にクマの体がグニャリと重くなり、レサックの腕の中で死んだ。幻のクマの亡骸《なきがら》を抱いて泣き叫ぶレサックの顔が見る間に蒼白になり、その儘、櫟の木の根方に倒れた。セタトゥレンは兄の声色で優しく声を掛けた。

「シコウォ、よくやった。それでこそ、俺のシコウォだ。よくやった！」

だが、その声が大男の耳に届いているようには見えなかった。蒼白な顔は、両目をカッと見開き、最早《もはや》息もしていない。幻覚の中でこの男は、クマを貫いた剣で自分の心臓をも貫いたのだ。

「しまった……。やり過ぎたか！」

狼狽が失策を繰り返させた。大男の肩に手をかけて、強く揺すったその手のひらから、電撃のような感情の怒濤が脳髄に殺到した。彼女は悲鳴を上げ、激しく痙攣して虚空を摑み、口から泡を吹いて倒れた。幻の中でクマの命と共に己の命までも捨てようとしたレサックの激情が、火砕流《かさいりゅう》のような勢いで襲いかかり、呪い人《アシトマップ》の自分を守っていた仮想人格を破壊して流れ込んだのだ。

気が付くと、シコウォが彼女を膝に抱いていた。今まで見たこともない優しい男の瞳が温かく柔らかく彼女を見詰め、すべてを包み込み、魂の奥深くにまで甘美な安らぎを注いでいた。

「いけない。これではわたしが吸い取られてしまう！」

必死に按察使《アゼティ》を想った。自分を抱いているのはあのお方なのだと、強力な自己暗示をかけた。シコウォの顔がジワリと歪み、上毛野広人《カミトゥケヌ・ピロピト》になった。だがそれは血と泥と白粉《パプニ》にまみれた醜悪な面貌だった。セタトゥレンは腸《はらわた》を食い破られる山犬《セタ》のような悲鳴を上げ、男の膝から飛び退いた。

「姫さま！　どうなさいました」

侍女のフツマツが飛んで来て、狂乱状態のセタトゥレンを抱きかかえた。目の前に、フツマツが一度も見たことのないシコウォがいる。柔和な微笑みを湛え、無垢な善意に満ち、疑いを知らぬ巨大な禿頭の赤子が無邪気な姿で座っていた。

「おばちゃん！　シコウォを隠して！」

侍女が瞬時にその意図を悟り、身に纏った防寒布を大男の体に投げ掛けた。

「シコウォ、動くな！」

恋する巨人が石像のように固まった。セタトゥレンは荒い息を吐きながら、やっとフツマツの胸から顔を放した。

「どうなさったのです、姫さま」と、フツマツが覗き込んだ。ホエキマテックの妖術が危険な綻びを生じていた。全身を貫く恋の炎が若い呪い人《アシトマップ》の胸に消えぬ灯《とも》を点してしまったのだ。

「姫さま」と、不意にシコウォが口を利いた。頭から被せられた防寒布がずれて、片目が覗いていた。

「どうしてそんなに寂しそうなのですか？　姫さまが寂しいと、わたしも悲しくなります。悲しいことは早く忘れましょう。忘れることが救いになります」

セタトゥレンは言葉を失った。忘れる？　どうして忘れられようか。わたしに女の歓びを初めて教えてくださったのは按察使《アゼティ》さまだ。こいつがあのお方の首を斬り獲《と》った。自分はそれで父の愛を失った。役立《アッコチ》たずと罵られ、妾からまで軽蔑されている。今こうして己を偽ってこいつを丸め込んでいるのも、この男の膂力《りょりょく》を利用してマサリキンとクマ、この二人の敵《かたき》を殺させるためだ。それが済んだらこの男もズタズタに切り裂いて殺してやる。忘れることが救いだと？　呪い人《アシトマップ》は忘れることがないから呪い人《アシトマップ》なのだ。だが……そんなことができるならどんなに幸せだろう。

セタトゥレンには忘れるという能力が子供の頃から脆弱《ぜいじゃく》だった。過去の出来事を細部に亙《わた》って目の前に「見る」ことができた。この能力は一見すばらしく思えるが、忘れられないことの苦しさを一番よく知っているのも彼女自身だった。忘れられるものなら忘れたい。恨みに縛りつけられた残酷な戦《たたか》いを離れて、安らかな忘却のうちに憩いたい。その安らぎは、あの力強い父の愛の中にある。

「この馬鹿だけが、わたしの寂しさをわかってくれている……」

心の中の何かが壊れた。いきなり涙が溢れてきた。急がねばならぬ。でないと自分は自分の仕掛けた妖術に雁字《がんじ》搦《がら》めにされ、選りにも選ってこのうすら馬鹿の禿頭への愛の奴隷に成り下がる。強烈な危機感と恐怖と焦りと、一方で不本意にも火のように燃え上がり始めたシコウォへの愛《いと》おしさで、若い女は気が狂いそうになった。

38　穴を掘る男

強風に煽《あお》られて二日にわたって燃え続けた山火事は、燃える物もなくなってほぼ鎮火していた。オンネフルから脱出して生き延びた戦士は二百人ほどだった。かなりの者が手傷を負っていたが、七、八割はまだ十分に戦闘能力がある。日も昇らないうちに兄の隊長シネアミコルが彼らとカリパと部下たちを連れてタンネタイの森の焼け跡に行った。放置されている死者を埋葬するためだ。

多くの生き物の棲息していた聖なる森は残り火のくすぶる焼け跡となり、数知れぬ焼死体が折り重なっていた。性別も判別できぬほど真っ黒焦げの炭の塊になっている者もあれば、生焼けの痛々しいのもある。兄は仲間と共に戦士たちの焼死体の捜索、確認を始めた。カリパは一旦兄と別れて、父や母を捜した。

東雲《しののめ》の薄明かりの中、森の空き地でただ一人黙々と穴を掘っている男がいた。黒い頭巾で面体《めんてい》を隠し、大きな鍬を振るって土を掘っていた。近づいて見ると、あの一本眉毛だった。飛び付きたいのを我慢して、仲間に聞こえぬようにそっと小声で囁いた。

「親分《ニシパ》！」

「おお、クソマレ」と、嬉しそうな小声が返って来た。「ウェイサンペはこのあたりには一人もいない。きっとお前たちが来るだろうと思って、暗いうちから穴掘りをしていた」滑らかなエミシ語に、ちょっと驚いたが、考えてみれば当然だろう。この国で、馬泥棒だの人攫《ひとさら》いを稼業にしているのだ。言葉が話せなくては仕事になるまい。

空き地の真ん中に大きな石があり、横に湧き水があり、小川になっていた。

「お前さんはどこの誰かね」と、一緒に来た男たちが尋ねた。

「ムッツァシの国のタコという所から、たまに御当地にやって来る商人《あきんど》です。旅の途中、この娘さんと顔なじみになりましてね。ここで殺された方々がお気の毒で、以前お世話になったことでもあり、少しでもお役に立ちたいと、穴を掘っていたのです」

「御親切にありがとう。では我々は遺体を捜そう」人々は三々五々、森の焼け跡に散って行った。

「ウェイサンペにも善い奴がいるな」と、男たちが言っていた。

「束になると強欲張りで残忍だが、一人一人は善い奴が多いのさ」と。

確かに、ムッツァシの国府にいた厨房の女たちは気のいい連中だった。女の尻をひっぱたくのが好きな、あのいけ好かない奴隷頭《ヤトゥコガシラ》も、責任感は旺盛で、たまには親切なこともあった。

「ねえ、親分《ニシパ》」と、訊いてみた。「わたし、燃える森の中で、マキの十二人娘の一人だっていうシピラという女《ひと》に助けられたの。親分《ニシパ》は物知りだけど、マキ部族のこと、何か知ってる?」

「おう、お前もあの娘の世話になったのか。マキ部族っていうのは少し変わっていてな。あんまりよその部族の者とは深く付き合わないが、ひどく優しくてな、たとえ戦《いくさ》の場であっても決して人を殺そうとしないそうだ」

クメロックの戦いぶりを思い出した。見事な使い手だったが、敵の急所を狙う戦い方を避けているように見えた。だからむざむざ殺される破目になったのかも知れない。

「呪術に長《た》けていて、女族長とその訓練を受けた癒し人《トゥスップ》には人の悩みを癒す力があるそうだ」

「でもシピラは弓矢を持っていたし、ウェイサンペを射倒したわよ」

「その男は死んだか?」

「それがね、地面の上で転げ回って、痛い、痛いって泣き叫んでいたのに、不思議なのよ、今まで泣いていたのが、急にケラケラ笑い出して、止まらなくなったの。地面に寝転がって、腹を抱えて笑い転げるんですもの、あれでは戦《いくさ》なんかできないわね。見ているこっちまでおかしくて、とても殺し合いなんかする気分にはならなくなったわ。どういう毒なのかしら」

「矢羽の色は赤だっただろう」

「そう。よくわかるわね」

「いろいろ知ってないと盗賊は商売にならないからな。……それはな、マキの赤羽《あかばね》といって不思議な毒矢なんだ。ただし、射られても死なないから毒矢とも言えないな。その代わり、初めは激痛と痺《しび》れで転げ回るが、そのうち狂ったように笑い出す。一時《いっとき》（二時間）も経つとケロリと治るそうだが、あんなに楽しそうに笑っているのでは、とても戦はできない。おかしな幻が見えたり、楽しくて嬉しい気分になって、その後も何日も幸せな気分が残るのだそうだ。ある種の茸《きのこ》から秘伝の方法で取り出した汁を用いるというな。黒い鴉の羽の矢も少し持っていただろう。そっちは本物の毒《スルク》で生き物を殺すが、専ら狩猟用だ。連中は徹底して人殺しが嫌いなのだそうだ」

そう言えば、赤髭兄さんから聞いたことがあった。そうか、あれがマキの秘法「笑い薬」か。始めて見たわ。あんな幸せそうに笑っていたら、確かに殺し合いなんかできないわね……。

黙々と穴を掘るトヨニッパを後にして、カリパは母を探しに行った。あの大木の残骸はすぐにわかった。焼け落ちた大きな枝の下に母の黒焦げの死体がくすぶっていた。あたりは肉の焼ける悪臭に満ち、少し離れたところにうつ伏せに倒れて父が死んでいた。シネアミコルの妻子は抱きあった儘、窪みの中で死んでいた。刀を握って倒れている戦士たちの骸《むくろ》も、あちこちに転がっていた。

みんな泣きながらトヨニッパの掘った穴に死体を埋葬し、葬送の歌を歌った。だが、二千人余りの焼死体を葬るのは容易ではない。一つの穴に二、三人をまとめて埋葬するようにしたが、穴の数も足りないし、死体を運んで来るのも大仕事で、身元確認などほとんど無理だった。この分では何日もかかりそうだ。昼頃、彼らは疲れ果てて森の焼け跡にひっくり返り、休息した。シネアミコルも戦友の死体捜索から戻り、両親と妻子の死体に縋《すが》って涙に暮れた後、穴に葬った。焼け焦げた赤茶色の髭が涙で濡れていた。そんな兄が妹に尋ねた。

「カリパ、この兄には隠さずに言え。あの穴掘り男はどういう奴だ。お前はどこであいつと知り合った。顔を布で隠しているが、あれは燃える森の中で俺たちを助けてくれた男に違いない」

「あれはムッツァシの国タコのトヨニッパ」

「トヨニッパ！」シネアミコルが目を丸くして、跳ね上がった。

「あら、兄さん、知ってたの？」

「知るも何も、あいつはエミシモシリを荒らし回る有名な馬泥棒の頭《かしら》だ。なぜ奴がここにいる？」

「詳しいことは会って話しましょう。一緒に来て」

カリパは空き地の真ん中の大石のところに兄を連れて行った。石の陰にトヨニッパが独り、腰を下ろして休んでいた。赤髭はその前にしゃがみ、穴のあくほど相手を見つめて、呻いた。

「アルサラン、久しぶりだな」

このことをあらかじめ予想していたような顔で、振り仰いだトヨニッパの両目が濡れていた。

「あれからずいぶん経つ。互いにすっかり変わったが、その一本眉毛だけは変わっていないな。お前は今でもロクサーナの兄のつもりか」

えっ、兄さん、この人を知ってたの？　カリパは仰天した。それにアルサとかロクサって何？　トヨニッパが顔を覆う黒い布をはずして、猪《いのしし》のような面《つら》を露わした。シネアミコルの両肩を両手で掴み、

「モタシャッケラム（ありがとう＝パルサ語）！」と呻いた。声こそ出さね、獰猛《どうもう》な猪が体中で泣いている。

「そうだったのか」と、赤髭もトヨニッパの肩に両手を載せて、瀧のように涙を流した。

「母さんが生きている間に会わせてやりたかった……。ところでアルサラン、まだ盗賊を続けるつもりか」

アルサランと呼ばれたトヨニッパが、激しくかぶりを振った。

「俺はこの頃すっかり悪党稼業が身について、何をしてもコポネが痛まない。いよいよ地獄《ゲーヒンノム》に行く日が近いと覚悟していたら、妹に会えた。人の道から逸《そ》れたこの俺を真人間に引き戻すために、アンガロスが会わせてくれたのだ。こんなかわいい妹の顔を見てしまった今となっては、もう悪党はできぬ」

「お前の母さん、確かアナーヒタだったな、間違いないか？　その意味はワッカマッカムイ（水の女神）だったな」

「その通りだ」

「その名に因《ちな》んで、亡骸をこの湧き水の側に葬った。お前の母さんはこの石の下に眠っている」

シネアミコルが大きな丸い石をそっと撫でた。カリパは腰が抜けるほど驚いた。この大石は父セームツが森の中で見つけ、苦労して運んで来たものだった。この石の横から湧き出ている湧き水は神聖なナムワッカカムイ（湧き水の神）だとして両親が大事にし、毎年秋のシカリチュップ（満月）の日に供物を供え、家族の無事を祈るのが習わしだった。実はそれがアナーヒタの命日だった。

「これを見ろ」

トヨニッパが、左袖を肩まで捲《まく》ってカリパに見せた。逞《たくま》しく盛り上がった三角筋の上にコポネの花の入れ墨が露《あらわ》れた。わたしのと同じだ！

「お前に尻を蹴飛ばされたあの日のことだ。お前の肩にも同じ入墨があるのを見てわかった。クソマレ、いや……カリパ、お前は俺の妹なのだ。幼い時に別れ別れになった、俺のマタパ（妹）だ」

この大泥棒の妹！　あの時、「マタパ」と、叫んで抱きついて来たのは、「恋人」ではなくて、「妹」という意味だったのか。でも、どうして？

「信じられないのも無理はない。お前、この前、国府《コクプ》で多胡《タコ》のシャーラームさまに会ったな。あのお方はこの国のあちこちに散らばって住んでいるパタ人《びと》の一部族の頭《かしら》なのだが、お前と俺の父親はあのお方《ニシパ》を頭《かしら》と仰ぐ部族の者で、父の名はザカリア。母はアナーヒタだ。多胡の毛氈《もうせん》や絹織物とエミシの獣皮とを交換して家族で旅する商人《あきんど》だった。俺はウェイサンペからはトヨニッパ（豊庭）と呼ばれているが、本当の名はアルサラン。お前はロクサーナだ」

「ロクサーナ……。それがわたしの名前？」

「小さい頃からオンネフルには何度も来ているから、シネアミコルとも仲良しだった。こいつの幼《おさな》名《な》がオソマ（うんこする）だってことも憶えているぞ、クソマレ」

カリパが口を塞いで、泣き泣き笑い転げた。

「俺が数え年十一、お前は乳離《ちばな》れが遅くて、まだ三つだった。旅の途中、母さんが病に倒れ、しばらくオンネフルに滞在した。一月《ひとつき》ほど臥《ふ》せって母さんが死んだ。我が家が世話になっていた家の奥さん、つまりシネアミコルの母さんは少し前に産まれた赤ん坊が病気で死んでしまい、乳が張って辛いと嘆いていた。親切な人だったので、父はお前をその夫婦に預けた。旦那さんがセームツ、奥さんがパンケラだったな。父と俺はお前と別れ、旅を続けた」悲しい思い出が胸を引き裂くらしい。言葉が何度も途切れた。

「ふるさとの多胡に帰る途中、野盗に襲われ、父はその時の怪我が元で下毛野《シモトゥケヌ》の野で死んだ。俺はシャーラームさまに引き取られ、文字も教わったし、人として大切なことも仕込まれた」

「それは知らなかった！　道理でその後、お前たちはパッタリと来なくなってしまったのだな。そんな悲しいことがあったのか」と、シネアミコルが濡れた目を丸くし、鼻水を啜った。

「十五の時、村が野盗に襲われ、俺は攫《さら》われて盗賊の奴隷《ヤトウコ》にされた。盗みを叩き込まれ、あらゆる悪事を仕込まれた。言うことを聞かないと、死ぬほど殴られた。生きながらの地獄《ゲーヒンノム》だった。やがて俺の根性は腐り始め、悪を悪とも思わず、人を殺すことさえ平気になった。この通り、体がでかいし、力もあるから、次第に重んじられ、遂には自分が野盗の頭となった。エミシ族の牧場を襲う馬盗っ人《うまぬすと》だ。ただ、言っておくが、盗んだのはウェイサンペに尾を振る俘囚《プシュー》の牧場からだけだ。

39　母の墓標

カリパは不思議に思っていたことを訊ねた。

「わたしたちの肩にあるコポネ（浜大根）の花の入墨は何なの？」

「似ているが、コポネではない。パタ人の崇《あが》める聖なる印だ。俺はこの通りの悪人だが、父やシャーラームさまの教えなら少し憶えている。俺たちはコダーさまを拝んでいる。このお方は天地万物をお造りになったお方だ。ところがせっかく可愛がっている人間が互いに、憎み合ったり、殺しあったりして、この儘では地獄《ゲーヒンノム》に堕ちるしかないようになってしまった。見るに見かねて、地上に降《くだ》って人となり、人が幸せになる道を教えた。ところが人はこのお方を憎み、殺してしまった。木を縦横《たてよこ》に組み合わせたものに手足を釘で打ち付けて無惭《むざん》になぶり殺しにしたという。そのお苦しみを、人が悪から立ち戻るためにとお忍びになり、死んで三日目に生き返って天にお戻りになった。それゆえ人はこのお方におすがりすれば、幸せの常世《とこよ》の国パラダイダに行ける」

「あんたも地獄《ゲーヒンノム》に行くより、その方《かた》にお縋《すが》りしてパラダイダに行くようになさいよ」

「俺はあまりにも多くの罪を犯している。その資格はない」

「勝手に決めつけちゃだめでしょう。そんなことを言ったら、せっかくあんたのために死んでくださったそのお方に申し訳ないでしょうが。そのお方のお名は何というの？」

「イェシュー・ミッシアーさまと聞いている」

「このコポネの花みたいな印は、そのお方を殺した磔柱《はりつけばしら》の形？」

「そうだ。俺たちの風習でな、赤ん坊が産まれるとこの印を肩に彫る。イェシュー・ミッシアーさまがいつでもこの子をお護りくださって、この世の命が終わったら、幸せのパラダイダに迎えてくださいますようにと祈ってだ。男と女では微妙に形が違っていてな、花びらの幅が広く、丸みを帯びているのが女だ。これが、お前が俺の妹のロクサーナであることの証拠だ」

そうだったのか……そう言えば、アルサランのコポネの花びらは鋭く細かった。

「お前は何と聞かされていたのだ」

「わたしが赤ん坊の時、体が弱くて育ちそうになかったそうなの。旅の商人《あきんど》が村落《コタン》を通りかかって、尊いおまじないをして、この印を肩に彫ってくれたんですって。その後、病気がちだったわたしは元気いっぱいに育って、おまじないが効き過ぎてこんな力持ちのお転婆になったんですって」

「そのほかには何も言われなかったのか」

「シネアミコル兄さんは、わたしをとても可愛がってくれたわ。父さんも母さんもわたしを本当の娘として育ててくださった。わたしもあの人たちの娘だと思っているし、兄さんの妹だとも思っている。これからもずっとよ」

「村落《コタン》の人たちは何も言わないか」

「言わない。親が死んで孤児《みなしご》になる子は珍しくないもの。そういう子を引き取って自分の子として育てるのはよくあることね。だから誰も、その子が本当は誰が産んだ子かということは口にしない。そんな意地悪を言うような奴は、それこそ地獄《ゲーヒンノム》行きよ。現に一緒に暮らしている親が親。それにエミシの考えでは、人は天上の神の国《カムイモシリ》のカムイがこの美しい地上世界に憧れて、男と女の愛の喜びに誘われ、女の腹に宿って人となる。それぞれが実はカムイなのだから、誰から生まれたかは大きな問題ではないの」

「なるほどな。では、この俺がお前のブラータルだということを、お前は受け入れてくれるか」

「何、そのブラータルって？」

「あ、すまぬ。これはパルサの言葉だ。エミシ語ならユプ（兄）だ」

「アルサラン、クユピ（わたしの兄さん）！」

トヨニッパが泣き出した。

「こんな大泥棒の俺でもか」

「泥棒は嫌いだけど、兄さんは兄さんよ。いくら兄さんが強くて、地獄《ゲーヒンノム》の悪鬼《ダイバ》どもを征伐して、その王《シャー》になるとしても、わたしはそんな所に兄さんをやりたくない。イェシュー・ミッシアーさまのいる、幸せのパラダイダに行かせたい。ところでイェシュー・ミッシアーとはどういう意味？」

「イェシューというのはそのお方のお名前だ。ミッシアーは《お助けさま》という意味だ」

「あのアンガロスのことも教えて」

「あれはコダーさまに仕えるお方だ。人よりもはるかに強い力を持つ不思議な方だ」

「アンガロスは何をするの？」

「コダーさまの御《み》心《こころ》を人に伝えるのがお役目だ。常に人を悪い道から善い道へ導こうとなさる」

「それは心強いお方ね」

「あれは俺たち兄妹《きょうだい》を守るアンガロスだ。シャーラームさまはパタ人に伝わる術を使って、俺が悪の道に入らぬようにアンガロスに頼んだ。それで俺が悪いことをすると肩が痛む。盗賊の仲間に入りたては、猛烈な痛さに苦しめられた。痛みを感じなくなったら俺は本物の悪党で、その時は命も尽きると言われている。実は近頃の俺がそうなのだ。俺はもうすぐ地獄《ゲーヒンノム》に堕ちる」

「兄さんがわたしを助けた時、アンガロスを見て、とても痛がっていたわね。久しぶりに善いことをしたので、真人間に戻りかけたということ？」

猪男《ししおとこ》は本当は地獄《ゲーヒンノム》に行くのが怖いのだ。多分、蛇より怖いのだ。アンガロスは、このわたしをも人の寝首を掻く卑劣な人殺しになることから救ってくれたのに違いない。

幼い頃からカリパは、家族揃ってこの清水《しみず》の石の前でお弁当を食べたり、歌ったり踊ったりする日が大好きだった。清水の神《ナムワッカカムイ》はカリパの踊りがとても好きだと聞かされて、それが嬉しくてパンケラが歌う「ララ、ララ、ゴレ・ガンドム、ロクサーナ」という意味のわからない歌に合わせて、一所懸命に踊った。実はこの歌はアナーヒタが死の床で、パンケラに繰り返し伝えたものだった。

「これを見てくれ」シネアミコルが丸い石の上に積もった土埃を丁寧に払った。石の表にくっきりとコポネの女花《おんなばな》の彫り物が現れ出た。見るなりアルサランは石に抱きつき、声を放って泣いた。

「マーダル、マーダル、マーダル（母さん＝パルサ語）！」

「兄さん、知っていたのね」と、カリパはそっとシネアミコルに囁いた。

「お前は赤ん坊だったが、俺はアルサランとは同い年ぐらいだからな」

「でも、そんなことはおくびにも出さずに、わたしを妹として可愛がってくださっていたのね」

「お前は昨日《きのう》も今日《きょう》も明日《あした》も、俺のたった一人の大切な妹だ」赤髭が、カリパの肩を優しく抱いた。

「俺が憶えているアルサランは、青白く、痩せて、ひょろりと背の高い、頼りなさそうな男の子だった。こんな鬼みたいな大男になっていたとは驚いた」

アルサランの号泣が止まらない。母の墓標に突っ伏して、雷のような声で泣き続けている。シネアミコルとカリパは彼の両脇に立って、その背中を撫でながらパルサの子守歌を歌った。

ララ、ララ
ララ、ララ
ララ、ララ
ゴレ、ガンドム
ロクサーナ
ララ、ララ
ララ。ララ

ゴレ・ゲルドー
ロクサーナ

ラーライ、ラーライ
アンガロース
パスバーナッタ《スト》
ラーライラー

狂ったように泣いていた猪男がぴたりと静まった。濡れた顔を上げて、嬉しそうに頬笑《ほお》みながら言った。
「ありがとう《モタシャッケラム》。よくこの歌を覚えていてくれたな。これは波斯《パルサ》の子守歌なんだ。意味はこうだ。

眠れよ、眠れ　小麦のお花　ロクサーナ
眠れよ、眠れ　胡桃《くるみ》のお花　ロクサーナ
眠れよ、眠れ　アンガロスがお前を守る　眠れよ、眠れ」

大の男が四、五回、泣きじゃくりを繰り返して冷たい石を撫でていたが、その優しい顔がいきなり獰猛なトヨニッパ顔になった。

「そうだ、いろいろなことに動転して、今まで忘れていた。言わなければならないことがある」

「どうしたの」

「今朝、まだ日も昇らぬうちのことだ。あの禿げ頭の大男と、奴を操るセタトゥレンとかいう呪い人《アシトマップ》が、連れ立って、あの下の道を通って西の方へ急ぐのを見た。カリパ、マサリキンが危ない！」

いつの間にか、後ろにクマが立っていた。

「危ないのはマサリキンだけじゃない。レサックもだ。隊長、あいつらを助けに行かせてください」

「わたしも行くわ！」と、カリパも跳び上がった。

「行け。ただし、くれぐれも気を付けろ。特にあのイレンカシから目を離すな。熱血単純男のマサリキンは奴に心酔しているが、ここだけの話、あの男は何かとんでもないことを企んでいる気がしてならぬ。お前たちがついていないと、あの若衆《オッカイポ》、引きずり込まれて大失敗するぞ」

「気を付けるわ、お兄ちゃん。では行くわね！」

「陰ながら、俺も」と、アルサランも腰を上げた。「ロクサーナ、その前にお前に渡す物がある」

彼は墓石の後ろから薦《こも》に包んだ物を持って来た。「お前が言っていた宝物というのはこれか？」

出されたのは焼け焦げた五絃琴《トンクル》だった。最早使い物にならない炭の塊だったが、紛れもなくかつてマサリキンがカリパに贈ったものの残骸だった。アルサランは藪陰《やぶかげ》であの話を聞いていたに違いない。それで猛火を潜って、妹が命の次に大事に思っている宝物を持って来てくれたのだ。嬉しさに五絃琴《トンクル》を抱き締めて頬ずりしたので、カリパの頬が涙と炭で真っ黒になった。

「これはもう使えない」と、アルサランが言った。「母さん《マーダル》に預けよう。ロクサーナにこんな素敵な贈物をくれる大事《アジザーム》なお方ができました、という報告だ。マーダルもきっと喜ぶ」

彼はそう言って、母の墓標の下に、焼け焦げた五絃琴《トンクル》を埋めた。こうして元マルコ党崩れの鉾使《ほこつか》いと、野盗の親玉と、カリパの三人組は、西の地平線に輝く真っ白な脊梁山脈《せきりょうさんみゃく》を目指して駆けた。

40 ウナルコ山の待ち伏せ

危ない！

雉子《きぎす》の鳴くような鋭い声が聞こえた。先頭を行く道案内が、その儘、動かなくなった。大きな黒い影が木陰から飛び出し、猛烈な勢いで駆け下って来て、棒立ちの道案内に襲いかかった。レサックだ。

カリパの横を疾風が通り過ぎた。アルサランがレサックの棍棒を鉾《ほこ》の柄《え》で弾き返し、その儘、激しく渡りあっている。そして向こうの木陰にセタトゥレンの姿。カリパは咄嗟に背中の弓を取り、射た。矢は魔女の胸に中《あた》ったが、風を孕んだ防寒布に阻《はば》まれた。敵は後ろの大木に隠れた。

レサックが向きを変え、猛然とクマに打ちかかって来た。人相が変わっている。頬が窶《やつ》れ、目は血走り、あのすっとぼけたうすのろ男の雰囲気はどこにもない。これは最早レサックではない。恐るべきかつてのマルコ党の殺人鬼、吉美侯部醜男《キミコベノシコウォ》だった。クマが祓魔《ふつま》の笛を取り出した。

ヒヨーヒヨー　ピロロロロロ……。

奇妙な音が山の冷気に響くと、レサックの動きが止まった。当惑したように目玉ばかりギョロギョロさせている。クマが叫んだ。

「レサック！　目を覚ませ！　お前は騙されている。俺を見ろ。相棒のクマだ」

だが、その声は相手の心に届いていない。それどころか、背後のみそさざい《チャッチャク》の声に操られ、棍棒を振り回して、猛然と襲いかかってきた。アルサランもクマもその勢いに圧倒され、ジリジリと追いつめられてゆく。後ろは断崖だ。猪男の大目玉も今や恐怖に見開いていた。こいつを止めるには己の命と引き換えにするしかないと覚悟を決めたクマが、鉾を構えて突っ込んだ。その柄をレサックが左手で摑み、右手の石頭棍棒をクマの頭に振り下ろした。カリパが悲鳴を上げた。

「レサック、モーシ！　アチャ・チーシ！（レサック、目を覚ませ。父ちゃんが泣いている）」

棍棒が宙に止まった。

「アチャ……、アチャ……」と呟きながら、禿げ頭の巨人が、赤ん坊のような顔であたりを見回している。目の前のクマを、まるで認識していないのだ。一瞬の隙を狙ってアルサランが跳んだ。全体重を両足に乗せ、レサックの胸板を蹴った。巨体が雪の上にひっくり返った。飛び出すセタトゥレンに、カリパの二の矢が飛んだ。防寒布の袖でそれを払った魔女が駆け寄った。

「アチャ、アチャ……？」と呟くレサックの耳に、セタトゥレンが必死に呪文を吹き込んでいる。突然、木立の陰から弓弦《ゆづる》の弾《はじ》ける音がして、誰が射たのか、一本の矢がセタトゥレンの腿に突き刺さった。ギャーッという悲鳴が聞こえた。

「今だ。逃げろ！」

四人は雪の山道を全力で駆けた。はるか後ろのほうで、猛獣のように吠えるレサックの声と、ケラケラと楽しそうに笑うセタトゥレンの声が聞こえ続けた。彼らが追ってくる気配はなかった。

「ふーっ、危なかった！」アルサランが大息をついた。「恐ろしい奴だ。あの助っ人がいなかったら、クマも俺もあの棍棒で脳天を叩き潰されるところだった！　それにしても、ロクサーナ、あの時、お前、奴に何を言ったのだ?」

「レサックはまだ救えるわ」と、カリパは確言した。「あの人はクマさんを父親のように慕っているのよ。呪い人《アシトマップ》に身も心も奪われてしまっていても、『アチャ』の一声で正気に戻りかけた。どうする? 助けに行く? でも、私たちを助けてくれたあの助っ人は一体誰かしら?」

「あの矢は、マキの赤羽《あかばね》だった。あの奇妙な笑い声もマキ特製の笑茸《ナカルシ》の汁の作用に違いない」と、トヨニッパが言った。「多分、シピラさんだろうな。俺たちを心配して、密かについてきてくれたんだ。有り難い。だが、今は兎に角急ごう。こうしている間にも、リクンヌップの罪もない人がカケタヌキに焼き殺されようとしている。今やレサックは、あの呪い人《アシトマップ》の強力な武器だ。だからセタトゥレンは奴を殺すまい。まずは急げ。あいつらの始末は後回しだ」

「それにしても」と、クマが走りながら寂しげに呟くのが聞こえた。「あいつ、窶《やつ》れたな……」

クマさんはレサックが可愛いのね、と思ったら胸がいっぱいになった。……それにしても、アルサランはいやにマキ部族に詳しいわ……とも思った。やっぱり盗賊というものは隅に置けない。何でも知っている。

「ここが分水嶺だ」と、案内の男が言った。「ここを境に、水は東と西に分かれて流れる」

二十三里(十二キロ余り)の雪道を歩きに歩いた。やがて足下に広がる、広々とした盆地が見渡せる所まで来た。雪に覆われた野のあちこちから炎と黒煙が上がっていた。

「遅かった!」と、道案内が口惜しそうに叫んだ。

「畜生! 畜生!」カリパは地団駄を踏んで、悔し泣きに泣きだした。今あそこで、何百人という罪もない人々が殺されている。激情に駆られる妹を、アルサランの手が摑んだ。

「慌《あわ》てるな。今あそこに突っ込んでも、無駄死にするだけだ。まずは状況を見極めよう」

クマが、年配者らしい落ち着いた声で案内の男に言った。

「お前さん、ここまで御苦労だった。急いで戻って、リクンヌップが焼き討ちされたことをオンニに知らせてくれ。途中、呪い人《アシトマップ》と禿げ頭にはよくよく気を付けろ」

「心得た。心配なさるな。あの化け物どもに遭わないように、別の道を通って帰る。お前さんたちも十分気を付けられよ」男はそう言って、雪道を駆け去った。

近づくにつれて様子が見えて来た。盆地の中央に円形の陣営があり、真っ白な雪原に褐色の天幕が密集して設営されている。その数を数えていた、クマが言う。

「およそ二千八百人か。まともにぶつかっては、ここのエミシは全滅だな」

青い旗が強風に翻《ひるがえ》っていた。その下で蟻のように動き回っている兵士どもこそ、シナイの民を焼き殺した敵《かたき》なのだ。盆地の東端に降り立った。家が二十軒ほどからなる村落《コタン》が焼け落ちていた。

「人の死体はひとつもないな」と、クマが呟いた。

大勢の足跡が付近の山中に続いていた。どこの焼け跡も同様だった。

「みんな逃げたのだ」

三人は胸を撫で下ろした。ウェイサンペは山岳戦が苦手だ。毒矢を操る狩猟民を追って山に攻め込んだら、手ひどい反撃を被る。

「見ろ。山が燃えている」

クマの指さすほうを見ると、盆地の奥の村落《コタン》が燃えていて、裏山に火が移っていた。

「鎮狄軍《ちんてきぐん》の様子を探ってくる。ここで少し待っていてくれ」アルサランがそう言い残して、走り出した。半時（一時間）程して戻って来た。驚いたことに、敵兵を一人、両手を後ろ手に縛り、首縄をつけて、連れて来た。捕虜はよほど手ひどく殴られたらしく、顔中紫色に腫れ、鼻血を垂らしている。

アルサランが尋問を始めた。

「俺はエミシではないが、お前ら皇軍《スメラミクサ》は好きではない。さっきで懲りただろう。命が惜しくば問いに答えろ。さて、お前はどこから何をしに来た」

「ムッツァシから来た、エミシを殺すために駆り出されて」

「エミシに恨みでもあるのか」

「あるわけがない。人を殺すのも殺されるのもいやだ」

「だが、タンネタイでは派手に殺していたな」

「誰が好き好んであんな恐ろしいことをするものか。俺たちには恐ろしい敵が二つある。一つは目の前のエミシ、もう一つは後ろに控える青首だ。殺さなければ殺される」

「お前らはここで何をしようとしている?」

「将軍はリクンヌップのエミシを皆殺しにし、ここを脊梁山脈の東西を結ぶ中継基地にすると言っている。イデパ砦がエミシに囲まれて危機にあるので、さしあたってはそれを救援するために急いでいる。この盆地の征伐は行きがけの駄賃だ」

「ここではどのくらいのエミシを殺した」

「一人も殺していない」

「嘘を吐《つ》け。本当のことを言わないと、殴り殺すぞ」

「勘弁してくれ。奴らはこの深い山々を庭のようにして暮らす山エミシだ。鎮狄軍がここを襲うことなどお見通しだったようだ。俺たちが着いた時には、どこの村ももぬけの殻《から》で、山奥に続く足跡だけが残っていた。鎮狄将軍は手柄が欲しい。ここで賊を一人も殺さず、何の損害も与えなかったとあっては面白くない。それでこの地方の村をみな焼き払った」

「そうか。ところで、お前、ここにいたら命が幾つあっても足りないぞ。逃げたくないか」

「逃がしてくれるのか」

「原隊には戻るなよ。脱走兵と見られて殺されるぞ。大雪にならないうちに逃げろ」

兵士は、分水嶺に向かって雪道を一目散に逃げて行った。クマが呟いた。

「これで連中の狙いがわかった。さて、隠れているここの住民を探そう。マサリキンが来ているかどうか、それがさしあたっていちばんの目当てだ。な、カリパ」


マサリキンはアシリペの焼け跡にいた。戸数百数十、人口は五、六百人か。敵兵の影はない。余燼《よじん》のくすぶる焼け跡には死体は一つも見つからなかった。鉄製の鋤鍬《すきくわ》などの貴重な道具も見当たらない。持ち運びに重すぎたと見え、臼が黒焦げになって、幾つか転がっていたが、既に空き巣になっていたところに放火されたようだ。夥《おびただ》しい人馬の足跡が、深い谷間を山中に続いていた。但し、細い谷道には、大量の丸太や岩石が積み重ねられて、追跡者の侵入を妨げていた。見事な撤退だ。

「住民はみな無事に逃げたようだな」と、案内役の二人が言った。「物見《ものみ》が敵襲を察知し、整然と退去したのだ。四千人近い軍隊には抵抗できないから、天然の要塞である山に逃げ込んだのだろう」

これはイレンカシ師匠《ニシパ》の采配だろうか。そうではあるまいと、マサリキンは思う。あの火のような性格の師匠が、敵に一矢も報いず、ひたすら逃げるとは思えなかった。

「センミナイ渓谷が燃えているぞ」と、案内の若者が叫んだ。はるか十里（五・三キロ）先の、盆地の西端《にしはじ》から煙が立ち上っている。

「あそこは西のモーカムイ盆地に抜けるたった一つの道で、渓谷の入り口に家数五、六十軒の村落《コタン》がある。そこに放った火が裏山に燃え移ったのだろう。あの渓谷に火が入ると、猛烈な火焔旋風が起こり、手が付けられなくなる。鎮狄軍《ちんてきぐん》は、鎮火まで数日は盆地で足止めだな。そろそろ大雪の季節だ。ここにどか雪が降ったら、気の毒なことになるぞ」

盆地の真ん中に敵軍の野営陣地が見えた。大勢の兵が蟻のように働いている。周囲に楯を並べ、円陣の中に柿渋染《かきしぶぞめ》の防寒天幕を設営している。

「あの将は余程馬鹿だね。あんなものでここの寒さをしのげると本気で思っているのかね。村落《コタン》を焼かずに自分たちの兵舎に利用すればよかったのに」と、案内の若者が嘲笑《あざわら》った。

「ウパシマッカムイ（雪の女神）を舐めるとひどい目に遭うさ」と、もう一人も相槌を打った。

「これからどうする？」

「まずはイレンカシ師匠《ニシパ》を探したい」

雪道に残る足跡を辿り、深い沢の奥に入り込んだ。

「ここの人たちは実に働き者だ」と、案内人が言った。「田畑も広いし、山には獣も豊富だが、その他に大量の木炭を生産している。それを馬に積んでモーカムイやイデパ砦あたりまで商いに行き、米や魚、塩、昆布などと交換して来る。ここの楢炭《ならずみ》は火もちがいいので、ウェイサンペが喜ぶ。山は炭焼き窯だらけだ。炭焼きのために寝泊まりする洞穴や土蜘蛛もたくさんある。冬場の狩りに使う山小屋《カシ》も多い。食糧もたっぷり備蓄してある。村落《コタン》を捨てて山に逃げても、ひと冬ぐらいは十分しのげる。それに、冬は狩の季節で、獲物も豊富だしな」

「なるほど」

「畑仕事が性に合わず、もっぱら山の中で暮らす者も少なくない。そういう山の民の村落《コタン》も頼りになる。皆、同族だ。山の民は獲物の肉や毛皮と、里の穀物とを交換して暮らしている」と、もう一人が付け加えた。

不意に藪陰《やぶかげ》から、マサリキンの足先に雪の玉が飛んで来た。「止まれ」という警告だ。

41 リクンヌップ

マサリキンと案内の男たちは武器を置いた。藪の中から弓矢を構えた男が二人、笑顔を出した。一人は身知った顔だった。

「やあ、ポロホルケウ。久しぶりだな。連れは、我々の村《コタン》の美女《ピリカメノコ》を嫁にして連れて行った色男どもだな。イレンカシ団長《ニシパ》も来ておられる。ついて来い」

連れて行かれた所は、急斜面に掘られた巨大な土蜘蛛だった。この地方の大首長《サパ》セシリパとイレンカシが斥候の報告を聞いていた。マサリキンはイレンカシの前に両手をつき、丁寧に挨拶した。

「戻りました。教えに背き、大義の前に小義を優先する勝手をいたしました。申し訳ありません」

詫びが、実際には痛烈な皮肉になっていた。イレンカシは不機嫌な顔で、セシリパに彼を紹介した。

「首長《シャパ》、この者がマシャリキンです」

「遠いところを大儀だったの、マシャリキン」

セシリパが愛想よく答えた。苦労人らしく、角の取れた人物である。この地方独特の柔らかい物言いをし、合わせ襟のない筒状の毛皮の服を着ていた。

「オンネフル衆が無慚なことになった話は聞いておる。お仲間は、御無事かの？」

「三千人がタンネタイの森ごと焼き殺されました。シナイ地方には、もはや人影もありません」

「痛ましいことだの」

「その下手人の鎮狄将軍が、すぐさまリクンヌップに向かったことをお知らせしに参りました」

「大儀だったの。だが遅かった。リクンヌップの七つの村落《コタン》はすべて焼かれた。しかし、俺たちには冬の住まいがある。物見《ものみ》の報告で鎮狄軍が来ると聞き、急いで避難した。奴らは山岳戦《やまいくさ》が苦手なので、ここまでは攻めては来《こ》まい。ま、攻められても充分撃退できるがの」と、セシリパが自信あり気に微笑んだ。「ところで、センミナイ渓谷に火が入ったそうだ。これから見に行くが、一緒に来るかね」

「お供します」

主立った男たち十数名が腰を上げた。蛇行する渓谷の東端から火が入り、両側の山林が激しい炎と煙を吹き上げていた。

「これは大事《おおごと》だの」と、セシリパが太い声で言った。渓谷の両側は炭焼き用の雑木林で大木がない。大きく育った木と、まだ小さい若木と、苗ばかりの地面が、渓谷の両側の斜面に上から下へと縦縞模様になっている。風通しがいいし、木の隙間も狭い上に今は葉もないから、燃えるのも速い。

「モーカムイ盆地への出口はここだけだ。火が収まるまでは敵は身動きできない。寒さに慣れない南国の兵だ。手が凍えて武器も満足に使えまい。夜襲をかけよう」と、イレンカシが言い出した。

「慌てるな。相手は三千八百人。我々の戦士は五百と少し。いくら相手が弱兵揃いだとしても、合戦となれば手負いも討死も出る。無理することはないがの」と、セシリパが鷹揚に笑った。

尾根は強風で、立っていても吹き飛ばされそうだし、話もできない。頑丈な小屋《カシ》に入った。

「モーカムイの戦《いくさ》を思い出す」と、イレンカシが振り向いた。弟子との関係を修復したいようだ。

「御家族はニカップでしたね」

「息子が二人、娘が一人。どれもまだ子供だ」

「この戦《いくさ》を生き延びて、無事に帰りたいものですね」

「その前に、目の前のあの者どもを皆殺しにしなければならぬ」

ふと、カリパを思った。両親や村の仲間を皆殺しにされ、心に深い痛手を負っている。あの惨劇を繰り返させないために自分はここで戦おう。

「慌てることはない」と、セシリパが言った。「この山火事は二、三日は続く。その間、敵は動けず、こちらは十分に支度できる。しかも雪の女神《ウパシマッカムイ》のお出ましは目の前だぞ」

イレンカシがニヤリと笑った。笑顔を作る口実ができて、ほっとしている様子だった。

「では取り掛かるか」

「早いほうがいい」一同が腰を上げた。

「何をするんです？」

「ついて来ればわかる」

カリパは、クマとアルサランと一緒に薄雪の積もる盆地内を歩き回っていた。敵兵が十人一組で巡《じゅん》邏《ら》しているのを用心深く避けながら、歩き回った。

「村《コタン》はどれもひどく焼かれているけれど、死体が見当たらないわね」

「敵が来る前に、山に避難したようだな」

「あの足跡を辿れば、隠れ場に行き着けるわ」

三人は山襞《やまひだ》に分け入り、程なく隠れ里の一つに辿り着いた。外からはわかりにくい大きな洞窟住居があり、そこでリクンヌップ衆に会った。事情を話すと、すぐに受け入れてくれた。

山の人々は脅えていたが、親切だった。彼らはマサリキンたちの到着については知っていなかった。洞窟の中では戦に備えて盛んに武器を造っていた。大量の篠竹《しのだけ》が山積みされ、火で炙《あぶ》って真っ直ぐにし、節を滑らかに削り、矢柄《やがら》を作る。鳥の羽を矧《は》ぎ、硬い石を叩き割って鏃《やじり》を作り、天然アスファルトで矢柄に接着する。弾力のある木を使って弓を造り、樹皮繊維を縒《よ》り合《わ》わせて松脂《まつやに》で固め、丈夫な弓弦《ゆづる》を作る。鳥兜《とりかぶと》や毒茸や毒蛇の毒腺を擂《す》り潰《つぶ》して即効必殺の猛毒を調合している組もある。皆、命がけの熱心さだ。せっせと太刀を研《と》いでいる者も多い。手ごろな青竹で竹槍を造り、先端を火で炙って固め、矢毒《スルク》を塗り、それが壁に何百本も立て掛けてある。

人々は情報に餓えていて、カリパの話すオンネフルの悲劇の話に震え上がった。着いたのが午後だったから、そうこうするうちに日が暮れた。傍らの人がふと訊ねた。

「で、肝心のオッパセンケのオノワンク殿は無事かの？」

この何げない質問が、カリパを仰天させた。オンニの名前と在所は極秘事項で、決して口にしてはならない掟だ。なぜここの人たちは平気でそれを口にするのだろう。強烈な違和感だった。傍らのクマの顔を見ると、温和な光を湛えていたアチャの目が一瞬鋭く光り、カリパに向けて微かに唇を引き締めて見せた。黙っていろという合図だ。

天気はよかったが外は大風で、どこかの火が燃え移り、山火事が起きて、センミナイという渓谷が燃えているという。一晩泊めてもらった翌朝、マサリキンがアシリペに来ており、イレンカシと一緒だという知らせが入った。カリパたちはここで初めて、彼がイレンカシを主将とするホルケウ軍団の副将であり、「ポロホルケウ（大狼）」と、呼ばれていることを知った。

マサリキンが首長《サパ》たちと一緒にセンミナイ渓谷の尾根に行っていると聞かされ、若い男に案内されて尾根に行った。渓谷は火災の真っ最中だつた。火に煽《あお》られた強風が東から西に向かって轟々と吹き抜け、谷の両側の斜面の雑木林を次々と炎に呑み込んで行く。

尾根は上に行くほど風が強く、吹き飛ばされそうだ。アルサランがカリパの手を摑んで常に気配りをしてくれた。これまでの半生を荒くれの盗賊団の中で暮らし、およそ人と人との優しい交わりとは縁のない暮らしをしてきたこの兄は、妹の世話を焼くのが嬉しくてならない。エミシ族の男は、女に対しては常に一定の距離と節度を保って接するが、波斯《パルシー》人の習慣を色濃く身に着けているアルサランは、その基準からすると破格の親密さを体中で表わした。カリパは初めは戸惑ったものの、兄の嬉しい猪面を見ていると次第にその戸惑いを忘れ、或いは手を引き、或いは肩を抱いて爪先に小石の一つも当たらぬようにと心を砕いてくれる優しさに、武骨で気の利かない赤髭の兄とは違う心地よさをたっぷりと感じていた。とは言え、カリパも時々辟易《へきえき》する。こうベタベタされては恥ずかしい。

「アルサラン」と、小声で囁いた。「妹に優しくしてくれるのは嬉しいけど、程々にしてよ。子供でもあるまいに、いくら妹だからって大の男が女の手を握って歩くなんて、恥ずかしいわ」

「俺が育った多胡の村では兄弟家族が仲良く肩を寄せ、手を取り合って歩くのはごく当たり前だ。そうでなかったら喧嘩でもしたのかと逆に心配される」

「多胡の人はみんなこうなの？」

「雑多な人種がいるからな。新羅《シランキ》や百済《クッタラ》、唐人や西域の諸部族、蒙古《モンゴル》、天竺《ヒンドゥー》、越南《ヴィエトナム》。それぞれが身内に親しさを示すやり方はいろいろだが、俺たちパルシーはこれが当たり前だ」

いきなり猛烈な強風に吹き飛ばされそうになった。アルサランに手を掴まれていたので何とか踏みこたえた。前を行く案内の若者が、地面に四つん這いになって風を凌《しの》いでいる。

頂上に十数名の男たちが見えた。その中で、背の高い男がこちらを見ていた。マサリキン！　その後ろにもう一人の男がいて、何事かを囁いていた。知らない人だが、顔の左半分に赤痣が見えた。

「やあ、マシャリキンだ！」と、案内の若者が指さした。「その隣がイレンカシ団長《ニシパ》だ」

「まあ、嬉しい！　もう一頑張りね」

谷間の火が胸に燃え移ったような気がした。先頭を追い抜き、急な坂を両手両足を使って氈鹿《かもしか》のように駆け上がった。後ろでクマが案内の若者に言うのが聞こえた。

「若い衆《オッカイポ》、ここまで来れば自分たちで行ける。早く帰って、温かいものでも飲んで、冷えた体を暖めてくれ。ありがとう」

マサリキンが駆け降りて来た。人目もあることだし、飛び付きたいのを我慢した。だが、足が言うことを聞かない。嬉しさに勝手にピョンピョン飛び跳ねている。

「カリパ、どうしたのだ？　やあ、クマ父ちゃん《アチャ》も一緒か。何かあったのか？」

マサリキンも嬉しそうだ。強風の中で顔をまっ赤にして今にも抱きつきそうな勢いだが、やはりエミシ男だ。必死に我慢している。

「あなたを助けに来たの！」

「俺はこの通りピンピンしているぞ」

「レサックが、セタトゥレンに操られてあなたを追ってこっちに来るのを見たって、この人が教えてくれたから、これは大変だと駆け付けたの」

「セタトゥレン？」

一瞬、マサリキンの顔に激しい脅えと怒りが走った。

「で、この人は？」マサリキンがアルサランを見た目が鋭い。敵と見なしている目つきだった。「どこかで見たことがあるのかも知れないが、思い出せない」

カリパは顔中を笑顔にして、息を弾ませながら言った。

「詳しい話は後でゆっくりするわ。で、三人で急いでやって来たのよ」

「途中、ウナルコ山の裾でレサックに襲われてな。えらい目に遭った」と、クマが口を挟んだ。

「レサックがか？　またか！」

「あいつはセタトゥレンに操られて、狂ったように襲いかかって来た。必死に防戦したが、とても防ぎ切れない。もう少しでやられそうになった時、カリパが『やめて、父ちゃん《アチャ》が泣いてる』って叫んだんだ。その言葉が利いて、足が止まった。その隙に逃げて来たのだが、実に危なかった」

「あの呪い人《アシトマップ》は執念深いから、きっとここへも来る。そう思って知らせに来たのよ！」

「それは危なかったな。ところでこの旦那《ニシパ》はどういう方だ？」

ひどく冷たい声だった。カリパは一瞬、口ごもった。アルサランがゆっくりと静かに答えた。

「わたしはアルサラン。ムッツァシの国のタコの者だが、エミシ同化民《ピリカサンペ》だと思ってくれ。カリパ、俺の役目はこれで済んだ。俺はこれから急いで帰り、ここの様子を赤髭殿に報告する」

アルサランがじっと妹を見つめた。危険に満ちた戦場《いくさば》でいつまた会えるかわからない。その思いが彼の判断力を一瞬鈍らせ、それがカリパにも伝染した。涙ぐむ妹の肩を抱いて、引き寄せた。その時、マサリキンの手が彼の襟首を摑んだ。猪男の横面に強烈な一撃が炸裂し、アルサランは一間《いっけん》も後ろに吹っ飛んだ。そして、また一発、二発、三発。カリパが悲鳴を上げた。

「イテキ！　イテキ（やめて）！」

アルサランが雪の上を転がって逃げた。口の中が切れたらしく血を雪の上にペッと吐き出した。拳を固めて身構えるマサリキンの出方を警戒するように五、六歩後退し、踵《きびす》を返した。何度か立ち止まっては振り返り、悲しそうに頭を振って尾根の向こうに姿を消した。

上にいた男たちが声を掛けてよこした。

「ポロホルケウ、客人なら洞穴《ほらあな》の温かいところでゆっくり挨拶をする。何せここは寒い。俺たちは先に戻るぞ」彼らは山の白い斜面を、二股杖《エキムネクワ》を巧みに使い、雪煙を上げて滑り降りて行った。

怒りに震えて見送るマサリキンの後ろで、カリパは思わず地面にへたり込んだ。

「なぜ奴を庇《かば》う？」と、こちらに背を向けた儘、マサリキンが言った声が厳しい。後ろ姿が怒りに震えていた。返事も待たずに二股杖《エキムネクワ》に跨がり、その儘猛烈な勢いで斜面を下って行く。

雪煙をあげて滑り去るセノキミを呆然と見送った。怒っている……やっと会えたのに、いきなり自分に向けられた恋人の初めての怒りだった。大きな岩陰によろりと腰を下ろしたら顔が醜く歪み、涙が溢れ出た。

あのマサリキンが、この自分を命を捨ててまで守ろうとしたマサリキンが、剝《む》き出《だ》しの怒りを自分に向けて叩きつけた……。自分は嫌われたのだ！　その衝撃が彼女の心を粉々に打ち砕いた。あの人、きっと思い出したんだわ……。呪い人《アシトマップ》の妖術で一時的に正気を失っていたとは言え、その間の出来事を完全に忘れるはずはなかろう。妖術の影響が薄れれば、記憶も徐々に蘇る。どこまで記憶を取り戻したかはわからないが、あの戦場《いくさば》でトヨニッパの率いる盗賊団に捕らえられた時の強烈な怒りを思い出したに違いない。その敵と自分とがやたらに親密にしているのを見て、彼の激しい怒りと疑惑はこの自分にも向けられている。困った……。どうやって真実を説明しようか。

二股杖《エキムネクワ》に跨がり、すごい勢いで雪の斜面を滑降して行くマサリキンの長身が、突然左に倒れて深い吹きだまりに頭から突っ込んだ。情けない悲鳴が聞こえ、二本の長い足が、雪の吹きだまりから棒杭のように突き出て、もがいている。下で見ていた男たちが腹を抱えて笑っているのが見えた。

42　ウパシマッカムイの裳裾

「おい、元気を出せ」クマだった。「そんな情けない顔は、お転婆カリパには似合わないぞ」大きな手のひらが背中を撫でた。それでカリパはますます泣いた。小さな女の子のように声を上げて泣いた。でもマサリキンの無様な姿を思い出したら、めちゃくちゃにおかしくて、泣きながら笑った。思い切り泣いた後の泣きじゃくりの慰めが全身に広がった。

「クマさん」と、鼻声を出した。「あの人、どうしてあんなに怒ったの？」

クマがニヤリと片頬を歪め、声を上げて笑った。

「あれはやきもちだ」

「えっ？」

「お前も鈍いな。もっと男の気持ちをわかってやれよ。いいか、マサリキンは尾根の上でお前の来るのを見ていたのだ。お前とトヨニッパが手を取りあったり、肩を抱いたりしているのを見ている。トヨニッパはもともとパルサ人だ。お前もそうだが、エミシの間で育ったから、パルサ人の習慣を知らない。連中の間では兄と妹があぁして親しくするのは当たり前のことらしい。お前も最初は戸惑ったようだが、たちまち慣れて仲良く手を繋いでいたではないか。だが、何も知らないマサリキンがあれを見たら、どんな気がすると思う？」

「あっ……」

「わかったか、このおたんこなす。これでトヨニッパが反撃しなかったわけもわかるな？　あの、全身力瘤の大男と、上背はあるが痩せっぽちの若者《オッカイポ》とが本気で殴りあったらどうなる。だが、奴は殴られっぱなしだった。奴はマサリキンより数段大人だ。青二才の考えなど全部お見通しなのだ」

何だか急におかしくなった。マサリキンがやきもち！　とんだ見当違いだけど、なんて可愛いの！　それにしてもアルサランはえらい目に遭ったわね。マサリキンにはぶん殴られるし、わたしにはお尻を切られるし……。カリパの肩をポンと叩いて、クマ父《アチャ》ちゃんが言った。

「さあ、やきもちやきの雪達磨男《ウバソッカイ》が待ってるぜ。行こう、お転婆」

「そうか、シネアミコル殿の妹御か。先程はごたごたしていた上に、何せあの強風で、ろくな挨拶もできず失礼した。兄上のことはよく存じておる。大洪水の中に孤立した陣地を持ちこたえ、ついに敵将按察使《アゼティ》を討ち取った名将だとの評判だ。よく来られたの」

円熟した人当たりのいい人物である。どこで仕入れてきた話なのか、クマによれば、この旦那《ニシパ》は大変な恐妻家で、家では女房に頭が上がらないそうだ。それで人間が練《ね》れたのかも知れない。だが、見るからに堂々とした男である。

「で、わざわざここまで来ていただいたのは、どういうことでござるかの」

「わけは二つでございます。まず、鎮狄軍《ちんてきぐん》がここを攻めたのは内輪の勢力争いによる、とお知らせするためです」

「その話はマシャリキンからも聞いた。ともあれ、ありがとう。これは赤髭殿の言いつけか？」

「そうです。もう一つは、マサリキンを敵《かたき》と狙う呪い人《アシトマップ》がこちらに向かっているのです。途中、ウナルコ山の麓で襲われて、逃げました。敵はしつこいですから、きっと追って来るかも知れません」

「厄介だな。マシャリキンはそいつのために恐ろしい目に遭ったらしいの。奴は未だに自分がどうやって助かったのか、詳しいことはまるっきり憶えていないようだ」

そのマサリキンはこちらには目も向けず、イレンカシと川を塞《せ》き止《と》めるとかいう話に熱中している。わざとわたしを無視しているんだわ……と思ったら、唇が鍋鉉型《なべづるがた》に歪んで、泣きたくなった。

「さっきは何か不都合なことでもあったのかな。帰る時、振り返ったら、マシャリキンがお前さんの連れの男と少し揉めていたようだが」と、セシリパが小声で訊ねた。クマが横から答えた。

「恐縮です。あれはエミシ同化民《ピリカサンペ》で、我々の習慣がまだよくわからず、時々怒られるのです。追々利口になるでしょう。彼らを馴らすのは、これでなかなか骨が折れましてね。お察し下さい」

セシリパがクスリと笑った。

「確かに、御婦人に対していささか出過ぎた態度でしたからな。怒られるのも当然だ」

食事には熊肉と山芋と濁酒《どぶろく》が出された。あまり飲めないはずのマサリキンがガブガブ飲んでいる。

「馬鹿ね、きっとやけ飲みしているんだわ、後で気持ちが悪くなるわよ」と、横目で見ながら思った。

飛んで行って抱きしめたい気持ちを抑えるのが大変だった。

酒が回って来て、賑やかになった。マサリキンがいやに多弁だった。今ここに来ているウェイサンペはタンネタイの森を焼き、三千人もの住民を虐殺した極悪人どもだ。一人として、生きてこの地から出してはならぬ！　と喚いている。あの慎ましい若者がこんなに荒れているのを見るのは初めてだ。それをイレンカシが煽《あお》り立《た》て、若い男たちはめちゃくちゃに盛り上がっている。

……マサリキンはここではポロホルケウって呼ばれてるのね。かっこいい名前だわ。でも、あんまりおだて上げるといいことはないわよ。あの人、すぐその気になりやすいんだから……。

「殺せ、殺せ、ウェイシャンペを殺せ！」

際限もなく盛り上がる若い衆を横目に、酒を楽しんでいるクマにセシリパがにじり寄った。

「若い者は、今は盛り上がっているが、実際の戦《いくさ》では大勢が殺されたり、大怪我をするなど悲惨な目に遭う。また、あいつらは人を殺した後味の悪さも知らない。戦はおぞましい」

「そうですな。わたしも敵兵を何人もこの手にかけましたが、思い出すと実に後味が悪い。ところで、山火事はいつごろ鎮火するでしょう？」

「炭焼き用の雑木林だ。大木もない。明日の夕暮れには燃える物が尽きて自然に鎮火するだろの」

「そうなれば鎮狄軍は、渓谷を抜けてモーカムイ盆地へ出て行きますな」

「それまでここに隠れていれば、戦などしなくて済む。だがな……イレンカシが言うことを聞かない。あいつはウェイシャンペを皆殺しにしたいなだ」

「しかし、大首長《サパ》は貴方《ニシパ》でしょう」

「大首長《シャパ》と言ったところで、チャランケで選ばれたものだすけの。チャランケが動けば逆らうのは難しいなだ。ましてイレンカシはあの通りの雄弁家だ。若い時に家族を皆殺しにされた怨みに燃えている。それにあの若き英雄ポロホルケウが組んでいるから、始末が悪い。歯止めが利かねなだ」

そうかも知れない……、とカリパも思う。この大首長《サパ》は優しい。それはいいにしてもいざという時に強力な決断力が発揮できなければ、悲劇を生むだろう。心の呵責《かしゃく》からアカタマリを殺し損ねた己の不甲斐なさとその結果の悲惨さを思って、胸が掻《か》き毟《むし》られた。

「さて、この天気は」と、クマが話題を変えた。「いつまで続くのでしょう。そろそろ大雪が降る節だと小耳に挟みましたが」

「例年、今ごろは豪雪に埋もれて、渓谷の通行も難しくなるが、今年は遅れている。最近、気候が暖かくなっているからの。だが、今日の風の様子なら二、三日中にどか雪が降るだろの」

「ふむ」と、クマが考え込んだ。「そうなれば渓谷から西へは出られない。鎮狄将軍は功を焦っている。無人の里を焼き払っただけでは大した手柄でもない。あの四千人近い軍勢で、ここの隠れ里を残らず潰そうとするでしょうな。奴らは山戦《やまいくさ》が苦手だが、あの大軍とやり合うのは厳しい」

「更に山奥に逃げるしかないが、大雪と極寒の中で、老人や女子供連れだ。酷《むご》いことになろうの」

クマの話を横で聞きながら、カリパはタンネタイの森の惨劇を思い出し、口惜しさと怒りで涙が溢れた。みんな、わたしが悪いんだ。あのためらいが罪もない人々を殺したのだ。そしてここでも戦《いくさ》を避けて隠れている優しい人々が、明日は惨《むご》たらしく殺される。わたしのせいだ。

暗い物陰で、声を立てずに泣いているカリパの肩に優しい手が置かれた。

「あなた、お疲れね」と、女の声がした。「酔っ払いの男衆と戦の話ばかりでは心がもたないわ」

セシリパの女房だった。小太りで色の白い、落ち着いた中年の女性だ。

「あの、わたし、ちょっと用を足したいのですが」

「ああ、女用の厠《かわや》はあの出入り口を出て、右のほう。誰かが使っている時には手拭いが下がっているから。あなたもそうするといいわ。男用はそれを通り過ぎてもう少し向こう。間違わないでね」

気候温暖な低地では厠《かわや》などというものはなくて、用便は戸外の藪陰《やぶかげ》などですますのが普通だが、猛吹雪の吹きすさぶこの極寒の地では、それは凍傷凍死の危険を伴いかねない。それでここでは洞窟の住民共用の、板囲いの厠が洞窟の外に設置されていた。洞窟内だと、悪臭が籠もるのを避けるためでもある。

用が足したいわけでもなかったが、外に出ると、夜気が冷たく、心地よい。空は晴れていて、星が満天を埋めていた。陰暦二十二日、月の出は遅い。闇の中、男が二人肩を組んで歩いて来るのが朧《おぼろ》に見えた。背の高いほうがマサリキンのようだが、足取りがおぼつかない。

「マサリキン」と、すれ違いざまにそっと声を掛けた。

「やあ、彼女か」と、仲間の青年が言った。「先に行っているぜ、雪達磨男《ウパソッカイ》。ごゆっくり」

新しい綽名《あだな》の雪達磨男《ウパソッカイ》だが、ひどく酒臭い。こんなに酔った彼を見るのは初めてだった。

「ずいぶん飲んだのね」

「飲まずにいられるか」と、酔っ払いが乱暴な声で答えた。

「何をそんなに怒っているの？」

「ふん、泥棒野郎と手を繋いで、はしゃいでいたのはどこのどなたさまだ。あの野郎をぶっ殺さないでしまったのに腹が立ってならない」

「何を言っているの。あれはわたしの兄さんよ」

「何だと？　君の兄さんはシネアミコル隊長だとばかり思っていた。いつから兄貴が二人になった？　ああ、そうか。君にはいつでもどこにでも好きなだけ兄貴が湧いて出るのか。まるで蛆虫《うじむし》と同じだ。それとも、これは赤蛇《フレトッコニ》の術ではなくて、蛆虫《モソシペ》の術というやつか」

カリパは一瞬、理性を失った。

「雪達磨男《ウパソッカイ》！」

バシッ！　強烈な平手打ちがマサリキンの左の頬を襲った。酔っぱらいが薄雪の地面にぶっ飛ばされた。その儘、女用の厠に飛び込んだ。強烈な悪臭の籠もる中で、声を上げて思い切り泣いた。

外に人の立つ気配がした。戸を開けると、しょんぼりとマサリキンが立っていた。ますますむかむかしてきた。何よ、青菜に塩みたいな顔をして。わたしが見たいのはしょぼくれ男じゃないわ。明るくて、力に満ちて、颯爽とした男よ！　炎の中から黒鹿毛《くろかげ》に跨がって飛び出して来て、力強い手でわたしを摑んで馬の背中に引っぱり上げてくれたあの若武者よ！　そんなへろへろの雪達磨男《ウパソッカイ》なんか見たくもないわ！　でも……。なぜ？　月もない闇夜のはずなのに、なぜこの人の姿が見えるの？　あたりにほの赤い光がゆらゆらと漂っている。あの山火事がここまで迫っているのか。ドキッとして思わずまわりを見回した。そして、度肝を抜かれた。

「何、あれは！」

星の瞬く夜空に赤い美しい光の幕が懸かっていた。薄絹の裳裾が紅に輝いて揺れているような、この世のものならぬ神々しい光だ。深い感動と安らぎと赦しが、夜空一面に満ちていた。膝の力が抜け、ひとりでに地面に膝を突いていた。この荘厳な光の前では、人間世界の喜怒哀楽などは塵芥《ちりあくた》のように感じられた。マサリキンも驚きの余り酔いも吹っ飛んだらしい。低い呻き声を上げて空を仰ぎ、魂を抜き取られたように恍惚として天空の光の舞いに見惚れている。

遠くで誰かの叫ぶ声が聞こえた。隠れ洞の入り口から大勢の人々が飛び出して来た。

「雪の女神《ウパシマッカムイ》の裳裾だ！」

「雪の女神《ウパシマッカムイ》の裳裾が現われた！」

乱舞する赤い光の垂れ幕に照らされて、果てしなく続く脊梁山脈の山々が薄紅《うすくれない》に輝いていた。


夜が明けた。空は雲一つなく、吐く息が鼻先で凍りそうだ。マサリキンがまだぶすくれているのを横目に、知らん顔で放っておいた。渓谷の山火事はあらかた鎮火している。谷を挟む南北の急斜面は真っ黒に焦げている。物見《ものみ》が帰って来て、報告した。

真夜中、敵の不寝番も天空に現われた不思議な光の幕を見たという。この地方のエミシにとっては格別珍しくもなく、天上のカムイからの美しい贈り物だされているのだが、南国から来た鎮狄軍《ちんてきぐん》にとっては恐怖以外の何物でもなかったらしい。全軍が恐慌状態に陥り、夷族《いぞく》の神が怒りの炎を燃やしていると、思い込んでしまったのだ。

「恐れるな。我々は太陽の神アマテラス大神《オポミカミ》の末裔《まつえい》だ。この妖異は闇に巣喰う蛮神の仕業だ。太陽の前では力を失う。全軍、声を合わせ、カケ（鶏）の声を作れ。鶏《カケ》が時を告げれば日の出が近い。蛮族の神は恐れて退散する」と、将軍カケタヌキが叫んだ。将軍自ら体に似合わぬ大声で、「カッケーロー（＝コケコッコー）」と、叫んだ。鎮狄軍は夜が明けるまで「カッケーロー」と、叫び続けた。

「そのお陰で全軍が寝不足となり、一晩中叫び続けて声が嗄《か》れておりました」

聞く者はみな腹を抱えて笑った。マサリキンが無理して渋面を維持している。そこにイレンカシが飛び込んで来た。

「風が変わったぞ。西の空に雪雲が迫っている」

外では強い西風が音を立てて谷間を吹き抜け、西の稜線から黒い雪雲が空一面に広がり始めていた。

「あと一時《いっとき》（二時間）以内に」と、老人が言った。「吹雪とどか雪が来る」

「雪の女神《ウパシマッカムイ》が我らの味方をなさる！」と、イレンカシが叫んだ。

男たちが隠れ洞の近くの炭焼き用の丸太置き場から、太く重いのを選んで背負い始めた。

「これから何をするの」と、クマに訊いてみた。

「雪崩の種《ウパシホルッケピ》だと言っているが、何のことかわからない。俺も行ってみよう」

強い西風の吹く尾根に向かって、男たちが重い丸太を背負って登って行くのを女たちがコサを吹いて見送った。先程まで晴れていた空が薄墨色の雲に覆われ、たちまち大雪となった。

「あの人たち、大丈夫かしら」と、カリパは脇にいた女に訊いてみた。

「大丈夫！　男たちは雪の女神《ウパシマッカムイ》の御機嫌を損ねるようなことはしないわの。女の機嫌を損ねるとどんな悲惨なことになるか、ここの男たちはよく知っているからの」と、女たちがどっと笑った。

やがて男たちが戻って来た。マサリキンは二日酔いらしく、げっそりしている。昨夜の一撃がまだ堪えているようだ。放っておいた。マサリキンは好きだけど、しょぼくれ男は嫌いだ。

センミナイ渓谷の両斜面は木々が根本まで焼け崩れ、燃え残りの根株と灰と焼け土だけになっている。火事で熱せられた山肌に降りかかる雪は融けて水になり、それが冷たい谷風に冷やされて分厚い氷となって地面を覆い、その上に際限もなく雪が降り積もった。

43 センミナイ渓谷

青首のアシポーはその時、鎮狄軍の陣営にいた。一晩中夜空にゆらめく妖しい光に脅え、徹夜で「カッケーロー」と、叫び続けて、明け方しばしのまどろみから目覚めて眺めた渓谷からは、まだ黒煙が立ち上っていた。

「火が収まるまでは危険だ。のんびり待とう」将軍の一言で、みんなほっとした。少しは休める。

あの将軍暗殺未遂事件のどさくさの最中に、妻のコヤンケの従妹だというエミシ女に厚手の毛氈《もうせん》を貰った。将軍暗殺未遂犯人の身内とばれたら命がないと思い、暫くの間、隠していたが、行軍の合間に細工して足袋《あしぶくろ》を作った。仲間が驚いて由来を尋ねた。アシポーの父親は豪農だから、こんな高価な物もあるのだと納得させた。二枚重ねで脛《すね》の中ほどまで覆うようにし、藁沓《わらぐつ》の中に穿《は》き込《こ》んだ。残りで腹巻きと手袋と首巻きを作った。まわりの仲間が霜焼けに悩んでいる中で、彼だけは足が汗ばむほど暖かかった。これなら冬の行軍で一番恐ろしい凍傷にもならずに済む。ありがたかった。

朝寝の夢は強風と吹雪で破られた。将軍や高級将校用の陣屋は頑丈だが、兵卒用は脆弱《ぜいじゃく》で、あちこちで天幕が吹き飛ばされた。降雪量は信じられないほどで、人の腰を埋めた。一町（約百メートル）先も見えぬほどの白い帳《とばり》に囲まれ、太陽は見えず、西も東も判別できない。

センミナイ渓谷の入り口から、夕陽に照らされた新雪の上に、豆粒のような人影が歩いてくるのが見えた。このあたりのエミシの着る筒状の毛皮の防寒服に身を包み、手に二股杖をつき、樏《かんじき》を履いていた。頭は鬘《ミドウラ》に結い、渓谷の向こう側、モーカムイ盆地からやって来た王民《エキムネクワ》で、将軍にお目にかかりたいと言う。衣服には焼け焦げや煤《すす》がこびりつき、左足首を引きずっていた。顔の左半分に赤紫色の痣《あざ》がある。アシポーはこの男を将軍の前に連れて行った。

「俺はの、モーカムイの植民村パキノの者での。蛮族が村を焼いて、村人ば殺して暴れでるなだ。イデパ砦も賊に囲まれで、この儘では全滅だの。一刻の猶予もならねさけ、助けでくれちゃ」

訛りが強くて聞き取りにくい。去年は天候不順で不作だった。飢えた蛮族に襲われ、越冬用の食料を奪われ、今日の食い物にも困っている。イデパ砦も賊に包囲されて、苦戦しているという。

将軍が、例の甲高い声で答えた。

「安堵せよ。先日はオンネフルの東夷《とうい》三千余人を森ごと焼き殺した。この度は、ここリクンヌップで北狄《ほくてき》の巣窟七ケ村を焼いた。皇軍《スメラミクサ》は無敵だ。我々の姿に、凶賊は恐れ逃げまどうであろう」

既に日暮れなので進撃は明朝と決まった。夜半、積雪は胸の高さに達し、雪の重みで天幕が潰れた。気温はどんどん下がり、飲み水もすべて凍った。朝、晴れ間が出た。

「天佑《てんゆう》です。一気に渓谷を抜けてモーカムイに出ましょう。もう一度降ったら、地元のエミシといえども通り抜けられません。引き返すのも最早無理です。春までここに閉じ込められます」この地の事情を知る者らがそう言った。鎮狄軍《ちんてきぐん》は陣営を畳み、全員樏《かんじき》を履き、雪原を西に向かった。モーカムイから来た男は、軍隊の後ろをヨロヨロとついて来ていたが、やがて見えなくなった。

将軍が赤い鶏冠《とさか》を振り立て、やたらと元気のいい声で部下を励ました。

「雪は深い。我が祖父比羅夫《ピラプ》殿は氷雪の支配する北の涯、ミシパセの国まで遠征し、帝国の威光を輝かせた。それに比べれば、ここイデパなどはほんの入口だ。者ども、進め！」

積雪は、所によりアシポーの背丈ほどもあった。この季節の天候は変わりやすい。今の内に少しでも前進しろと将軍が督励した。センミナイ渓谷は端から端まで十一里（約六キロ）ある。四里ほど行くと幅が半里ほどの平場になり、その入口と出口は両側から迫る急峻な斜面に挟まれた隘路《あいろ》になっている。土地の者はここをヨシペナイ（胃袋沢）と呼ぶ。平場の長さは三里ほど。

軍列は四里（二・一キロあまり）に及ぶ。普通なら全軍が渓谷を通過するのに三時間だが、この大雪で、ヨシペナイに先頭が着くのに二時間もかかった。小休止後、また難儀な行軍を始めた。

この大雪に対し、兵の装備は不十分だった。衣服は指揮官以外は麻だ。履物《はきもの》は藁《わら》の深沓《ふかぐつ》で、樏《かんじき》を履く。頭に笠、体に藁蓑《わらみの》。手袋はない。やがて藁沓に水が滲み込む。新雪が深沓の縁から入り込む。やがて全身が冷たく濡れる。最前列で雪を踏み固めたり、掻き分けたりする部隊はたちまち凍えた。濡れた衣服はすぐに凍る。その点、アシポーは毛氈《もうせん》のお陰で寒さ知らずだった。

全軍がヨシペナイの奥に達した時、悲劇が起きた。

「雪崩《なだれ》だ！」と、誰かが叫ぶのが聞こえた。

振り向く青空の下、渓谷の北側の尾根に真っ白な煙のようなものが立ち、大量の雪が急斜面を滑り落ち、轟音と共にヨシペナイ沢の入口に崩落した。ほぼ同時に向かい合う南側の尾根からも雪崩が崩れ落ち、谷底に巨大な雪の障壁が生じた。もう引き返せない。

「ここは極めて危険です！」と、山国育ちのローソティ（旅帥＝百長）が悲鳴を上げた。「この渓谷は両側の斜面が急なうえに、一昨日来の山火事で木々がことごとく焼けて裸山になっています。その焼け土の上に大雪が降り、これが融けて凍り、分厚い氷の層になりました。そこに積もる雪ですから簡単に滑り落ちます。至急脱出すべきです」

全軍に衝撃が走った。

「急げ。一時も早くここを脱け出せ」と、将軍が叫んだ。

夢中で豪雪の谷間を突き進んだ。だが、とんでもない事態が起きていた。ヨシペナイの出口が焼けた倒木と氷で塞《せ》き止《と》められ、大池になっていたのだ。川岸を行く狭い道は水没していた。

雪の壁の脇を削って進むほかない。そして悲劇が起きた。今にも崩れ落ちそうに、急峻な斜面に降り積もった膨大な量の雪の塊の裾を掘り崩したらどうなるか。当然のことが起きた。

大雪崩！　高い尾根から崩れ落ちてくる膨大な量の白い魔物。見上げる青空の半分を真っ白な雪煙が覆い、とてつもない量の雪の塊が大音響とともに先頭集団に襲いかかった。あっという間だった。目の前に見上げるような雪の壁が立《た》ち塞《ふさ》がり、その中から必死に逃げ出そうとする兵の叫びが聞こえるが、助け出す手段もない。

「また来た。逃げろ！」

反対側の斜面からも雪崩が崩れ落ちて来た。それが次の集団を呑み込んだ。

「返せ、返せ！」

将軍が金切り声で叫んだ。白い山全体が闖入者《ちんにゅうしゃ》を呑み尽くそうとするように両側から崩れて来る。

全軍狂わんばかりに脅え、押し合いへし合い駆けに駆けた。滑りやすい雪の上だ。倒れる者を踏みつけ、こけつまろびつ駆けた。多くの兵が仲間に踏み殺され、氷の張った冷たい川に転落した。やっとヨシペナイの平場に戻った時には三百人の兵と五十数頭の馬を失っていた。鎮狄軍は、狭隘な渓谷の前後を巨大な雪の壁で閉ざされ、行くも引くもならず、四方を雪と氷で囲まれた谷間に閉じこめられてしまった。

将軍が指揮官たちを集めた。

「この窮地を脱出する手立てはないか。ぐずぐずしていると全滅する」

誰も口を開かない。将軍が兵を動員して行く手の雪の壁に再び挑ませた。だが、落ちて来たばかりの雪はさらに崩れやすい。その間にも、両脇の斜面から小規模な雪崩が次々に落ちて来た。

「これは難儀なことです」と、将軍の側にいたアシポーは、上官や余人に聞かれぬように小声で呟いた。「日暮れも近く、今日の進軍は無理でございましょう。寒気は厳しく、ずぶ濡れの者も多うございます」

将軍が頷き、鶏声《けいせい》を張り上げた。

「ひとまず、下がれ。野営の支度をせよ」

豪雪の中の設営は大変だ。雪崩の危険を避け、山裾からなるべく離れて、厚く積もった雪の上に天幕を張る。雪の塊を作って外側に重ね、風除けにする。雪の上では焚き火もできない。篝火用《かがりびよう》の鉄籠に薪炭《しんたん》を入れて暖を取り、炊事をした。だが数に限りがあり、末端の兵までには行き渡らない。雪の上に楯を並べ蓆《むしろ》を重ねても、全員がその上に寝るのは不可能だった。

夕方、風が強くなり雪が降りだした。低体温による障害が出始めた。指揮官たちは毛皮の防寒服に身を包んでいたから持ちこたえられたが、一般の兵はそうではない。防寒性も防水性も貧弱な天幕の中で濡れた履物を脱いで乾かそうにも、素足で立つのは楯《たて》か蓆《むしろ》の上だ。頭巾を脱いで足に巻き付け、せっせとこする。その脚は暗紫色で凍傷が始まっている。湯を沸かし、温かいものを腹に入れれば人心地は付くものの、大量の兵糧と薪炭が雪崩で失われていた。

夜半、吹雪は一層激しく、寒気が厳しくなった。将兵は身を寄せ合い、吹きすさぶ強風のもと、寒さに震えて夜を過ごした。寒くて、眠るどころではない。疲労が重くのしかかっていた。

雪は次の日も続いた。進軍どころか生き延びるのがやっとだった。天幕はまるで役に立たず、兵は雪と氷の塊を積み上げて雪洞《ゆきほら》を作った。兵の鉄冑《てつかぶと》が火鉢代わりだ。雪に埋もれた薪炭は濡れて火がつかない。貴重な矢が燃料になった。兵糧を雪から掘り出す作業で凍傷が増えた。赤紫色になった足指や手指に水泡ができ、真っ黒に腐った。壊死《えし》は四肢に広がり、死に至る。

凍死者が出た。寒さでガタガタ震えていた者が、息遣いが急に遅くなり、脈が弱まり、皮膚は暗紫色に変じ、全身が強《こわ》ばってくる。手足が痙攣し、息も苦しく目も眩《くら》み、歩くのも覚束《おぼつか》なくなる。意識が朦朧として欠伸《あくび》を連発し眠り込む。やがて感覚が麻痺し、熱さも寒さも痛みも感じなくなる。幻覚に襲われ、興奮して暴れ、大小便を失禁し、裸になって吹雪の中に飛び出し、倒れ死ぬ。

「雪女だ！」吹雪の中に飛び出した裸の男の絶叫が闇の中で聞こえた。男の目には漆黒の闇の中、吹雪の中にぼんやりと白く光る樹氷が雪女の群れに見える。雪の肌に氷の目、冷たい女の肌が男を抱きしめ、氷の舌が命を吸い尽くす。

「渓谷の入口と出口は通行不可能です。この沢の北側は比較的なだらかな斜面です。あそこを通って尾根に抜けましょう」と、アシポーの仲間の青首が進言した。それがよいということになり、兵士らは凍傷の足に樏《かんじき》を履き、青首隊に叱咤されながら、背丈ほどに積もった雪を踏み固めて登り始める。

斜面の中ほどで思いがけないことが起きた。頭上の尾根から、狼の遠吠えに似た歌声が聞こえてきた。前後左右から、何百人とも知れぬ歌声が谷に木霊《こだま》し、鎮狄軍を押し包んだ。

おおおう、おおおう、おおおう
おおおう、おおおう、おおおう

走れ、ホルケウ、雄叫びあげよ
疾風《はやて》のごとく、嵐のごとく
山を越え、野を越え、谷を越えて
走れ、ホルケウ、光を求め

おおおう、おおおう、おおおう
おおおう、おおおう、おおおう

走れ、ホルケウ、雄叫びあげよ
雷鳴のごとく、電光のごとく
尾根を駆け、林を駆け、草原を駆けて
走れ、ホルケウ、勝利を求め

おおおう、おおおう、おおおう
おおおう、おおおう、おおおう

見上げる尾根に、たくさんの赤い旗が強風にはためいていた。全軍が竦《すく》んだ。

「進め！　進め！」と、隊長たちが叫ぶが、兵は脅えて動かない。

「雪崩が来る！」誰かが叫んだ。尾根の上から大きな雪玉が、雪煙を上げて転がって来た。

「逃げろ！」真っ先に青首が逃げた。

蛮族の旗が何十本と風にはためき、そしてあの『ホルケウの歌』。雪の斜面を駆け下ってくる兵が青首に斬られた。鮮血が白い雪の面を朱《あけ》に染めた。これを見た全軍が狂ったように斜面に取り付いた。敵は矢《や》一条《ひとすじ》も射ては来ない。ただ、天地に木霊する『ホルケウの歌』だけが轟きわたる。上に登るほど強風は激しく、将軍自慢の冑《かぶと》の羽飾りはちぎれ、吹き飛び、小男がますます小さく見えた。上げ底の沓は安定が悪く、何度も転び、全身雪達磨のようになった。将軍がついに撤退を命じた。

低体温症で精神に異常をきたす者が続出した。彼らには闇の中に林立する樹氷が、ふるさとの妻や家族に見えた。雪洞を抜け出し、その足下に抱き付いて凍死した。

44　氷の墓場

カリパは本陣のある大洞穴の中にいた。数百人の老若男女がぎっしりと集まっていた。

「好機だ」と、イレンカシが吼《ほ》えている。「雪の女神《ウパシマッカムイ》が我らの味方だ。連中を今度こそ殲滅《せんめつ》できる。十二年前に被《こうむ》った悲劇の復讐を、今こそ成し遂げられる。踏ん張り時だぞ！」

興奮する若者たちを横目に見て、濁酒をチビチビやりながら、セシリパがクマを相手に何やら小声で話し込んでいたが、カリパをチラリと見て、笑顔を送り、ポンと手を打って大声をあげた。

「イレンカシ、頼みがある」

「何なりと、大首長《シャパ》」頼みと言われて、イレンカシが機嫌よく応じた。

「お前さんの相棒をちょっと貸してくれ。マシャリキンは歴戦の強者だ。カリパも経験豊富な女戦士だ。そこで、二人で敵の陣営を偵察して来てもらいたい。どうだな、師匠」

「いいとも。ただし、深入りして、戦闘にならぬように気を付けることだ。マシャリキンはもうこのあたりの地形をわかっているし、カリパはなかなかの手練《てだ》れとか。相棒にふさわしかろう」

マサリキンがぎこちなく、カリパに大首長《サパ》の命令を伝えた。カリパはわざとつんと横を向いた。

……何よ、偉そうに！　人に命令してるつもりなの？

「よかったわね」と、まわりの陽気な山女たちがカリパに声を掛けた。「男って馬鹿だからね。ときどきは鼻っぱしをへし折るぐらいひっぱたいてあげないと、お利口にはならないわよ」

「でも、金玉潰し《ヌッペネレ》はやめといたほうがいい。かわいそうよ！　精々雪達磨男《ウパソッカイ》ぐらいにしとくのよ」

女たちがどっと笑い転げた。カリパは真っ赤になった。あの話はもう広まっていたのか！　だが、マサリキンには何のことかわからない。彼は馬とは話が通じるが、女の言葉はいたって苦手だ。

日暮れ時、二人は豪雪の山に入った。実はあれ以来、二人はまだ口を利いていない。カリパの胸の中には、兄のことを「蛆虫《モソシペ》」と罵った彼の声が鳴り響いていたし、マサリキンには女とも思えぬ強烈な顔面への一撃の記憶が生々しかった。

道を知っているマサリキンが先になり、樏《かんじき》で雪を踏みしめ、カリパはそれをたどった。万一に備え、腰を六尺ほどの縄で縛って互いを繋いだ。二人とも無言だった。頭上では銀河がギラギラと光り、北の空に今夜も雪の女神《ウパシマッカムイ》の裳裾が揺れていて、夜道を赤く照らしていた。前を行くマサリキンの背中がひどく寂しそうだった。少し俯《うつむ》き加減で、背中に力が入っていない。

「馬鹿ね」と、カリパは心の中で呟いた。

そんなマサリキンが、ふと足を止めた。何かあったのかしら……緊張した。敵か？　後ろを振り向きもせず、マサリキンが蚊の泣くような声で呟くのが聞こえた。

「カリパ……ごめんな……」

彼なりに勇気を絞り出しているらしい、まるでいたずらっ子の今にも泣き出しそうな声だった。

……お馬鹿さんね、ちゃんとこっちを向いてお話しなさいよ……。

「クマ・アチャから聞いた。呪い人《アシトマップ》の妖術から命懸けで俺を助け出し、俺を助けるために、身代わりになって自分を女奴隷《メヤトゥコ》に売ったんだってな……。それも知らずに、俺はとんでもない誤解をしていた。トヨニッパ……いや、兄さんのアルサランにもひどいことをしてしまった」

この時をどんなに待ち焦がれていたことだろう！　もう言葉は要らなかった。雪の女神《ウパシマッカムイ》の裳裾の微かな明かりの中で、カリパは恋人の背中に飛び付いた。

マサリキンは、背中に飛び付いたカリパをその儘、負ぶった。本当は背中でなく、胸にしっかりと抱き締めたかった。だが、今はそんなことで時間を費やすべきではない。自分にはなすべき大事な仕事があるのだと、この律義な若者は爆発しそうな激情を無理やり自制して歩み続けた。ひと足ごとにカリパの熱い息が首筋にかかった。柔らかくて弾力のある乳房が衣服を通して背中に強く押し付けられ、体が火のように熱くなった。

「重くない?」と、背中のカリパが訊ねた。

「鳥の羽のようだ。ふわふわで、柔らかくて、温かい。でも……俺は重かっただろう?」マツモイテック山中の逃避行を、今はっきりと思い出せている。

「ふふ」と、カリパが笑った。「あの時、あなたは素っ裸だったのよ」

「恥ずかしいよ」と、小声で答えた。体中が赤くなった。山火事で焼けた樹木に雪が凍りついて、奇怪な形の白い化け物のようになっている。その陰に隠れながら、敵の陣営に近づいた。

「ねえ、あれを見て!」背中の軟らかい女体が俄《にわか》に硬く強張《こわば》った。指さすヨシペナイの平場にたくさんの雪洞が見え、敵兵が仲間の死体を運び出していた。その死体はどれも素っ裸だった。付近を見ると、ある、ある、ある、夥しい数の裸の死体が雪の上に並んでいた。

「どうして裸なんだ?」

「死んだ者に着物はいらないからよ。生き残っている者が着るんだわ」

裸の凍死者を雪に並べている兵士たちが、腸を絞るような声を上げて泣いていた。

「ウェイサンペも泣くのか……」そんなこと、今まで一度も考えたことがなかった。

「馬鹿ね。当たり前でしょ」と、鼻詰まりの声が囁いた。まったく底なしの単純さね、まるで子供だわ、とカリパの声音が嗤《わら》っていた。糞! また馬鹿にされたか。

カリパを負ぶった儘、あちこち見て回った。雪の下から食料や薪炭を掘り出している部隊がある。

だが薪炭は濡れていて使えまい。たくさんの矢の束を担いでいる者がいた。敵を殺すための矢が、今や貴重な燃料なのだ。夜が更け、寒気《かんき》がますますひどい。

「そろそろ帰ろう。この谷間に閉じこめておけば、全員凍え死ぬ。タンネタイの敵《かたき》を討てる！」

カリパの返事はなかった。その代わり、ストンとマサリキンの背中から滑り降りた。急に軽くて寒くなった背中が、俺は何か気に障ることを言ってしまったのかなと、気にし始めた。

黙って尾根道に戻った。振り返ると、夕闇の中に無数の雪洞がほの明るく雪原に並んでいるのが見える。幻想的な美しい眺めだった。だが、あの明かりも明日の晩には恐らく半分が消える。そして裸の凍死体が増える。黙り込んでいたカリパが、消え入るような声で呟いた。

「わたし、もういやだ」

「どうした？　雪道で疲れたか？　負ぶっていくか？」

フミワッカ河原の夜を思い出した。またあんなふうに体を寄せ合いたかった。

「そんなことじゃない。わたし、もういやだ。もう人の死ぬのを見たくない」

「人は皆、必ず死ぬ」と、単純男は明快に答えた。

「でも殺されて死ぬのは見たくない。殺された仲間のために泣いている人も、もう見たくない」

腹が立った。いったい何を考えているんだ！

「あいつらはウェイサンペだ。あんな酷《むご》いやり方でオンネフルを攻め、焼き払い、森に逃げ込んだ女子供老人を生きた儘、焼き殺した。黒焦げになって転がっていた三千人の焼死体は、みんな俺たちの仲間だ。オンネフルの村人だ。きみの友達や親戚だ。兄さんの女房子供だ。悔しくないのか」

「そりゃ悔しいわ」

「奴らを一人残さず地獄に叩き落とす。センミナイ渓谷が奴らの墓場だ。奴らは俺たちの仲間を火で焼き殺した。今度は俺たちが奴らを氷漬けにする番だ。雪の女神《ウパシマツカムイ》が俺たちの味方だ」

怒りと復讐心で、顔が青白く引き攣《ひつ》るのが自分でもわかった。カリパが目を丸くして退いた。

「怖い！　あなたの心にはまだ悪霊《ウェンカムイ》が生き残っている！　どうしてそんなに人殺しがしたいの。ね、もう、やめましょう！　あの人たち、どんなに寒くて、冷たくて、苦しかったかしら」

「当然の報いだ。俺はあいつらを一人として生かしておきたくない」

「わたしもそう」と、カリパが言った。「でも、考えたの。あの人たちだって親があって子供がいて兄弟もあって、つい少し前までは田畑を耕して穏やかに暮らしていた人たちよ」

「姿形は人でも、悪霊が人の体をまとっている化け物だ。人を平気で売り買いし、略奪し、好き勝手に殺す。あんなものが人間なものか」

「でも、人間なのよ、マサリキン。馬も牛も熊も鹿も、あんなことはしない。するのは人間だけよ」

「中身は悪霊《ウェンカムイ》だ」

「悪霊《ウェンカムイ》は自分の力だけでは何もできない。人に取り憑いて、悪い考えを吹き込んで、実行させるの。人が従わなければ、魔物は何もできはしない。悪霊《ウェンカムイ》のせいにするのは言い逃れよ」

そうか……と、マサリキンは黙り込んだ。やり場を失った怒りで五体が細かく震えていた。

「マサリキン」と、心配そうな声が囁いた。「あなたの目に、ゾッとするような火が燃えている」

「それはタンネタイの火の照り返しだ。俺はあいつらを一人残らず氷漬けにする。君の父さん、母さん、女房子供を黒焦げにされたシネアミコル隊長の心を思えば、腸《はらわた》がちぎれそうだ」

激した若者は涙をボロボロ流した。カリパがその顔を両手に挟んで、柔らかい唇で涙を吸った。

「もうよしましょう。わたしもそうよ。でも、母さんが死ぬ前に言った言葉、思い出したの……よしなさい！　復讐はいけません。恨みに身を任せる者は、生きながら地獄に堕ちます。憎しみに心を委ねてはいけません。……幸せは赦すことからしか生まれない……」

呑み込んだ男の涙が、女の目から溢れ出た。

「マサリキン、あなた、按察使《アゼティ》を殺して嬉しかった？　恋人のチキランケの仇討ちを果たして、幸せだった？　そりゃその時は勝利に酔ったわよね。でも、その後どうだった？　幸せだった？」

「いや、何とも言えない、嫌な気分だった。……俺はおぞましい人殺しだ」

「正直なマサリキン、わたしはそんなあなたが大好きよ。あなたが初めてオンネフルにやって来た時から、わたしはあなたに夢中なの。でもあなたはすぐにどこかに行ってしまって、もう会えないのかしらと諦めかけていたら突然帰って来て。それが、あんなにボロボロで死にかけていて、どんなにびっくりして、悲しかったか知れないわ。やっと元気になって、とっても嬉しかったのに、あなたはすぐに戦《いくさ》に行ってしまったの。わたしがどんなにあなたが好きか、あなたはわかっていたはずよ。でもあなたはわたしに応えなかった。やるべきことがあったから、それもよくわかってるわ」

カリパが、マサリキンの胸に顔を押しつけてきた。

「あなたが助けようとした恋人のチキランケは按察使《アゼティ》に手込めにされ、絶望して首を括り、命だけは助かったものの、自分の名前も思い出せない、魂の抜け殻にされた。そのことへの決着だけは何としても付ける。自分を助けてくれた仲間にも恩返しをしたい。この誓いを果たしたら、必ず戻る。あなたはそう心に誓って、わたしの手に五絃琴《トンクル》を残して、オンネフルを発ったのね。

そのほんの二日後よ、敵の子を孕《はら》まされたチキランケが転がり込んできたのは。鎮所を逃げ出して、熱射病で死にそうになって……。

あなたは陰湿な復讐のためだけに戦ったのではない。あなたは同胞を守る大義のために戦った。だからあなたはどんなに苦しくても堂々として明るかった。ピラヌプリの陣地がいよいよ最後、あなたも討死を覚悟した時、不意にチキランケが現われた。そして目の前で殺された。その衝撃であなたは復讐の鬼になり、狂ったような突撃をして敵将を殺した。で、幸せだった？　いいえ、虚しかっただけ。あなたがあの魔物にやられたのは、そこを衝《つ》かれたから！　そして今度は死ぬほどの重傷を心に負って、わたしの前に戻って来たの。でも、わたし、嬉しかった。あなたが出陣する時に、わたしがトーロロハンロクの首に巻き付けた赤い帯。すっかり汚れていたけど残っていたのを見た時、あなたの魂は生きていると確信したの。でも、オンネフルの悲劇が、その心にまた復讐と人殺しへの渇望を蘇らせたのね、わたしもそうなの。

だけど、あの谷間で、凍って、裸で捨てられているウェイサンペを見た時に、母さんの声が聞こえてきたの。ね、マサリキン。もうやめましょう。わたしたちが手を下さなくても、雪の女神《ウパシマッカムイ》が罰しているじゃないの。マサリキン、あなたがすべきことは、この酷《むご》い人殺しを早く終わらせること。わたしたちの心に棲みついている戦場《いくさば》の悪霊《ウェンカムイ》を追い払うことよ！」

マサリキンは強い力で首っ玉に抱き付かれた儘、黙り込んでいたが、やがてぼそりと呟いた。

「そうだな、カリパ。何だか、俺、やっと君の所に戻って来たような気がする。長い旅だった。でも、イレンカシ師匠《ニシパ》は、ここで鎮狄軍《ちんてきぐん》を皆殺しにしなければならないと言っておられる」

「マサリキン、あなたは真っ正直なケセウンクル。でもね、人の言うことを無条件に信じてはだめ。人は時として自分の都合で真実をねじ曲げる。ポンモシルンクルは何て言ったの？」

「ウェイサンペ・ピリカサンペ・アウタサレ……」

「それなら別に、あの人たちを皆殺しにしろという意味には取れないじゃないの」

「奴らの心はあまりにねじくれているので、この世ではとても矯正できない。死なせて、カムイの裁きを受けさせてこそ、それが可能になる、と師匠は言う」

「あなたもそう考えているの？」

マサリキンは答えることができなくなった。

「そんなはずはないわ。あなたはもっと優しい人よ、ね、マサリキン。これ以上、人を殺すのはやめましょう。そのために、一番よいやり方を考えましょう」

「どうする？」

「鎮狄軍を降伏させるのよ」

降伏？　殲滅《せんめつ》でなく、降伏か！　彼は目を丸くした。そんなこと一度も考えたことがなかった。

「そうよ！　この目よ！　あなた、やっと本当の自分に戻ったのね。これがわたしのマサリキンの目よ！」と、カリパが顔中を笑顔にして叫んだ。

巻五　寒椿

45 雪山の恋歌

マサリキンの偵察報告を聞いて、皆、恐怖に凍りついた。この地の住民は、凍傷や凍死の酷《むご》さを日頃いやと言うほど知っている。その空気を破って、イレンカシが勝ち誇った声で熱く吼《ほ》えた。

「雪の女神《ウパシマッカムイ》が味方だ。雪はこれからも続く。これから二月《ふた》か三月《み》、渓谷は通れない。あと数日で敵はことごとく凍死する。あそこから脱出する道はヨシペナイから北に続く尾根だけだ。傾斜が緩く、東側の盆地に出られる。しかし尾根幅が細く、両側は雪の急斜面だ。足を踏み外せば、谷底に真っ逆さまだ。兵は精々二列か三列でしか来られない。上から攻める我々は圧倒的に有利だ。しかも敵は飢え凍《こご》えて戦闘能力が弱い。我々の小人数の兵力で十分に殲滅《せんめつ》できる。奴らは、タンネタイの森ごと三千人の同胞を焼き殺した悪党だ。残らず殺し、全土に我らの手柄を轟かせよう！」

「おう！」と叫んで、男たちが一斉に立ち上がろうとした。マサリキンは声を上げた。

「皆さん、わたしにも一つ提案があります」

「おう、ポロホルケウ。何かよい考えがあるかの」一同が一斉にこの若き英雄を見つめた。

「皆さん、人殺しというものは実に後味の悪いものです」

思い掛けない言葉に一同が驚いた。

「わたしはこれまで多くの人を殺してきました。ふるさとを守るためです。殺さなければ殺される。でも、人を殺してみて初めてわかりました。人殺しは実にいやなものです。相手の体を惨たらしく傷つけ、その人生を奪うのです。親兄弟や妻子がどんなに悲しみ、怨《うら》んでいることか。人殺しはきりのない怨みを呼び、逃げ切れない罪の意識で魂を腐らせ、人の世をズタズタにします。

人は誰でも幸せに生きたい。それを壊す者から、自分たちの命と暮らしを守る。戦《いくさ》はこのための手段の一つです。でも、立派な手段ではありません。どんなに目的が立派でも、人殺しが罪でないことはない。わたしの手は血で汚れています。わたしは皆さんに、この穢れを負わせたくない。

戦わなければならない時には、断固戦いますが、今は一足踏みとどまりませんか。敵は戦闘能力を失い、飢えと寒さに震えている哀れな連中です。そんな者を殺したところで、勇者と言えましょうか。提案します。殺すのではなく、彼らを説得し、降伏させましょう。その上で、我々の村《コタン》を焼き払った罪を償わせる。山から木を伐り出し、家を再建させるのです。彼らを皆殺しにすれば、その大変な作業はすべて我々がしなければなりません。それを彼らに手伝わせればいい。何しろ二千人もの男手があの谷間にいるのです。人殺しより、よほどましではありませんか」

座が静まり返った。あちこちで賛成の囁きが聞こえた。

「甘いな、青年《オッカイポ》。奴らが降伏などするものか」と、首長《サパ》の一人が呟いた。

「彼らにも武人の誇りがあるでしょう。惨めな降伏よりは死を選ぶと言うかも知れません。それは最悪の場合です。そうはならないと思います」

「たわけた話だ」イレンカシが怒鳴った。顔の赤痣《あかあざ》が怒りのために紫色になっている。「まだわからないのか。あいつらは俺たちエミシを半獣と見なし、ここで赦せば、これは蛮族の愚昧の故だと侮《あなど》り、ますますつけ上がる。奴らに学ばせるには、皆殺ししか手はない！」

「師匠。『ウェイサンペ・ピリカサンペ・アウタサレ！』。これがこの度のポンモシルンクルのお言葉でした。教えてください。これはウェイサンペを皆殺しにすべしと、命じているのですか?」

「口を慎め。お前は師匠のわしの言葉に逆らうのか?」と、イレンカシがまた大声で怒鳴った。

「ここは自由なチャランケの場です。遠慮なく自分の思ったことを述べ、それを聴くのが参加者のすべきことです」若者はケロリとした顔で口を返した。

「男の子ね。空気を読まない」と、カリパが下を向いてクスリと笑った。

「ポンモシルンクルは、この言葉でウェイサンペを皆殺しにすべしと命じているのですか?」畳みかける問いに、イレンカシが返答に詰まった。怒りで全身が震えている。

「我々はポンモシルンクルのお言葉を現実に合わせて解釈し、行動する。ここで敵を皆殺しにしなければ、災いは必ず後々までも尾を引く。お前の師匠たる、このわしがそう判断したのだ」

「やり方はいろいろ選べます。惨《むご》たらしい皆殺しはやめて、降伏に誘《いざな》うべきです」と、若者は明るい声で食い下がった。人々が手を打って賛意を表わし始めた。この時、後ろのほうでびっくりするような大声が上がった。大サパの女房だった。

「若い衆《オッカイポ》、よく言った! わたしも人殺しはいやだ。可愛い亭主が殺されるのも見たくないし、亭主が誰かの愛しい旦那を殺すのも見たくない」

みんながドッと笑った。空気が一変した。次々と発言が飛び出した。

「マシャリキンの言う通りだ。後味の悪い人殺しに手を染めるよりは、奴らが焼き払った我々の村《コタン》の再建を手伝わせるほうがいい。セシリパ殿、ぜひそうなされよ、の」

「その通りだ。鎮狄軍《ちんてきぐん》を皆殺しにしたところで、怒り狂ったピータカが復讐のために新たな軍勢をよこすだけだ。際限もない殺し合いが続く」

「我々は今まで一条《ひとすじ》の矢も射てはいない。皇軍《スメラミクサ》に弓を引いていないなだ。雪中に遭難した彼らを温情を以て助けたとなれば、話は変わる」

「さすがだ、ポロホルケウ。お前さんの言う通りだ」

一座の者が口々にそう言い始めた。イレンカシが反論の機を失い、眉間に深い縦皺を刻んで黙り込んだ。怒りと失望で、真っ青になり、全身が震えている。マサリキンは構わず畳みかけた。

「これを言い出したのはカリパです。皇軍《スメラミクサ》が理由もなく襲いかかり、村《コタン》を焼き、タンネタイの森ごと村人を焼き殺しました。渓谷にいるあの連中こそ、その下手人です。わたしもさっきまでは連中を皆殺しにすると誓っていました。それをカリパが止めたのです」

カリパが立ち上がって、口を開いた。声と涙が堰《せき》を切ったように迸《ほとばし》った。

「あの時、火と煙に巻かれて三千人もの人が生きながら焼かれました。わたしの父も母も義姉《あね》も幼い者たちも火達磨になりました。お友達も村の人たちも、みんな泣き叫びながら焼き殺されました」

声が途切れて、涙が溢れ、体が震えた。「体中、惨《むご》たらしく焼《や》け爛《ただ》れた母さんに、この敵《かたき》はきっと討つと誓いました。すると母さんが言ったのです。……よしなさい！　復讐はいけません。恨みに身を任せる者は、自分も生きながら地獄に堕ちます。憎しみに心を委ねてはいけません。人はいずれ死ぬのです。天上の神の国《カムイモシリ》で会った時に、お前の口からおぞましい人殺しの話など聞きたくない。カリパ、幸せは赦すことからしか生まれないのですよ……」

その場にいた者たちが、皆、泣いた。

「皆の衆」と、大首長《サパ》が鼻水を盛大にすすり上げた。「俺たちはもう少しで戦場《いくさば》の悪霊《ウェンカムイ》に取り憑かれるところだった。そうとも。どんな性悪の敵であろうとも、敵も人だ。人としてのあるべき道に戻れるようにしてやるのは大切なことだ。カリパの母さんの言う通りだ」

「そうだ、そうだ」と、たくさんの鼻声が答えた。袖を引かれて振り向くと、師匠が睨んでいた。

「裏切り者！　最早お前を弟子とも友とも思わぬ。この大事な時にお前はわしを裏切り、古臭く生ぬるいポンモシルンクルの道にしがみつき、滅びの道を選んだ。何が正しいか、よく考えろ。過ちに気付き、心を改めて戻ってこい。それまではお前を卑劣な敵と見なす。さらばだ」

イレンカシは席を蹴り、外の闇に消えた。追おうとしたその背中に、カリパがしがみついた。

「行かないで！」

セシリパも、大手を広げて立ちはだかった。

「行くな、雪達磨《ウパソッカイ》！　待っているのは死神《ライカムイ》だ！　この儘ではお前が奴に殺される」


アシポーは、凍死者を裸にして雪の中に捨てる作業に従事していた。夕方、風が途絶え、空が晴れた。気温はますます下がったが、彼はあの毛氈《もうせん》のお陰で仲間の青首よりも元気だった。捨てられた凍死者の山を満天の星が無情に見下ろし、夜空には血の色をした光の幕が揺れ動いていた。毛氈《もうせん》の腹巻きをしているとは言え、寒さは厳しい。疲れていたが横になる所もなく、鉄冑《てつかぶと》の中に燃える炭火のそばで震えながら、うたた寝を始めた頃、南の山裾から歌声が聞こえてきた。

敵襲？　反射的に鉾《ほこ》を摑んだ。だが、聞こえて来たのは、あの戦闘的な『ホルケウの歌』ではなかった。大勢の女が声を揃えて歌っていた。しかもそれは彼らにとって懐かしい、甘く切ないふるさとのバンドー訛りその儘の、胸を掻きむしるような歌だった。

カラコロモ　（唐衣）　［着る物の］
ツツォニトリトゥキ　（裾に取り付き）　［裾に取り縋って］
ナクコラウォ　（泣く子らを）　［泣く子供らを］
オキテツォ　キヌヤ　（置きてそ　来ぬや）　［置いて来てしまったよ］
オモナツィニツィテ　（母《おも》なしにして）　［母親もいないというのに］

コー　コー　コー

ティティパパガ　（父母が）　［父母が］
カツィラカキナデ　（頭《かしら》掻き撫で）　［頭を撫でて］
ツァクアレテ　（幸《さ》くあれて）　［幸せでありますようにと］
イピツィケトバゼ　（言ひし言葉《けとば》ぜ）　［言ったあの言葉を］
ワツレカネトゥル　（忘れかねつる）　［忘れかねている］

コー　コー　コー

一節ごとに繰り返される「コー　コー」というのは、バンドーの方言で「来い」という意味だ。戦《いくさ》などやめて帰って来てと呼んでいる。とうとう誰かが声を放って泣き始めた。

「聞くな！」と、隊長たちが制止した。「あれは俺たちを凍え死にさせようという物怪《もののけ》の声だ」

だが耳を塞ぐ手指の間から歌声が流れ込む。アシポーも泣いた。妻のコヤンケを思って泣いた。青首の隊長たちさえ泣いていた。その傍らで、ガタガタ震えていた仲間が息を引き取った。

一人の若者が立ち上がった。焦点の合わぬ目で空に揺れる光を眺め、紫色の唇で呟いた。

「もういやだ。俺は家に帰る。母さんが待っている。母さんの所に帰る」

彼は仲間の手を振り払い、極寒の中に歩み出て、帰らなかった。この異常行動は次々に伝染した。

「俺も国に帰る。どうせ死ぬなら、一足でも国に近づいて死ぬ。もういやだ。食う物もなく、着る物もない。仲間の死骸の着物を剥《は》いで着ても、寒くて、寒くて、骨までも凍りつく。もうお終いだ」

歌声は嫋々《じょうじょう》と続く。多くの兵士たちが武器を捨て、次々と雪洞を出た。火長（十長）などの下級指揮官から、旅帥《ローソティ》（百長）などの中級将校まで、異常心理に取り憑かれた二百人ほどの男たちが、雪女の切ない歌声に魂を奪われ、雪洞の陣営からさ迷い出た。凍傷で歩けぬ者が氷を匍《は》った。

白く凍《い》てつく雪の谷間を、彼らは南の沢に向かってよろよろと進む。だが彼らを待っているのは、急峻な雪の斜面と、骨まで凍らす寒風の吹く尾根と、そしてもしそこまで辿り着ければの話だが、そこから見えるのは冷たく妖しい天空の光に照らされて、どこまでも続く、白く凍った山々だけなのだ。

アシポーも、毛氈《もうせん》の足袋のお陰で足の凍傷は免れていたものの、この極低温のもたらす全身の低体温症で、すでに意識も朦朧としていた。もう、いやだ！　こんな所で凍え死にたくない。何としても妻の許に帰りたい。皇軍《スメラミクサ》も王化政策《ミオモムケー》も糞喰らえだ。「コー、コー、コー」と、呼びかける女の声が、妻の声に聞こえた。よし、俺も行く。そう決めて雪洞を出た。首に巻いた青い布を捨て、錆刀《さびがたな》も捨てた。凍死寸前の仲間たちと一緒に陣営を抜け出し、歌声に誘われて南の斜面に向かった。

ただただふるさとに、妻の胸に帰りたい、その一心の男たちの耳に優しい恋歌が響く。

コー　コー　コー

ワガオモノ　　　（我が面《おも》の）　　　［わたしの顔を］
ワツレムツィダパ　　（忘れむ時《しだ》は）　　［忘れた時は］
クニパプリ　　　（国溢《はふ》り）　　　［大地に溢れて］
ネニタトゥクモウォ　（峰《ね》に立つ雲を）　　［山峰に立つ雲を］
ミトゥトゥツィノバツェ　（見つつ偲ばせ）　　［見て思い出してね］

コー　コー　コー

雪の中をよろめき進む彼らの視野から、この極寒の銀世界は消えている。暖かい日差しの中、たわわに実る稲穂の彼方から、両腕を広げて駆け寄って来る愛しい妻の笑顔だけが、幻の中で光り輝いている。そして、一人、また一人、雪の中に崩れ倒れて息絶えてゆく男たち。
後から後から続いてくる朦朧状態の兵士たちが声もなく倒れ伏すその横から、大勢の女たちが駆け寄って来て、暖かい洞窟に担ぎ込んでくれた。

46　鎮狄軍降伏

カケタヌキは激怒していた。残念ながら、頭上の鶏冠《とさか》は吹雪に飛ばされて既にない。

「今日こそは何としても総攻撃を続け、あの尾根に攻め上る。あそこを突破すれば、リクンヌップの平地は目の前だ。賊の隠れ家から食糧を奪う。行け、者ども！」だが、兵が動かなかった。立てと言っても立たず、来いと言っても来ず、武器を執《と》ろうともしない。カケタヌキは怒り狂った。

「見せしめだ。軍律に従わぬ者は斬れ！」

凍傷のために歩けない兵が五人、泣き叫びながら部隊全員の見ている前で首を刎《は》ねられた。震え上がった兵が渋々隊列を組み、雪の斜面に挑んだ。晴れていた空が曇り始め、吹雪となった。尾根の攻略どころではない。全軍退却した。集団脱走が起きた。青首を含む三百人もの兵が武器を捨てて渓谷の沢川《さわがわ》を渡り、姿を消した。夜、寒気の中で正気を失い、哮《たけ》り狂う猛吹雪の中に脱走を試みた者が大勢、陣営のほとりで凍死した。吹雪は次の日も続いた。兵営は雪に埋もれ、凍死者が続出した。

雪の中を、樏《かんじき》を履《は》いた五人のエミシが沢道を下りて来た。一人がよく通る声で呼びかけた。

「ウェイシャンペ衆、我々は人殺しは好まぬ。降伏せよ。雪は春まで続く。この儘では遅かれ早かれ、お前たちは全員凍死する。降伏すれば、食い物と住み処《すか》は提供する。その気になったら旗を振れ」

軍使が山に戻ると、谷に木霊《こだま》する歌が聞こえてきた。何百人とも知れぬエミシの歌う『ホルケウの歌』が峰々に反響し、皇軍《スメラミクサ》に気も狂うような恐怖を与えた。

「最早これまでです」と、軍監《ぐんげん》と軍曹が言上《ごんじょう》した。「この渓谷で多くの兵を失いました。敵の武器で殺された者は一人もなく、雪崩で生き埋めになった者がざっと三百人、凍死者が百三十人、脱走者が四百人、三千八百人いた我が軍は今や三千足らず。凍傷で戦闘不能の兵も数百人」

「まともに戦えるのは二千人と少しということか」

「二割もの兵を失ったのです。士気が落ち、兵の反乱の気配さえあります。先程、青首が一人、逃亡者を追って逆に殺されました。この儘では内部から崩壊します」

「南無三法！」

阿倍駿河は膝を叩いて怒鳴った。顔は蒼白となり、唇は震えていた。祖父比羅夫《ピラプ》の赫々《かくかく》たる栄光を我が身にと励んできた精進はすべて徒労となり、阿倍家の栄光もこれで潰《つい》える。死を覚悟した。

「しばらく一人にしてくれ」

「御自害なさるおつもりか」将軍の心を見抜いた年輩の軍監《ぐんげん》が困ったように呟いた。「将軍が御自害されたら、お止めできなかった我々も全員斬首されます。兵も路頭に迷い、全滅致します。それだけはお止《とど》まりください」

「……わかっておる。だが、しばらく一人にしてくれ。気持ちの整理をつけたい」

「それでは将軍、失礼ながらお刀は我々がお預かり致します」

「あっ、これ、何を致すか！」

一人が駿河の後ろに回り、羽交い締めにした。怒り狂って大暴れする将軍から、他の者どもが寄ってたかって佩刀《はいとう》その他の武器を外した。首を括られぬように帯紐の類いまで奪われた。

「将軍に刃《やいば》を向け奉ろうというのではございません。御短慮からお身をお守りしようという忠義のためです。帝《みかど》から授かった節刀はこれでございますね。大事に致します故、御安心を。では、お心が静まりましたらお呼びください。外に控えております」

将校たちが出て行った。何たる恥辱。これでは自害もできぬ。これ以上逡巡すれば、部下がこの身を縛って蛮族に引き渡し、自らの命乞いの挙に出るであろう。そんな目にだけは遭いたくない。

「入れ。申し伝えることがある」甲冑に雪を積もらせた軍監が入って来た。

「旗を振れ。行って、敵将と話し合うと言え。武器を持たず、冑《かぶと》は脱いで脇に抱えよ」

やがて強《こわ》ばった顔の惨めな使者が戻って来た。

「武器を持たず、将軍御自《おんみずか》ら彼らの指定する場所に来られよとのことです。従者は三人まで。なお、誤解を避けたいので、通訳《ウォーサ》を従えよと」

「従五位上持節将軍が賤しき蛮族の許へ出向くなど、言語道断。軍監《ぐんげん》、わしの代理をせよ」

「それも申しました。『それはそっちの我が儘だ。我々はお前らの規範には縛られぬ。将と将とが腹を割って話し合おう。いやなら、いつまでもそこに留まり、凍え死ね』と申すのです。我らには決めかねるゆえ、将軍の指示を仰ぐと申しました」

気持を落ち着かせようと湯を持ってこさせ、啜《すす》った。首を絞められた鶏《かけ》のような声で、答えた。

「承知したと伝えよ」

檋《かんじき》を履いて全身を防寒布で覆い、面体《めんてい》を黒い薄絹で隠した背の高い女がやって来た。将軍は軍監と軍曹を一人ずつ従え、軍営を出た。雪の中、冬の日は西の山峰に隠れようとしていた。

連れて行かれたのは山腹に穿《うが》った大きな洞穴だった。入口は小さく、奥は広く、鍵型に掘り込んで、外の寒気が吹きこまないようにしている。炉に炭火が燃えていた。壁の天井近くには小さな換気用の穴も開いていた。正面に中年の恰幅のいい長髯《ちょうぜん》の男が熊の毛皮の敷物の上に座っており、両脇に背の高い毬栗頭《いがぐりあたま》の若い男と精悍な中年男と通訳の男が座っていた。厚さ一寸ぐらいの藁の敷物に座らされ、白湯《さゆ》を勧められた。

まず互いにオンカミの礼をした。

毬栗頭《いがぐりあたま》の若い男と目が合った。彫りの深い顔立ちで、ひたとこちらを見つめる窪んだ眼窩《がんか》の奥の大きな緑色がかった瞳で思い出した。オンネフルの砦を焼き払って蛮族を征伐していた時、いきなり飛び込んで来たあの男だ。黒鹿毛《くろかげ》の大馬に跨がり、縦横に暴れ回って多くの兵士を蹴り倒した。この男の放った毒矢が自分の乗馬を倒し、無様《ぶざま》に落馬させられた。あの瞳が、ほとんど瞬《また》きもせずに、今、ひたとこちらを見つめているた。総身に鳥肌が立った。

蛮人の頭《かしら》が穏やかに口を切った。

「わしはこの地方の大首長《シャパ》セシリパ。また、こちらは、お前さまが焼き払った村《コタン》の首長《シャパ》の一人、ヌカノット。この若者はマシャリキン。オンネフルではお前さまと手合わせを致したそうな」

軍監が口を開いた。

「こちらにおわすは従五位上持節鎮狄将軍《じせつちんてきしょうぐん》・阿倍朝臣駿河さま。それがしは軍監・上毛野田守《カミトゥケヌのタモリ》、こちらは軍曹・坂本叶《サカモトのカナプ》である」

気まずい沈黙を咳払いで破り、セシリパが人のよさそうなニコニコ顔で口を切った。

「いかがかな、将軍。センミナイは寒かろう」

「いかにも」

「お前さまが家を焼いてしまったでの、我々も寒い。お互い困ったことだの」

「我々は皇軍《スメラミクサ》である。この国の法では、皇軍通過時には住民総出で恭順を示さねばならぬ。お前らはそれを怠ったによって、王化政策《ミオモムケー》に逆らう者として、罰を与えたのだ」

「この国とは、どこの国のことかの？」

「溥天《ふてん》の下、王土に非ざる莫《な》く、率土《そっと》の濱《ひん》、王臣に非ざる莫し」

通訳は漢語だらけのこの難しい言葉を翻訳できなかった。

「つまり、この空の下のあらゆる土地はすべて帝《みかど》の物である、ということだ」

セシリパが大口を開けてゲラゲラ笑った。

「はてさて、ピータカとは、噂どおりのコカナメノコ（強欲女）だの。ここはエミシモシリ。ウェイシャンペの国ではない。ここの掟では、人の家に火を放つ者は死罪でござる」

「で、我々をどうしようというのだ」

「将軍、わしは人殺しが嫌いでの。生きながら人を焼き殺したり、刃物や弓矢で殺すなど考えるだけでもおぞましい。また寒さに凍え死ぬ姿も見たくはない。助けて進ぜたく思うが、いかがかの」

「憐れみを乞おうとは思わぬ」と、虚勢を張った。

セシリパの目がギラリと光った。凄まじい気魄だった。

「そんなつもりはない。では最期まで我々に敵対し、飢え凍えて惨めにくたばりますかな、将軍」

「お前らが恭順の意を示せば、仁慈溢れる帝《ミカド》は叛徒もお赦しになる」

「こちらが手を出さずとも、あと数日でお前がたはこの谷で全滅する。助かりたくば降伏されよ。降人《こうにん》は殺さぬ。ただし、お前がたは、故もなく我々の家を焼き払った。その償いはしてもらう」

薪炭も糧食も尽きかけていた。降伏しなければ、明日には自分も雪洞の中で凍え死ぬ。裸にされて氷の墓場に放り出され、雪に埋もれて春の雪解けを待つ身となる。いや、その前に部下どもが、この首を蛮族に捧げて、惨めに命乞いをするであろう。しばしの沈黙の後、駿河はうなだれて呟いた。

「……降伏する」

「それこそよき分別。では、すべての武器、馬匹《ばひつ》を提出されよ。その後、あの尾根を登って安全な場所にお連れする。天候にもよるが、出立は明朝。今宵は冷える。暖かい物などを届けよう」

最後はひどく優しげな声で、会談が終わった。将軍は立とうとしてよろけた。空腹で力が入らない。脇に控えた軍監《ぐんげん》に支えられて出た外は闇だった。

洞窟の出口で、あの女がよく通る声で「パイェー（行くぞ）、パイェー」と、空に向かって叫んだ。仲間への合図なのだろう。毬栗頭《いがぐりあたま》の若者が、その女と並んで、じっとこちらを見ていた。

「人殺し！」

女が低い声で呟いた。強烈な殺気を感じ、赤く焼けた短刀で胸を抉《えぐ》られるような感覚が襲って来た。続いて鉄の箍《たが》で締めつけられるような苦悶感と死の恐怖が湧き出し、大量の冷汗が吹き出た。

「将軍、御気分がお悪いのでは？」と、軍監が耳元で囁いた。

「大事ない」掠《かす》れる声で答えて、大きく息を吸った。

苦悶発作はやがて消えた。それを見定めたように、女が松明を持ち、暗い谷間の道に導いた。雪洞の陣営に戻ると、兵卒どもが嬉しそうに騒いでいた。数頭の馬の背に大きな瓶《かめ》をいくつも括り付けて運び込む、エミシの戦士たちがいた。大瓶《おおがめ》に熱い肉汁が濛々と湯気を立てていた。

「手回しがいいな」と、駿河は呟いた。敗北感に打ちのめされていた。

晴れて、風もない朝だった。長い尾根道を敗残兵が進む。凍傷の者が多く、歩みが遅い。左右は急斜面で、何人かが悲鳴と共に谷底へ転落した。助ける術はなく、見捨てる他なかった。

マサリキンは、傍らを行くセシリパに訊ねた。

「イレンカシ師匠《ニシパ》の姿が見えませんね」

「今朝早く発った」

不意に、自分にとってあの人がいかに大きな存在であったかを思い知った。イレンカシは、ここで鎮狄軍《ちんてきぐん》を殲滅《せんめつ》したかったのだ。彼の考えでは、それこそがこの戦《いくさ》の勝敗を決する鍵であり、家族親族同族を残酷に虐殺した憎むべき敵への、彼の存在理由を賭けた復讐だったのだ。それを崩したのは彼が手塩にかけた愛弟子マサリキンと、同じ被害者仲間である、自分の同郷人だった。

「わたしのことを怒っているのでしょうね？」しょんぼりと呟いた。

「気にするな。人は皆、己の考えを持っている。それを述べるのはよいことだ。奴もそれを咎めてはいない。ただ、お前さんやわしとは話が合わないと見切ったなだ」と、セシリパが父親のような顔で微笑んだ。「そういう奴なのだ。思い込むと一筋だが、思い切りも早い。わしなどはあれを考え、これを考え、踏ん切りがつかない。女房からまで愚図《ぐず》だと怒られる。ま、気にするな。そのうちまたお前が必要になるさ。奴は思い込みが激しいだけに、とんでもない暴走をすることがある。これまでの誼《よしみ》で、それには気を付けて、あいつが道を逸《そ》れないように見守ってやってくれ」

捕虜の行列の先頭が、尾根を越えて下り坂にさしかかっていた。入り組んだ山襞が朝日に照らされて陰影を作り、広々とした盆地と彼方の分水嶺とが、真っ青な空の下に白く連なっていた。

47　谷川

久しぶりの狩。カリパはクマと組んで射手《いて》のマサリキンのための勢子《せこ》をしていた。カリパの側にはアシポーがいる。これは、農業しか知らないアシポーに、狩人の技を教えるいい機会だった。

今だ！　カリパは足下の小石を拾って、牡鹿の後の藪の中に投げ込んだ。牡鹿は驚いて駆け出した。

これを追えば、自然と獲物はマサリキンの待つ谷間に向かう。よし、この儘真っ直ぐに行け！　鹿は山の斜面から谷底の河原に飛び出し、川下に向かって駆けた。カリパも河原に飛び下りた。これでよし！　その時、藪陰からみそさざい《チャッチャク》の声がし、一切の意志を停止させる暗示が襲った。以前、妖術をかけられた時、この小鳥の声で条件反射的に催眠状態に落ちるように持続型の深層暗示をかけられている。

「動くな《イテキ・モイモイケ》！」全身が埴輪《はにわ》になったように固まった。

「ふふふ」と、優しげな含み笑い。セタトゥレンだ！　「お久しぶりね。お元気？　わたしは何時もあなたのことを案じているのよ。まあ、腰の太刀は重そうね。弓矢も杖も邪魔そうね」

馬鹿丁寧な言葉が囁いた。いきなり腰のものが重くなった。そうだ。戦《いくさ》でもないのに、こんな重いものを身につけている必要はない。手足が勝手に動いて、武器をことごとく地面に置いた。

「時の移ろいは速いわね」と、耳元の声が囁く。「見て。雪がどんどん融けてゆく。もう春よ」

見る間にまわりの風景が変わる。雪が消え、若草が生え、木々に新芽が萌《も》え、足下には色美しい野の花。蝶が飛ぶ。小鳥が鳴く。森の緑が濃くなる。暑い。

「早いわね。もう真夏よ。今日は特別暑い。目が眩《くら》みそうね。それなのに、あなた、それは真冬用の毛皮じゃないの。そんな物を着ていては暑気中《しょきあた》たりで死んでしまうわよ」

そうだ。こんなものを着ていることはない。帯を解き、毛皮の上着を脱いだ。

「ここは山奥だから、裸になっても見る人はいない。冬の間ずっと同じ物を着ていたから、ひどい臭《にお》いね。お尻なんか、そばに寄ると涙が出るほど臭いわ。体中垢だらけ。これじゃセノキミに嫌われるわね。川で体を洗うといいわ。夏の川水は気持ちがいいわよ」

自分は三日ごとに湯で体を清めているから、そんなに臭い筈はないと思うのだが、セタトゥレンの暗示の方が強力だった。スルスルと裸になり、冷たい川に足を入れた。

「まあ、涼しくて良い気持ち。もっと前に出ると深くなるから胸まで浸けられるわ」

だが、現実の川にはあちこち薄氷が張っていた。急激な低体温で、意識がぼんやりと薄れていった。

ピィー。

笛の音が聞こえた。途端に正気が戻った。冷たい！　水の中からザバッと立ち上がった。目の前の緑滴る森が、白い冬景色に戻った。いけない、妖術だ。足が岸を踏んだ途端、裸のカリパは気を失って、雪の上にうつ伏せに倒れた。

クマは対岸にいた。向こう岸でカリパが巧みに獲物の牡鹿を追い込んで行くのを見ていた。

「さすが勢子《せこ》をやらせても見事だ」と、感心していたら、奇妙なことが起きた。

カリパとアシポーが藪陰から出て来て、不自然な姿勢のまま固まってしまい、身動きもしない。はっとして目を凝らすと、藪の陰にセタトゥレンがいた。

女呪い人《アシトマップ》が、カリパの耳に何かを囁く。驚いたことにカリパが次々と衣服を脱いで、素っ裸になり、冷たい川に首まで浸かった。体中がガタガタ震え、白い肌が紫色に変わってゆくのが遠目にもわかる。妖術だ。危ない！　この儘では凍死する。懐から祓魔《ふつま》の笛を取り出し、思いっきり吹き鳴らした。雪を蹴って藪を飛び越え、川に飛び込んだ。冷たさは半端でない。右手に鉾《ほこ》を構え、夢中で川を走った。呪い人《アシトマップ》がギクリと飛びすさり、下流のほうに走って行く。クマは急いで、ずぶ濡れの裸のカリパを抱え上げ、手拭いで手早く体を拭き、脱ぎ捨ててあった着物類で大雑把に体を包み、防寒布でグルグル巻きにした。

「カリパ、しっかりしろ！　目を覚ませ！」

「クマ父《ア》ちゃん《チャ》……」

「これは呪い人《アシトマップ》の妖術だ。気をしっかり持て。まず、着物を着ろ。この儘では凍え死ぬぞ」

その時、自分が裸なのに気付いたようだ。羞恥心が一瞬すべてを忘れさせ、防寒布の中で大慌てで衣服を身に着けている。間に合ってよかった。もう少し遅れていたら、凍死していたはずだ。

二町ほど離れた下流の河原で、猛獣のような吼え声が聞こえた。男が二人、激しく戦っている。

「あれはマサリキンとレサック！」と、カリパが震えながら叫んだ。

セタトゥレンが金切り声を挙げてレサックを操っている。レサックの石頭棍棒が唸りを上げて襲いかかる。一方のマサリキンには戦う意欲がまるで見えない。この儘では殺《や》られる。まだ金縛《かなしば》りの解けないアシポーの耳元で祓魔の笛を力いっぱい吹き鳴らし、横面をひっぱたいた。

「アシポー、目を覚ませ。セシリパ殿にこの出来事を知らせろ！」

マサリキンを助けねばならぬ。口に咥《くわ》えた笛を吹き鳴らしながら走った。セタトゥレンがこちらを振り向いて、地団駄踏むのが見えた。その拍子に河原石に躓《つまず》いて、転んだ。跳ね起きたが、足首を挫いたようだ。杉の木の陰からフツマツが飛び出し、己の着ていた鹿革の頭巾付き防寒布でセタトゥレンの全身を包んだ。それをシコウォが背中に背負い、雪の山に駆け込む。カリパもそれを追って駆け込むのが見えた。アシポーが一目散にリクンヌップ方面に走り出した。

「カリパが危ない！　あいつはお前に似て妖術に弱い」

クマは目の覚めたマサリキンを促して、山の中に飛び込んだ。雪の上の足跡が東に向かっている。

セタトゥレンは自己暗示術で、挫《くじ》いた右足首の激痛を封じた。総ての感覚、痛みさえも快感として感じるようにする術だ。これが裏目に出た。腕を男の肩から胸に回し、股で腰を締めつけてずり落ちないようにする。躍動する男の背中には、敏感な胸と腹と内股が密着している。彼女を支える男の右手が力強く尻を掴む。気付いた時は遅かった。くすぐったさが性的快感となり、ホエキマテックの術が乱れ、均衡を失った心にシコウォのセタトゥレンへの恋情がジワリと侵入した。それに反応して自分を背負って走り続ける男への愛おしさが、抵抗不能にくすぶり始めた。

「シコウォ、疲れない？」セタトゥレンは、自分の喉から出てくる甘く濡れた声に慌てた。

「姫さまを背負ってなら、世界の果てまでも駆けられます。わたしは幸せです」

「わたしはお前が嬉しくなるために役立っているのね？」自分でも思いがけない言葉だった。

「当然です！　姫さまのお役に立てるなんて、こんなすばらしいことはありません」

「では、わたしはもう役立《アッコチ》たずではないのね？」

「役立《アッコチ》たず？　何故そんなことをおっしゃるのです？」

「父上がわたしをいつもそう叱るの。塵《ごみ》捨て場に捨てても、猫も跨いで通り過ぎるって」

「とんでもない、姫さまはわたしの女神です。マグロなら一番美味しい上等の頰肉です！」

「まあ、嬉しいわ！」セタトゥレンは、うっとりと男の背中にしがみついた。こんな嬉しい思いは初めてだった。何時間もそうして走り続けた。彼らは雪深い分水嶺を越え、ウナルコ大渓谷の断崖の上を駆けて、小高い峰の上で足を止めた。シコウォは汗をかき、頰が火照《ほて》り、息が弾んでいた。彼を休ませるためもあり、セタトゥレンは男の背中から離れ、湧き上がる愛恋《あいれん》の嵐を鎮めようと大きな息を吸い続けた。硬く冷たい呪い人《アシトマップ》の心が戻るのに、やや暫くの時間が要った。

「シコウォ。あの忌々《いまいま》しい女はまだついて来ているかえ？」

「足の速い女です。御覧なさい。あの斜面を這い上がって来ます。そろそろ殺しますか？」

「今、殺すことはない。あの女は闇雲にわたしを追いかけているが、あれは囮《おとり》として利用できる。シコウォ、感じないか。このあたりの風に微かに嫌な臭いがするのを」

「さっきから感じています」

「見ろ、下を」

二人のいる峰の足下が巨大な擂《す》り鉢型《ばちがた》の窪みになっていて、その真ん中に湖があった。濛々《もうもう》と蒸気が噴き出し、不快な腐卵臭《ふらんしゅう》が漂ってくる。

「あれは何です？」

「ウナルコ火山のライトー（死の湖）だ。この臭いは毒だ。吸うと死ぬ。だから『死の湖《ライトー》』だ」

シューッと音がして、湖の真ん中が泡立ったと見る間に、猛烈な勢いで蒸気と水柱が噴き上がった。

水柱は高さ四、五間ほどに噴き上がり、ザーッという音と共に崩れ落ちた。

「あれは湖の底に住む魔物が吹き上げている、恐ろしく熱い湯の柱だ。あの熱湯と共に毒気も出てくる。マサリキンも奴の仲間もあの女も、ライトーの毒で確実に倒せる」

セタトゥレンはニヤリと笑い、黄色い硫黄の岩陰にシコウォを隠した。手拭いに雪を包み、それで自分たちの口と鼻を覆った。これで吸気に含まれる毒を減らすのだ。

「暫くここで息を潜めて隠れていろ。決して動くな」

後ろの斜面を、カリパが息を切らせて這い登って来るのが見えた。


カリパは屈辱と怒りに燃えていた。畜生、あの糞女の息の根を止めてやる！　持ち前の気性で、優しく復讐を禁じた母の遺言などはどこかへ吹っ飛んでいた。三十里（十六キロ）の雪山を駆けた。箙《えびら》には二十四本の毒矢。もしレサックが攻撃してくるなら、悲しいがこれを使って殺す。

近くでみそさざい《チャッチャク》の声がした。途端に呪い人《アシトマップ》の術に嵌《は》まった。

「あっ、大変よ。マサリキンが倒れているわ！」

見れば、擂り鉢型の火口底に青い色の湖が見え、その岸にマサリキンが倒れている。

「急いだほうがいいわ。あのあたりには地中から猛毒が噴き出しているの。急がないと、死んでしまうわ」と、優しい声が囁いた。

一瞬の迷いもなく、カリパは二股杖《エキムネクワ》に跨《また》がり、急斜面を猛烈な勢いで滑り降りた。その耳に鋭い笛の音を聞いた。途端に湖岸に倒れているマサリキンが、人の体ぐらいの大きさの岩になった。

「しまった！　妖術だ！」

猛烈な腐卵臭。目と鼻に刺激痛。危ない！　以前、兄から聞いている。これを吸ったら死ぬ。息を止め、急斜面を這い上がった。苦しさに思わず息を吸った途端、意識を失った。倒れた所が雪の吹きだまりだった。頭から肩まで雪に埋まった。それが幸いした。雪が毒気を吸い取る。

力強い手が腰帯を摑んで、体を雪の中から引きずり出してくれた。痛む目に、濡れ手拭いで鼻と口を覆ったマサリキンの顔が見えた。彼はぐったりしているカリパを背負い、急いで斜面を登り始めた。目の前の雪の峰に粉雪が吹き上がり、強い西風が外輪山《がいりんざん》から吹き下ろして来て、毒気を吹き払った。鋭い祓魔《ふつま》の笛の音が響き、レサックがセタトゥレンを負ぶって、逃げてゆくのが見えた。

「今は動くな」と、咳き込むカリパにクマが言った。「近くに味方の里《コタン》がある。そこへ行こう」

家が十軒ほどの集落《コタン》だった。住民に歓迎され、手厚く介抱してもらえた。お陰で夕方には体調が回復した。おまけに村《コタン》の裏手にある小さな温泉の池にも入れてもらい、大満足した。

「あんたも一緒に入っておいで。ここの湯に浸かると男はすばらしく元気になり、女の体は潤って、子宝が授かるんだよ」と、村の女たちがからかい半分にマサリキンにも入浴を勧めた。カリパは真っ赤になって俯《うつむ》いていたが、「いや」とは言わなかった。堅物《かたぶつ》の若者は首まで赤くなりながらも、「俺は近くで警護をする」と言い張って、律義にそれを実行した。

「ああ、とってもいい気持ち！　いいお湯だわ」と、カリパは湯の中でセノキミに聞こえるようにうっとりした声を出し、パシャパシャと水音も立てた。でも、彼は覗いてもくれなかった。代わりに聞こえてきたのは張った弓弦《ゆづる》に松脂《くすね》を塗って戦闘の準備をするキューキューという音だけだった。

我慢してる、あの音でわかるわ……。カリパは湯気の中でくすっと笑った。

翌朝早く、トヨニッパがやって来た。大きな葦毛《あしげ》の馬に乗り、黒い分厚い防寒布に黒い頭巾、黒い布で顔を覆っていた。トーロロハンロクと三頭の空馬《からうま》を連れていて、アシポーも一緒だった。

トヨニッパの姿をひと目見るなり、カリパの側からマサリキンが飛び出した。また殴られるのかと、思わず両手で頬を押さえた兄に、マサリキンがひどく恐縮した顔で謝る姿がおかしかった。

「この前は殴ったりして済みませんでした。カリパから話を聞きました。申し訳ないことをしました」

「あれはやきもちの一発か？　ま、それだけ妹に惚れてくれているということだ。痛かったが、俺には嬉しい一発だったよ」と、笑ったが、急に真顔になって、言った。

「実はな、シネアミコル隊長の頼みで来たんだ。急いでくれ。ヌペッコルクルが危ない」

道々、話を聞いた。

「一昨昨日《さきおととい》、オッパセンケが焼き討ちされた。あの村《コタン》があるのはピタカムイ大河の東岸で、ウェイサンペ勢力のまだ及んでいないケセマック地方だ。特に戦略的価値もない所だが、実はオンニの在所だ。地獄耳の俺でさえ知らなかった。秘中の秘とされていたのに、敵方に知られたらしい」

聞いている三人が、真っ青になった。

「警備隊五十人が全員討たれた。村《コタン》は焼き払われ、住民ほとんどが殺された。辱めを受けるよりはと、ピタカムイ大河に身投げした女たちも大勢いたそうだ。オンニの奥さんと二人の娘たちを含む女たちが二十人拉致《らち》された。逃げおおせた村人の話では、襲ったのは鎮所のシノビとマツモイテックの連中で百人ほどだったそうだ。指揮を執《と》っていたのはポトケのミムロ」

「で、オンニはどうされた?」と、クマ。

「その夜、ウェイサンペの全軍が密かにウカンメ山の包囲を解いてイシ砦に移動していた。敵は、ピラヌプリの丘の前にオッパセンケの女たちを並べて、この者どもの命が惜しくば、武装を解いて降伏せよ、さもなくば焼き殺すと言って来たという。驚いたオンニは、全軍を率いてウカンメ山を出て、ワシベツ山の砦に入った」

「極秘とされていたオンニの在所が敵に漏れたのが元ね」と、カリパは青い顔で唇を噛んだ。マサリキンが真っ青になった。

48　雪の中の臭い花

暗い穴蔵の中で、イシマロは退屈な日々を過ごしていた。鋭く尖《とが》った石のかけらで一日に一度、まわりの石の壁に刻み目をつけた。これで、ここに入れられてからの日にちを記録した。

「ここに入ったのが養老四年九月二十一日……今日は師走《しわす》の二十三日か」

外は銀世界だろう。ここは地熱のお陰でいつも同じ温度だ。朝飯を食って、いつもの如く激しい鍛練運動をしていた時に、天井のほうでただならぬ物音がした。誰かが大声で何かを叫び、激しく動き回る音がし、やがて「ううっ」という苦痛に満ちた呻き声になった。天井からドサッという音と共に、男の体が落ちてきた。首筋から生臭い大量の血を出し、呻きながらもがいていたが、やがて動かなくなった。いつも飯を運んで来る牢番だった。

「イシマロ殿」と、低い声が頭の上から聞こえた。「長らくお待たせ申した。お迎えに参上致した。お体は大丈夫でござるか」

天井の穴からスルスルと綱が下がって来た。

「外は寒いか」

「雪でござる」

闇に慣れた目だ。相手の顔がすぐにわかった。

「おお、ナニパのミムロ！　正に地獄に仏だな。待ちかねた」

「これはお父上から」と、ミムロがイシマロに太刀を渡した。

「や、裸足《はだし》でござるな。まずは足ごしらえをなされよ」

猪の毛皮で作った沓《くつ》を履《は》かされた。外は薄雪が積もり、晴れた空の照り返しで目が眩んだ。山襞の向こうから大勢の叫ぶ声が聞こえる。

「合戦か？」

「赤頭賊《せきとうぞく》に援軍が続々来ておりましてな、征夷将軍も手を焼いているのです」

「征夷将軍？　征夷軍が派遣されているのか！　して、戦況は？」思わず声が弾んだ。

「ウカンメ山の防柵《ぼうさく》はよくできておりまして、征夷将軍・多治比縣守《タディピのアガタモリ》さまも攻めあぐんでおります」

「蛮族の兵力はどれほどか」

「ざっと二千。うち騎兵が千余り」

「エミシ騎兵が千もいるのか。それは難儀だ」

冬の山は葉が落ち、地面は白い雪に覆われていた。

「ここまで来れば安全です。一休みしましょう」

藪陰に腰を下ろした。傍らに坐禅草《ざぜんそう》が咲いていた。頭巾のような赤茶色の葉に包まれた中に白い花が見える。光背の中に坐す仏の姿に見えるが、見ようによっては炎に包まれた人にも見える。

「臭いな」

「ああ、これですね。『仏の臭花《くさばな》』です。手を近づけて御覧なされ。温こうございましょう。この熱で雪を溶かして、土の中から生え出てくるのです。春の近い印です。このあたりのエミシどもはアペフチノンノと言っています。『火の女神の花』ですな」

「むしろエミシの見立ての方が合っているな。それにしても臭い。肉の焼ける悪臭だ。カムイというよりは、火炙《ひあぶ》りにされて生きながら焼かれている罪人みたいだ」と、イシマロは笑った。

「召し上がりませんか。奥さまの味です」と、差し出されたのは鹿肉の薫製だった。

「うむ。あれは元気でおるか」

「皆さま、お元気です。……ところで」と、ミムロが声を改めた。「御報告がございます」

「何だ」

「今まで、アカカシラどもの頭目がどこの誰なのか、皆目見当がつきませんでした。奴はケセマックのエミシです」

「ケセマック？　では、ピタカムイの向こう側か。我々の手の届かぬ蕃地《ばんち》ではないか」

「それが、ピタカムイ大河の対岸、ワシベツ山とは目と鼻の先のオッパセンケでした」

小さな丘の森の中にある人口百人足らずの小さい集落《コタン》で、住民は主に川漁で暮らしている。

「そこの酋長で、名はオノワンク。赤頭賊《せきとうぞく》でさえ、奴の本名を知る者は少ないのです」

「よく突き止めたな。目と鼻の先ではないか。驚いた」

「そこで、イシマロさま。お願いがござる」

「何が望みだ」

「格別なことではございません。ただ、マルコ党の皆さまとは従来通りの親しきお付き合いをいただきたいと、ただそれだけのことでございます」

「征夷将軍・多治比縣守《タディピのアガタモリ》さまといえば、皇親派の切れ者だ。俺たちが仕えて来たのは藤原家《プンディパラけ》。大黒柱の不比等《プーピト》さまが薨《こう》じられて、これからは皇親派の天下か。となるとスケ殿もお前も首が危ない。ここは一つ、縣守将軍に手柄を立てさせて恩を売っておこうという魂胆か」

「必ずしも然《さ》にあらず。将軍に大手柄を立てさせて、気を許させたところで、高転《たかころ》びに転ばせ参らそうとの策でござる」

「ふむ、面白い。で、お前の策を聞かせろ」

ミムロは仏面《ぶつめん》をますます慈悲深い形に作り、反対にイシマロの目は猛虎になった。


痺《しび》れるように寒い夜、夜明けにはまだかなり間がある深夜だった。

「オンニ、申し上げます」

物見《ものみ》の者の声で目が覚めた。隣に寝ている息子、ポーも跳ね起きた。

「我が陣営の前にいたウェイサンペ軍が闇に紛れて退去しております」

「ヤムトー砦に籠もったのではないのか」

「ヤムトーには生き残りのマルコ党がいるだけで、その数は精々五百か六百。ひっそりとしております。六千人もの征夷軍が入った様子はありません。膨大な足跡が東に向かっております」

次々と報告が来た。俄然、忙《せわ》しくなった。

「征夷軍本隊は、ピラヌプリ丘とその南隣のペッサム丘付近に急ごしらえの陣を構えております」

「一大事です。オッパセンケに火の手が上がりました！　村里《コタン》と周辺の山も燃えています！」

しまった！　オンネフルでの、ウェイサンペのやり口を思い出した。オッパセンケには老父母と妻と二人の娘、親族がいる。あそこを襲われるのは何としても防ぎたいと、自分の名前も在所も秘中の秘とし、仲間にさえ滅多に素顔を見せない用心をして来た。

首長《サパ》は仲間を守れてこそ首長《サパ》だ。自分の身内も守れなかったとあっては、首長《サパ》の威信は崩れ、その衝撃はヌペッコルクルの内部崩壊さえ引き起こしかねぬ。オンネフルでの敵のやり口を見よ。敵は村《コタン》の人間を、赤子の果てに至るまで一人として生かしておこうとしなかった。彼の家族も、今頃は猛火の中で焼かれているはずだ。掠れる声で叫んだ。

「全軍、ワシベツ山に移動せよ。オッパセンケを襲った敵を殲滅《せんめつ》する」

だが、総ては遅すぎた。

十里（五キロあまり）の道を駆け抜けて、精鋭部隊二百人が到着した時には既に丘全体が火に包まれていた。丘の周囲には二百人ほどの敵兵が布陣しており、燃える森から逃げてくる女、子供、老人たちを無慈悲に殺しまくっていた。火達磨になって泣き叫び、川岸の断崖から下の大河に身を投げる女たちの姿が見えた。

ピラヌプリとペッサムの丘の陰からおびただしいウェイサンペの大軍が、東雲《しののめ》の光の中、モーヌップの平野に展開した。

「将軍、敵は見事に思う壺に嵌《は》まりましたな」と、丸子石麻呂《マルコのイシマロ》が呟いた。目の前の泥の平野に三里（一・六キロ）ほどの距離をおいて、騎兵を前面にしたエミシの軍勢がいた。歩騎合わせて約二千。

「赤頭賊《せきとうぞく》は頭目の本拠地を襲われて慌てふためき、全軍ウカンメ山を出てワシベツに急行してきたのです。連中の強みは、我らから見れば正気の沙汰とも思えぬような激しい同族愛です。彼らは家族や仲間のためとあらば一切の理性をかなぐり捨て、火の中だろうと水の中だろうと、己の命を捨てても突っ込んでゆきます。先の按察使《アゼティ》さまが討たれたのも、彼らのこの習性を軽視したためです」

「それを逆手に取ったな」

「丸裸のウカンメ山は我が手の者が苦もなく落とせましょう」

「全軍を展開させ、赤頭賊《せきとうぞく》が前後の見境もなく攻めかけてくるのを押し包んで撃滅する。我が軍は八千。対する蛮族は精々二千。圧倒的な兵数差がものを言う。ウォーシカの野は蛮族の屍《しかばね》で埋まる。石麻呂、叛徒の心を再起不能に挫《くじ》くのだ。例の見せ物を挙行せよ」

「仕度はできております」と、イシマロがニヤリと笑った。

縣守《アガタモリ》は、己のしようとしていることの醜悪さに思わず吐き気がした。帝国の遠祖、英雄カムイヤマトイパレピコやヤマトタケルの故事を念じた。目先の小事たる、事の美醜などにこだわっていては大事は成し遂げられぬ。これを乗り越えてこそ、勝利が手に入る。戦《いくさ》とは勝利こそがすべてだ。正義が勝利を生むのではない。勝利が正義を生むのだ。

49　エミシ敗走

「まず、わたしたちの目指すべきはマキ山ね」と、カリパは呟いた。マサリキンの口癖が移っているのに気付いて、思わず赤くなった。それは兎に角、何としても捕虜を救出すべきだ。今、一番頼りになりそうなのはマキ部族だが、あそこまでは遠い。急ぎに急いだ。ウカンメ山とワシベツ山の北側を通って、ピタカムイ大河の渡し場に馬を預けて、対岸に渡り、マキ山に向かった。部族長マキの所に案内された。

「先日はお助けいただき、ありがとうございました」と、マサリキンが鄭重に御礼を言った。

「クメロックさんには本当に申し訳なく存じております」と、カリパも丁寧に頭を下げた。

全身を裾長の青い衣装に包んだ女部族長は、相変わらず妖精のように美しく、物静かだった。「わたくしどもは、あの晩、鎮所のシノビとマツモイテックの悪党どもが、オッパセンケでやったことを総て存じております。オッパセンケの女子衆《おなごしゅ》を助け出すことは喜んでお手伝いします。あなたがたの到着も、オンニには既に報告しました。ところで、まずうかがっておきたいのですが、どうしてここに悪名高い盗賊の頭がいるのか、御説明いただけますか。確か、《鬼殺しのトヨニッパ》……でしたね？」

一瞬、周囲を固める数十人のマキ部族戦士の顔色が変わり、冷たい緊張感がその場を満たした。

夜が更けて寒さが身に滲みる。今晩も眠れそうもない。腹心の者たちと一緒に焚き火の周りで、細々《こまごま》とした作戦計画を練っているオンニに報告しているのはシネアミコルである。

「敵は、ピラヌプリの北斜面に大量の柴や薪を積み上げているそうです。その周りには虜《とりこ》の女子供が縄で縛られて転がされていて、いずれ我々の目の前で焼き殺す手はずを整えているとのこと。あの八千人もの大軍が我々を待ち構えていますから、口惜しい限りですが、この儘、正面からぶつかっては勝ち目がありません。マキが協力を申し出て来ていて、それは有り難いのですが、マキの戦力は精々二百人。正面会戦となれば余り役には立ちますまい」

気の毒でオンニの顔をまともに見られず、じっと俯《うつむ》いて焚き火の火を見つめたままだった。

「仕方があるまい。戦《いくさ》というものは酷《むご》いものだな」と、オンニが呟いた。「マサリキンたちは頑張ってくれようが、成否は四分六分だ。彼らを討死させることになってしまうかも知れないのは痛恨の極みだが、だからと言って当初の作戦は変更しない。わしも辛いし、お前たちも辛かろうが、断固としてやり抜くまでだ。大芝居を打つぞ。それしか我々の生き延びる策はない」

深夜。カリパは、マサリキン、クマ、アシポー、トヨニッパ、それにマキが付けてくれた女戦士シピラと共に、ピラヌプリの丘の北東の裾に潜んでいた。ここはイシ砦とワシベツ山の中間地点より少し北、干泥《ひどろ》に埋まったモーヌップの野の東端だ。その夜はウェイサンペ暦養老五年の元旦、夜明け前の深夜に月はない。凍てつく寒さに空一面の銀河がギラギラと掛かっていた。

「敵はこの丘の西側の平野に屯《たむろ》しています」と、シピラが柔らかな声で囁いた。「北側に、虜《とりこ》になった女たちがいて、薪が積んであります。ヌペッコルクルの目の前で焼き殺すためでしょう」

「酷《むご》い！　これがアカタマリの本性だったのね。あの時、殺しておかなかったばかりに、こんなことになるなんて……」と、カリパは地団駄踏んで口惜しがった。

「怒り狂うエミシを平地に誘い出し、包囲殲滅《せんめつ》する作戦だな」と、マサリキンも歯軋《はぎし》りした。

「兎に角あの可哀想な女たちを助け出しましょう。トヨニッパさん、お願いしますね」と、シピラがあくまで物静かに、柔らかな声で囁いた。

「大丈夫です」と、猪男《ししおとこ》がえらく神妙に答えた。

「どうするつもりだ?」と、クマ。

「ふん」と、大男が鼻息を荒くした。「俺は盗賊だ。狙った獲物は必ず盗み出す。ま、任せてくれ」

その袖を引いて、シピラが耳元で優しく囁いた。

「あの崖下の松の木の根元に、見張りが一人」

「この娘はとても夜目が利く」と、マキが言っていたが、シピラには闇の中が見えているらしい。

「わかった。俺が仕留めましょう。貴重な矢を無駄になさるな」トヨニッパがそう囁いて、腰の袋から丸い石を取り出した。この猪男、なぜかシピラにはひどく丁寧な言葉を使う。

目にも止まらぬ速さだった。二十メートルほど離れた松の木の根元に潜む見張りの敵兵が、声も立てずにドサッと倒れる音が聞こえた。カリパたちはその近くの藪陰《やぶかげ》に身を潜めた。

丘の北斜面に柴が山と積まれていた。篝火《かがりび》の周りに二十人ほどの部隊が番をしていて、縛られた捕虜の女たちが地面に転がされている。長い杉丸太が二本立っていて、上に横木が渡してある。

「何をする気かしら」と、シピラが隣にいるトヨニッパに囁くのが聞こえた。

「見なされ。横木に掛けた三本の綱の片端に、オンニの奥さんと二人の娘さんが縛られている。あの三人を吊るし上げて焼き殺す。逆上したオンニが、総攻撃を掛けるのを待ち構えているのですな」

「酷《ひど》いことを！」

「実に残虐だ」と、クマも呻《うめ》いた。「ヌペッコルクルが捕虜を助けようと押し出してくるのを皇軍《スメラミクサ》が押し包んで迎え撃つ。我が方の兵力は二千。征夷軍六千にマルコ党とマツモイテック衆を合わせれば奴らは八千。こちらには分《ぶ》がない。アカタマリめ、惨《むご》たらしいことを考えたな」

……あのアカタマリめが！　カリパは怒りと後悔で身内が震えていた。あの時、ひと思いに刺し殺しておけば、こんなことにはならずに済んだのだ。わたしが悪いのだ。この責任は命に換えても取らなければならぬ。そんな気持ちを敏感に察したクマが、カリパが暴走しないようにと、その太い手でカリパの帯をしっかりと摑んだ。

防寒布もなく転がされている捕虜たちはさぞ寒かろう。呻いたり、啜り泣く声が聞こえてくる。

「寒かろうが、もうすぐ暖めてやるから待ってな」と、マルコ党訛《なま》りが嘲り笑うのが聞こえた。

東の空が明るみ、そして夜が明けた。軍鼓の合図と共に帝国軍の活動が始まった。

皇軍《スメラミクサ》は全軍を二手に分け、半分は東のピタカムイ大河側に、半分は西側のモーヌップの野に陣形を八の字型に整え、将軍はその奥、火刑場の近くに陣取った。四キロほど離れたワシベツ山の麓には、ウェイサンペ軍に相対する形でエミシの軍勢がひしめいている。帝国軍が歩兵主体であるのに対し、彼らは半分が騎兵が主だ。アカタマリの声が北風に乗って、カリパの耳にも聞こえてきた。

「賊将オノワンクに伝えよ。——ここに捕らえてあるは汝が妻と娘ら、身内の女ども二十人。我が前に進み出て馬を下り、弓を切り折り、刀を差し出し、地に伏して降伏を願わば、大御心《おおみこころ》のの仁慈を以て大逆の罪を赦し、末長く王民《オポミタカラ》として仕えることを許す。さもなくば虜《とりこ》どもを直ちに焼き殺し、汝等を一人残さず成敗せん。まずはこの近くまで進み出て、汝らが妻子を確かめよ」

騎馬の軍使がワシベツ山に向けて駆けた。やがて、軍使とヌペッコルクルの軍団がこちらに向かって駆けてくるのが見えた。ウェイサンペ軍に緊張が走り、兵士たちが一斉に武器を構えた。

ヌペッコルクルの先頭を駆けてくるのは赤覆面のオンニである。軍列の左右を、頑丈な大盾の列が敵の矢を警戒しつつ進んで来る。

「止まれ!」と、アカタマリが叫んだ。オンニが片手を挙げると、ヌペッコルクル軍が見事な統制を見せて、ピタリと止まった。

積み上げた柴の前に、捕虜の女子供二十人が引き据えられた。自分たちを焼き殺すための薪の前で、哀れな女たちが半狂乱になって泣き叫んでいる。その中でオノワンクの妻だという中年の婦人が堂々として威厳を保ち、泣き叫ぶ娘や仲間を励ましていた。

「怖がらなくてもいいの。この世の命は必ず終わるのです。その時、ちょっとは苦しいかも知れないけれど、それもすぐ終わります。わたしたちはこの世に来る前のふるさと、幸せの天上の神の国《カムイモシリ》に帰るのです。目の前でわたしたちの夫や父さん、兄さんたちが見ています。取り乱して、恥ずかしい態度をとってはなりません。エミシ女の勇気を見せてあげましょう」

婦人が、憐憫と軽蔑の眼差しでアカタマリを見た。同時に将軍の口元が奇妙に歪《ゆが》んだ。カリパにはわかる。あの歪んだ顔は、激しい自己嫌悪を感じている時の、彼の特徴的な表情だ。

「皇軍《スメラミクサ》は汝らの四倍だ。汝らに勝ち目はない。帝《ミカド》は仁慈のお方におわす。恭順せば、すべてを赦し、王臣《オポミタカラ》として末長く慈しみ給う。従わねば、見よ、オッパセンケの女どもをこの場で焼き殺す。陣貝を三度《みたび》吹く前に、武器を捨てよ」

エミシ側からは何の返事もなかった。将軍の顔がますます醜く引《ひ》き攣《つ》った。

「始めよ」

最初の陣貝が吹き鳴らされた。薪の山のそばに控えていた兵どもが、三本の綱を引っ張った。女の子たちの鋭い悲鳴が上がり、オンニの妻女と二人の女の子が宙空高く吊るし上げられた。

「この女どもを見よ。一人は汝らが頭目の妻、あとの二人はその娘だ。これからまず、この者どもを吊るしたまま火炙《ひあぶ》りにする。他は火の中に投げ込む。降伏すれば許すが、さ、どうするか」

沈黙の中に二度目、三度目の貝の音が響き渡った。エミシの軍勢の間から異様な叫び声が上がった。命令を待たずに飛び出そうとする戦士たちを、隊長たちが必死に抑えている。火付け役の兵卒が篝火《かがりび》から火を持って来て、柴に点火した。柴はたちまち燃え上がり、黒煙と紅蓮《ぐれん》の炎が天空に吹き上がった。エミシ軍から一斉に悲鳴が上がった。

目の前で焼き殺される妻子を見て、平静でいられるはずがない。ヌペッコルクル軍全軍が理性を失ったごとき叫び声を上げ、雪崩を打って突撃に移った。

「今だ！」と、アカタマリが叫び、長剣を頭上に振り回し、攻撃開始を命じた。法螺貝と軍鼓が鳴り渡り、燃え上がる火炎の前で泣きながら妻子の名を呼ぶヌペッコルクルの軍団に、左右から雨のような矢が降り注いだ。同時に鉾を構えた官軍兵士が一斉に襲いかかった。

「チーシ（泣け）！　キーラ（逃げろ）、キーラッ」

オンニが大声で叫ぶのが聞こえた。総退却命令だ。左右から包囲されている上に、八千対二千である。このままでは全滅だ。だが炎の中で泣き叫んでいる女子供を捨てて、どうして簡単に逃げられよう。逡巡《しゅんじゅん》する全軍の先頭で、オンニが泣きながら叫んでいる。

「殿《しんがり》はわしが務める。今は一人でも多く生き残れ。生き残って妻子の仇を討つのだ。今は逃げろ、逃げろ、全力で逃げろ！」

全軍が泣いていた。目の前で妻子を焼き殺されるのを見捨てて逃げろというのだ。こんな惨めなことがあろうか。家族愛、同族愛の並外れて強いエミシだ。如何に首領の命といえども妻子を救うべく狂気のごとき突撃をしてくるに相違ない。アカタマリが長剣を振りかざし、総攻撃を命じた。今こそ好機。秩序を失って大混乱する敵軍を、圧倒的な数で押し包んで殲滅《せんめつ》するのだ！

だが予想が外れた。カリパでさえ、我が目を疑った。エミシの全軍が一斉に馬首を返し、津波が引くようにモーヌップの泥の野を引き退いていく。しかも全軍が声を放って泣きながら。

殿《しんがり》には七十騎ほどの軽騎兵部隊がオンニを取り囲み、鉄壁の防御を固めながら仲間を逃がすために奮戦していた。一般に軍隊が退却する時には、まず将が真っ先に逃げる。全軍がそれに続き、死を覚悟した殿部隊《しんがりぶたい》が、最後尾を守って、将を逃がす。これが鉄則だ。ところがエミシ軍の殿を守っているのは、赤頭巾の大将だ。アカタマリが腹を抱えて大笑いしているのが見えた。

「もう少し骨があるかと思ったら、やはり半獣の蛮族、とんだ腰抜けどもだ。女みたいに泣き喚きながら、妻子を見捨てて逃げて行くわい。今こそアカカシラを殲滅《せんめつ》せよ！」

一方、カリパの脇では、トヨニッパが底力のある声で低く唸っていた。

「見事な退却だ。完全に統制がとれている。あれは予《あらかじ》め計画した通りの行動だな。全軍が泣き喚いているのは、計算された擬態《ぎたい》だ。俺たちを完全に信頼しているからできる芸当だ。行くぞ！」

六人は藪から飛び出した。処刑係の敵兵が縛られた女たちを抱え上げて、燃える柴の中に放り込もうとした。そこに襲いかかったトヨニッパの石飛礫《いしつぶて》と他の隊員たちの弓矢で五、六人が討ち取られた。突進してくるエミシの戦士たちを見て、敵兵どもが悲鳴を上げて逃げた。トヨニッパとクマが、倒した敵兵を次々と燃える柴の山に放り込んだ。

トヨニッパが、先の尖った三本の鉄鉤を束ねたものに長い綱をつけた道具を二つ取り出した。彼はそれを振り回して放り投げ、処刑台の横木の片端に引っかけた。もう一つを、クマが走って行って反対側の端に引っかけた。その綱を二人が力いっぱい引っ張って、処刑台を倒した。マサリキンとアシポーが、オンニの女房の体を抱き留め、カリパとシピラが二人の女の子を抱き留めた。

「皆さん、助けに来ました。声を出さずに、さあ、体を低くして、走りましょう！」

カリパとシピラが、縛られている残りの女たちの縄を切った。

二十人の女たちを助け出した一行は、一散にピタカムイの河原に走った。河岸には六艘の丸木舟がひっそりと待っていた。後ろにして来たモーヌップの野では、追撃する八千人の皇軍《スメラミクサ》の大喚声と、泣きながら逃げて行くエミシ軍の叫び声とが北へ北へと移動していく。

50　裏切り

二十人の女たちを救い出したトヨニッパと一行は、真っ直ぐにピタカムイの東岸に渡り、待ち構えていたマキ部族の者たちに捕虜の女たちを引き渡した。

「カリパ」と、トヨニッパは妹に言った。「お前は舟を漕ぐのが得意だな。向こう岸に戻るために舟が一艘必要だ。お前が漕げ。流れに逆らって漕ぐのだから、舟脚が遅くなる。舟を軽くするために俺たちは岸を走る。マサリキン、お前さんは盾を持って流矢から妹を守ってくれ」

ニッコリ微笑《ほおえ》む若者の顔を見て、まるで俺がこいつの兄になったみたいな口の利きようをしてしまったなと、自分でもおかしかった。だが、その顔をシピラに向けた時は、淋しい気がした。

「シピラさん、お前さんはもうマキ山に帰るといい。お前さんのお陰であの女たちを助けることができた。また会えるかどうかわからないが、心を込めて言う。ありがとう」

穏やかに笑みを含んだ声が戻って来た。

「まあ、お気が早い。マキさまから、当分皆さんのお手伝いをするように命じられています。おいやでなかったら、もう少し御一緒させてくださいませ」

朝日に照らされて、輝くように美しい笑顔だった。川霧の向こうから、攻撃中止を命ずる皇軍《スメラミクサ》の法螺貝の音が聞こえてきた。シピラが穏やかな声で言った。

「あら、お利口なウェイサンペが追跡をやめましたね」

「アカタマリは馬鹿ではない」と、トヨニッパも微笑んで相槌を打った。「ワシベツ山の北側はトーコロ大湿原です。無数の沼沢があって、泥濘《ぬかるみ》が続く。ウェイサンペにとっては地獄の入り口。さ、俺たちもこのあたりで河を渡って味方に合流しよう」

河を渡ったあたりには敵も味方もいなかった。ただ近くのワシベツ山の砦から、真っ赤な炎と黒煙が朝空に立ち昇っていた。皇軍《スメラミクサ》が勝利の印にウカンメ山の砦を焼き払っているのだ。

対岸の舟着き場では、四頭の馬があるじの帰りを待っていた。マサリキンとカリパがトーロロハンロクに、トヨニッパとシピラがトヨニッパの乗っていた大馬に相乗りし、クマとアシポーがそれぞれ一頭を割り当てられた。

「わたしも、この湿原は得手《えて》ではありません。雨が降るたびに通れる道が変わるのです。ヌペッコルクルはオラシベツに向かったと思います。遠回りになりますが、乾いた道を行きましょう」

一行はシピラの言葉に従った。オラシベツにはウソミナに率いられた強力な騎馬軍団がいる。

マサリキンの背中で、カリパが叫んだ。

「見て！」

薄雪の野を、百騎ほどが黒い旗を先頭に南へ移動して行く。しかも大急ぎの駆歩《かけあし》だ。

「ホルケウ軍団だ。ずいぶん急いでいる。行こう。彼らが何をするのかを見よう」と、マサリキンが逸《はや》り立《た》った。トヨニッパはこの気の早い若者を引き止めた。

「マサリキン、お前は師匠から破門された身だ。迂闊《うかつ》に動くな。ここは、クマ父《アチャ》ちゃんに任せろ。俺はこれからオラシベツに駆け、ウソミナ殿の意見を尋ねる。ロクサーナ、お前のセノキミは暴走しがちの奔馬《ほんめ》だ。クマ父《アチャ》ちゃんと力を合わせて、馬銜《はみ》を外さないように手綱を放すな。シピラさん、道案内を頼みます」

「オラシベツはよせ、アルサラン」と、妹のセノキミが言った。「お前はトヨニッパでもあるんだぞ。盗賊がヌペッコルクルのただ中に飛び込んで、無事に済むか。オラシベツには俺が行こう」

「ありがとう。だがな、俺みたいな悪党には、お前のような単純男には思いも寄らない知恵もある。心配するな。言っておくが、俺には名前がいくつもある。ウソミナ旦那《ニシパ》の前ではウィノと呼べ。間違っても別の名を言ってくれるな。わかったな」

「ウィノ？　まあ、御立派なお名前だこと！　ウィノシシ（猪）ね」と、妹がケラケラ笑った。

「それがいい」と、クマが頷いた。「確かにこの成り行きは変だ。行け、ウィノ。俺がこのおっちょこちょい男とパタンキ（蝗虫《ばった》）みたいに飛び跳ねたがるお前の妹を引き受ける」


湿原の中の小道は曲がりくねっていて、時々新たな小川や沼沢に遮《さえぎ》られていた。

「シピラさん」、何度かためらった後、思い切って声をかけた。「お前さんも知っての通り、俺は人殺しで、ろくでなしの盗賊だ。エミシの村《コタン》を襲っては馬匹を盗み、罪もない人を無慚に殺し、女子供をかどわかしてウェイサンペに売り払うなどのおぞましい悪行も重ねた。怖くないか」

「そりゃ怖いですよ」と、トヨニッパの尻馬に乗って、両手で彼の腰にしがみついている女戦士が答えた。「でもね、わたしにはわかるんです」

「何が？」

「あなたが本当は悪い人じゃないってことですよ」

「なぜ、そう思う？」

「わたしはマキの女です。幼い時から神聖言霊術《カムイオロイタック》の修行も積んできました。あなたは有名な悪党で、恐ろしい人殺しで、あなたの石飛礫《いしつぶて》で脳天を砕かれて死んだ人は数知れないことだって、よく知っています。この前、ピタカムイ河原でその実例を見て、心底恐ろしさに震え上がりましたわ。マキさまにあなた方のお手伝いをしに行けと命じられた時には、怖くて怖くて身内が震えました。でも、初めてお会いした時にすぐわかりました。あなたは本当はとても優しい方で、そのお顔に似ず、とっても怖がり屋なんだってことを」

「俺が怖がり屋？」トヨニッパはびっくりして訊き返した。

「あら、お気に触ったかしら？　ごめんなさい。でも、図星でしょう？　女の目はごまかせませんよ」と、いたずらっぽい目が笑っていた。思わず苦笑いした。何だか急に緊張感が抜けて、ひどく安らいだ気分になった。これが話に聞く神聖言霊術《カムイオロイタック》か。暫くの沈黙の後に、小さな声で答えた。

「ありがとう」

トーコロ大湿原を抜けて、トヨマナイ地方に入った。見渡す限りの大草原が広がっていて、遠くにいくつかの丘が見えた。このあたりは、去年の秋の大洪水の被害を免れている。タンネトーという大沼の西端近くで、後ろから猛烈な勢いで駆けてくる馬蹄の音を聞いた。二人は傍らの藪の中に飛び込み、身を潜めた。

「ね、やっぱり怖がり屋だったでしょう？」と、シピラが囁いて笑った。

「お互い様だな」

見ると、堂々とした駿馬《しゅんめ》に跨がった男が駆けて来る。

「立派な馬に乗っている。ウェイサンペなら将軍級だぞ。だが、乗り手はえらくみすぼらしいな」

「エミシらしくもないわね。エミシなら大抵弓矢を持っていて、髪と髭も長く伸ばして鉢巻を締めます。それにエミシが滅多に使わない鞍鐙《くらあぶみ》もつけている」

「そんなら何だ？」

「決まってるでしょ。親分《ニシパ》の同業者よ！」

「ちげえねえ」

シピラの一言で、トヨニッパは本来の盗賊の顔に戻った。「暫くここに隠れていろ」と言い、街道の真ん中に立ちふさがった。騎馬の男が驚いて馬を止めた。トヨニッパの子分の小頭《こがしら》だった。

「やあ、これは驚いた。頭《かしら》じゃござんせんか。あの騒ぎの後、いきなり行方知れずになりなさったから、心配してずいぶん探しましたぜ。こんな所で何をしていなさる?」

「エミシの衆と、ちっとばかり付き合っていたのさ。お前こそ、ずいぶん急いで、どこへ行く?」

「へい、ノシケヌップあたりで妙なことがおっぱじまったので、かねて親分《ニシパ》から言いつけられていた通り、オラシベツのウソミナ旦那《ニシパ》に知らせようとしているところでさ……。ところで親分《おやぶん》、その辺で若い女の匂いがするが、クソマレが一緒ですかい?」

「ばれたか」と、トヨニッパは頭を掻いた。小頭が笑った。

「何年、この稼業をやっていると思いなさる。鎮所の間抜けなシノビよりは余程鼻が利きまさあ」

藪陰《やぶかげ》から、シピラがもそもそ現われた。

「ややや、これはまた別嬪《ピリカメノコ》だ。驚いたね。エミシの女戦士ですかい。親分《おやぶん》も顔が広いね」

「後でゆっくり紹介してやるが、その妙な出来事ってのは何だい」

今朝払暁《ふつぎょう》、どこからともなく現われた黒い旗を掲げたエミシの軍勢が、ウェイサンペのニトリ砦を襲撃し、火玉を投げ込んで砦に放火し、激戦の末に砦の守備隊は一人残らず殺され、砦も完全に焼失したという。エミシはニトリを落とすと、今はその南のシカマ砦に襲いかかっている。更に彼らは別働隊を動かし、近隣のウェイサンペ植民村を襲い、かなりの植民者を殺害して、村々を焼き払っているという。ヌペッコルクルなら赤い旗を掲げ、戦士は赤鉢巻を目印にしているはずだが、彼らは黒い旗に黒鉢巻なので、ヌペッコルクルとは別者らしい。そこで、急遽《きゅうきょ》オラシベツに知らせに駆けている。不審なことがあれば、先ずウソミナに知らせよと頭《かしら》に命じられているからだという。

「それは大事《おおごと》だ。俺も行く。急ごう。詳しい話はオラシベツで聞く」

「ニシパ」とシピラがひどく優しい声で囁いた。

「わたし、ここでお別れします。オラシベツにはこのお仲間と御一緒にどうぞ。わたしはちょっと寄り道をして参りますね」

「おい、どこへ行くんだ」

驚いて尋ねるトヨニッパにニッコリと微笑みを返しただけで、シピラはひらりとトヨニッパの乗馬から飛び降りた。

「頭《かしら》、なんだね、今の娘っこは。えらく身軽で足が速いじゃねえか。ありゃ只者じゃねえな」

「今の話を確かめに行ったのだろうさ。ま、確かにあれは只者じゃねえな」と、トヨニッパもポカンと口を開けて、シピラの消えた草原のほうを眺めた。

やって来たオラシベツは臨戦態勢だった。五百騎ほどの騎兵軍団が進発命令を待っていた。馬群の吐く息が白い霧となって彼らを覆い、馬の足掻《あが》く音や、激しく鼻を鳴らす音が牧野《ぼくや》に満ちていた。気の荒い牡馬《ぼば》同士があちこちで喧嘩をしている。大陸の諸民族と異なり、この列島の住民はウェイサンぺたるとエミシたるとを問わず、去勢という非自然的行為をひどく忌《い》み嫌《きら》う。大陸から多くの文物を学んでいるのに、彼らは宦官《かんがん》の制度も、家畜の去勢《きょせい》も、決して取り入れようとしない。エミシの世界観では、馬といえども元は天上の神の国《カムイモシリ》からやって来たカムイである。その金玉を切り取るなど、罰当たりこの上ないことなのだ。ただ金付きの牡馬《ぼば》は気が荒く、牡馬《ぼば》同士に整然と隊列を組ませることは至難だ。喧嘩が始まり、噛み付き、蹴り合う。近くに発情期の牝馬《ひんば》がいようものなら、制御不能に駆け出して、乗り掛かる。人を襲って食い殺す、トーロロハンロクの技も、非去勢馬だからこその荒技だ。これを制御するにはよほどの熟練技術が要る。それを平然とやってのけるエミシ族の伎倆《ぎりょう》は、いつ見てもすばらしいと、トヨニッパは思う。

「ウィノでござる。首長《サパ》にお目通りを」

すぐに丘の上の本陣で、諸方からの斥候《せっこう》の報告に耳を傾けている、ウソミナに通された。

「おう、ウィノか。久しいな」

「お忙しそうですから、かいつまんで二つ。まず一つ、白状します。わたしは今、マサリキンと組んでおります。ウォーシカの戦場で倒れていたのを拾い、商売になると思い、ヌペッコルクルの陣営に矢文を射込みました。《摩沙利金》の文字で彼がエミシの機密を漏らした重大な裏切り者のように仄《ほの》めかしました。こうすればエミシの秘宝を護れます。その上でマサリキンとヌペッコルクルの人質になっているイシマロを手に入れて、マルコ党に売りつけようと企みました。マサリキンは無実です。また、ウェイサンペもこのことを知りません」

恐ろしい目で見据えられた。この目はアンガロスの次に苦手だ、と思った。身内が震える。

「犯人はお前だったか。マサリキンのことなら心配するな。初めから疑ってなどおらぬ。あいつは死んでも人を裏切るような奴ではない。で、次は何だ」

「イレンカシ殿の率いるホルケウ軍団がニトリ砦を落とし、シカマ砦を襲っています。周辺の植民村も次々に焼き討ちされて、住民が殺されています。イレンカシ殿の別働隊の仕業らしいと聞きましたが、これもオンニの命令ですか？」

ウソミナの顔色が変わった。

「ニトリの話は物見《ものみ》からつい先程聞いた。これはイレンカシの独断だ！　至急、召喚命令を出したが、まだ来ない。こっちではオッパセンケが急襲され、オンニの妻子と村《コタン》の女たち二十人が、オンニの目の前で焼き殺されたそうだ。全軍が奪還に向かったのだが、空になったウカンメ山がその隙にマルコ党に襲われ、焼き払われた。オンニの二千と、帝国軍八千では勝負にならない。敗走するオンニは全軍の殿《しんがり》を守って奮戦しつつ、今ここに向かっている。負傷者がかなりいて思うように進めず、トーコロ湿原の北端で一休みしていると報告が入ったばかりだ。当初の計画では、オンニは敗北を装って敵を油断させ、ここで我々の軍勢と合流し、さらにノシケヌップでイレンカシの部隊と合流し、敵が大勝利に油断している隙にニトリ、シカマ、クロカパ砦を落とし、さらにがら空きの鎮所を焼き討ちにする手はずだったのだ。ただし無抵抗、非武装の植民者を殺すのは厳禁だ。これは我々の最も忌み嫌うことだ」

「で、イレンカシについてはどうなさいます?」

「たとえ相手がウェイサンペであろうとも、非戦闘員を殺すなど、もってのほかの命令違反だ。捨て置けぬ。ところで、マサリキンも奴の軍団の中にいるのか」

「いえ、あの若者はイレンカシ殿に破門さています。なお、御安心下さい。マサリキンと我々はマキの応援を得て、オッパセンケの女たちを助け出し、マキ山で保護してもらっています」

「でかした! それはよかった。大手柄だ!」

ウソミナが大きな安堵の溜め息を吐《つ》いた。彼は鎮狄軍《ちんてきぐん》が将軍もろともリクンヌップで捕虜となっていることもまだ知らなかったので、二重の朗報だった。

「よく知らせてくれた。オンニは今、トヨマナイだ。わしはこれからオンニと合流する」

「実はもう一つ、気になることがあります」

「申せ」

「オンニの在所や実名を口にしないことは、ヌペッコルクルの固い約束でしたな」

「その通りだ。鎮所のシノビは手ごわい。用心に用心をして、オンニも常に覆面を取らない」

「ところがホルケウ軍団の中では、公然とオンニを《オッパセンケのオノワンク殿》と呼んでおります。これはイレンカシ殿が、常にオンニをそう呼んでいるからだと思われます」

ウソミナの青白い顔がこの時ばかりは真っ赤になり、真っ青になった。大声で側近を呼んだ。

「五十騎でシカマに急げ。オンニの名代《みょうだい》であるわしの命だとして、イレンカシを召喚せよ。四の五の抜かしたら実力を行使して連行せよ！」

女たちのコサを背に、オラシベツ騎馬部隊が怒濤のような蹄の音を響かせ、吹き始めた吹雪の中に駆け去った。

51　赤い椿

「待ちに待った時が来た」と、イレンカシは吼《ほ》えた。「いよいよウェイシャンペ帝国との決戦だ！」

体中に熱い血が沸騰している。赤紫《あかむらさき》の痣《あざ》が鮮紅色になった。今こそ、古くさいポンモシルンクルの理想などを後生大事にしている迷妄を打破し、ウェイシャンペ帝国軍を殲滅《せんめつ》するのだ。黒鉢巻の軍団が「おう！」と、勇み声を挙げた。彼はまずクリパル地方で集めた義勇戦士団《ホルケウ軍団》を引き連れ、ニトリ砦に襲いかかった。砦の守備兵は約五百。

「オノワンク殿がワシベツ山に移り、モーヌップの野で敵の大軍を相手に奮戦している。今、敵はそれで手いっぱいだ。その虚を衝いてニトリ、シカマ、クロカパ砦を落とす」

夜襲で不意を衝かれた最北のニトリ砦があっけなく落ち、炎上した。

翌々日早朝、彼らはシカマを襲った。緒戦《ちょせん》の捷報《しょうほう》に湧き立ったクリパルやノシケヌップの諸部族が続々と参戦し、軍団は千人にもふくれあがった。シカマ砦は勇戦したが、抵抗は長続きしなかった。柵を越えて投げ込まれる火の玉で砦は炎上し、守備兵は脱出してクロカパ砦を目指した。だが目的地までは三十里（十六キロ）もある。夕方、猛吹雪になった。ホルケウ軍団の騎兵部隊は野生の狼の戦法その儘に、敵を小さな群れに分断包囲して、次々に各個殲滅した。

「この吹雪はあと数日は続く。全軍、土蜘蛛を掘れ。吹雪が鎮まるまで体を休め、天候が回復し次第、次はクロカパ砦だ」と、イレンカシは命じた。

そこに、五十騎の赤鉢巻騎兵がオラシベツから駆け付けてきた。

「我らはヌペッコルククルの伝令である。お前さんたちも我々の仲間か？」と、隊長が訊いた。訊かれた者が不審な顔をした。

「当然だ。なぜそんなことを訊く？」

「ヌペッコルクルなら頭に赤い鉢巻を締め、赤い軍旗《いくさばた》を掲げる。お前さんたちはなぜ黒旗《くろはた》を掲げ、黒鉢巻をしている？」

「ああ、これか」と、聞かれた男がケロリとした顔で答えた。「他意はない。これはイレンカシ団長《ニシパ》の好みだ」そして声を潜めて囁いた。「赤は団長《ニシパ》の顔の痣《あざ》の色だ。それで団長《ニシパ》は赤がお嫌いなのだ。黒は全ての色を消し去る最強の色なのだそうだ」

イレンカシは側でこのやり取りを聞いていたが、聞こえぬふりをした。黙って自分の黒鉢巻を解き、裏返しにして締め直した。裏は赤い布になっていた。

「お使者、御苦労。我々はニトリとシカマを落とした。近辺の植民村も焼き払った。次はクロカパ砦を落とす。その後、鎮所を屠《ほふ》る。そうオノワンク殿にお伝えくだされ」

「イレンカシ殿、オンニの名をみだりに口にするなとは我らの固い約定でござる。慎まれよ」

赤痣の男は、カラカラと笑って答えた。

「これは失礼。何しろ若い時からの親友での。昔の口癖が未だに治らぬ。困ったものだの」

「我らに無断で勝手な先駆けは困る。戦闘を中止し、至急オンニの許においで願いたい。ニトリ砦を攻めている時にも召喚したが、応じられなかったのはなぜでござる」

「ああ、あの時は合戦のさなかで、失礼致した。クロカパ攻めまで少し間がござる。残敵掃討がまだ不十分だが、即刻参上する。わしもいろいろ相談したいことがござる」

使者たちが雪原を駆け去るのを見送って、彼は主立った隊長たちを呼んだ。

「これからオノワンクの許へ行く。抜かりなく動け。頼んだぞ」

「御安心を！」

イレンカシは細々とした指示を出し、留守になる間の指揮を副将に任せ、百騎ほどの部下を連れて本隊を離れた。

クマは、マサリキンとカリパを連れて、南に向かうホルケウ軍団を追った。途中後ろから一団の黒旗を掲げた騎兵部隊が駆けてくるのに気付いた。黒い旗に白い帯を添えてあるのはイレンカシの印だ。

駆け出そうとするマサリキンを、クマが止めた。

「待て。このお人好しのおっちょこちょい。お前はイレンカシから破門されている身だということを忘れたのか。裏切り者呼ばわりされているのを忘れたか。のこのこ不用心に出て行くと、殺されかねないぞ。カリパと二人で、ここに隠れていろ。お転婆、セノキミをしっかり捕まえて、放すなよ」

そう言い残し、黒旗部隊《くろはたぶたい》に向かって駆け出した。鉾《ほこ》を振り回し、派手に叫んだ。

「フオーッ、ホイ！　ヌペック・イコレ！　お前さんたちはホルケウ軍団だな。どこへ行く？」

最後尾を駆ける隊員が、駒足を止めて叫び返した。

「オノワンク殿が討たれたぞ！」

これにはクマも仰天した。

「何だと？　いつだ？　どこでだ？」

「我々はオノワンク殿に呼ばれて指示を受けに来たのだ。オノワンク殿は、イレンカシ殿と会談中に敵の伏兵に頸を射られた。今際《いまわ》の際《きわ》の一言で、ヌペッコルクルもホルケウ軍団も、今後はイレンカシ殿の指揮下で征夷軍を殲滅せよとのことだ。俺たちはこれからクロカパを襲う。お前も来い！」

「それは大変だ。俺の仲間があの林の中にいる。まずはこのことを知らせて来る！」

イレンカシ隊はその儘、駆け去った。この話に、マサリキンもカリパも真っ青になった。

「オンニが討たれただと？」

クマの見るところ、マサリキンにとってそれは心臓をもぎ取られるような衝撃だったに違いない。

クマは四十男の分別を総動員し、突然の衝撃を必死に鎮めて考えた。ヌペッコルクルの総指揮は、これからイレンカシが握るという。では、オンニの掲げるポンモシルンクルの理想は、好戦的なイレンカシの掲げる新しきポロモシルンクルの旗印に換えられるのか。その先に続く果てしない流血を思って、改めて総毛立った。

「オンニはどこなの？」と、カリパが半泣きの声で訊ねた。

「連中の足跡を逆に辿ればわかる。急ぐぞ！」と叫んで、馬腹を蹴った。

マサリキンの激しい興奮に感応したらしく、トーロロハンロクが竿立ちになって嘶《いなな》いた。その尻馬に乗っていたカリパが、危うく落馬しそうになった。イレンカシ部隊の蹴散らした雪道の跡を辿って、クマを先頭にした三人は駆けに駆けた。

「いたわ！　オンニの本隊よ！」

トーコロ大湿原を抜けた北側の微高地《びこうち》の一つに、歩騎合わせてざっと二千が屯《たむろ》していた。あれがモーヌップから逃げて来たヌペッコルクルの本隊だろう。馬に飼い葉《かいば》を与え、大休止の最中のようだ。

近づくと、かなりの負傷兵もいるのが見て取れた。

駆け付けた三人を、戦士たちが取り巻いた。どの顔も半分泣いている。

「お前たち、今までどこをうろついていたんだ。オンニが討たれた！」

「オンニはどこだ。何があった」

「少し前にイレンカシ殿が来てな、これからの作戦について大事な相談があると言って、二人であの林の中に行った。積もる話がたくさんある、誰も来るなと言うから、ここで待っていた。そこにたまたまウソミナ殿がオラシベツの騎兵部隊を引き連れてやって来てな。丁度よい、わしもイレンカシには話したいことがあると言って林の中に入って行った。あそこは窪地で、ここからは見えない。入れ替えにイレンカシ殿が叫びながら駆けて来た。敵の伏兵がオンニを射たという。イレンカシ殿は咄嗟に返し、矢を射て林の中にいた敵を射殺《いころ》したが、オンニが息を引き取る間際に『後事を託す』と言われた、よって以後は自分が全軍の指揮を執る、この本隊はウソミナ殿の軍勢と合流してクロカパ砦を攻めろ。俺は一足先に鎮所を襲う。そう言い残して、駆け去った」

「イレンカシ殿は何人で来た?」と、訊いてみた。

「供の者が一人だけだ」


おかしい! と、カリパは思った。さすがクマさん、鋭い質問だわ。さっきすれ違ったホルケウ軍団の部隊はおよそ百騎はいた。イレンカシは、あれを林の中にでも隠しておいたに違いない。なぜ? 考えるよりも足の方が速いカリパは、すぐにオンニとウソミナがいるという林の中の窪地に走り込んだ。まわりには藪椿《やぶつばき》の木が茂っていて、赤い花がたくさん咲いていた。

真っ青な顔のオンニが蓆《むしろ》の上に横たわっていた。首から大量の血が流れて、生臭い血溜まりを作っており、意識がない。息もしていないようだ。横に血まみれの矢が一本。頭の横には竹筒に差した赤い椿の花が転がっている。青白い顔のウソミナと軍団の主立った隊長たちが二十人ほど、沈痛な面持ちで取り巻いていた。オノワンクの長男ポーが父の体にしがみついて、泣いていた。


カリパは人垣を掻き分けて飛び出した。

「すみません。ちょっと見せてください!」

彼女が怪我人の手当てに習熟していることは、皆よく知っている。いい所へ来てくれたと、前へ通してくれた。バックリと開いた首の傷からは鮮血が流れていた。彼女はオンニの体のあちこちを触り、目を覗き込み、脈を調べた。甲《よろいぬ》を剝がせて裸の胸に耳を押し当てた。

「オンニはまだ生きています！　たくさん血が出たので、脈もほとんど触れず、とても危ない状態ですけど、まだ微かに息があります。血止めをしっかりすれば、助かりそうです！」

そこにカオブエイ将軍も駆け込んで来た。

「カリパの言う通りだ。何とかして助けよう」

カリパは猛然と働いた。呼吸が楽になるように口の中を拭き、首の位置を固定し、傷に血止めの薬草の葉と清潔な布を当てた。楯の板を敷いた上に毛皮と敷布を敷き、オンニを寝かせた。ポーには、傷口に当てた布を押さえて血止めをする役を与えた。男どもを急き立てて、杭と蓆で俄作《にわかづく》りの病室を造らせた。清潔な水を入れた大きな水甕《みずがめ》と布と着替えも用意させた。その間にカオブエイが付近の藪を掻き分けて薬草を探した。出血で汚れた衣服を換え、体を清め、柔らかく温かい毛皮で何重にも包み、湯を沸かし、革袋の湯たんぽで冷えた体を温めた。

52　腸抉《わたくり》の鏃《やじり》

カリパは夢中でオンニの傷の手当てをしている。その横でマサリキンが、別の仕事に熱中していた。彼は狩人《かりゅうど》の職業的な目で、オンニの傷の様子と武器の形とを観察した。マサリキンが、カリパに血だらけの鏃《やじり》を見せて囁いた。

「腸抉《わたくり》だ」

見てぞっとした。何度も見て知っている。鋭い鉄製の鏃《やじり》で、先端から斜め後ろに広がる「个《こ》」の字形の枝がある。矢を引き抜く際に、横に張り出した枝がまわりの内臓を絡み裂く。そのため負傷者は七転八倒の苦しみの末に死ぬ。極めて残酷な武器だ。

「首長《ニシパ》、ちょっとこちらへ」と、マサリキンがウソミナの方を振り向いて声をかけた。「あの傷は不審です。貴方《ニシパ》は最初に現場を御覧になったのですね」

「わしがここに来た時、イレンカシがまさに返し矢を射たところだった。奴はオンニの上に屈みこんでいたが、血だらけの矢を持ってわしを見上げ、『オノワンク殿が討たれた。今後の指揮はわしに委ねると言い残した。実はかねての作戦を少し先取りして、既にニトリとシカマの砦は俺が落とした。お前さんはこれから、クロカパ砦に総攻撃をかけてくれ。ウォーシカから鎮所に帰還しようとする征夷軍を足止めするのだ。わしはホルケウ軍団を率いて、がら空きの鎮所を急襲して落とす。今が敵軍を殲滅《せんめつ》する絶好の機会だ』と叫んで、わしの返事も待たず、その儘、走り去った」

「オンニの傷を見ると、矢は首の左側に、下から上に向けて刺さったと見えます。オンニが胡坐《あぐら》を搔いて湯を飲んでいたなら、やや前屈みの姿勢になります。あの高台の松の木の所から矢を射たのなら、傷は下向きになるはずです。この矢は弓で射られたものではあり得ません」

「その通りよ！」と、思わず叫んだ。ジロリとウソミナに睨《にら》まれた。

「念のためにオンニの頭を撫でてみました。オンニは髪の厚い人ですからちょっと見ただけではわかりませんが、左の側頭部に瘤《こぶ》があります。多分あそこに転がっている薪で頭を強く打たれ、気絶した。仰向けに倒れたところをこの鏃《やじり》で頸《くび》を刺された。そこに貴方《ニシパ》が駆け込んできたので、犯人はとどめを刺せずに慌てて逃げ出したのです」

クマが駆け込んで来た。手に一本の血のついた矢を持っていた。

「あそこの松の木の根元に、弓を持ったウェイサンペ兵の死体が転がっていました。胸に毒矢が刺さっていて、矢はホルケウ軍団のものです。彼らは矢羽を丸く切る習慣がありますから、ひと目でわかります。ただ、おかしいことがあります。死体の首と手首に縄で縛られて、こすれ、血の滲んだ痕がありました。抵抗して皮が擦《こす》り剝《む》けたのです。暗殺者に見せかけるために、犯人は、敵の捕虜を縛り上げて連れて来たのだと思います」

「犯人はイレンカシだな」と、ウソミナが鬼のような顔をした。「おのれ、裏切り者め！」

「もう一つ」と、クマが付け加えた。「イレンカシ殿の供は一人ということでしたね」

「その通りだ。あたりには他に誰もいなかった」

「我々はここに来る途中、イレンカシ殿に率いられた百騎ほどの騎馬隊とすれ違いました。彼らは『オノワンク殿が討たれた。これからはヌペッコルクルとホルケウ軍団の総指揮者は、イレンカシ団長《ニシパ》だ。全軍、団長《ニシパ》の下でオノワンク殿の仇《あだ》を討つぞ』と叫んで、猛烈な勢いで駆けてゆきました」

カリパも大きく頷いた。周囲が凍りついた。

「オノワンクと言っていたのか？」と、ウソミナが耳聡《みみざと》く聞き咎めた。

「ホルケウ軍団の戦士たちは、イレンカシ旦那《ニシパ》がオンニの実名を平気で口にするので、それが当たり前と思っているらしく、平気でオッパセンケのオノワンク殿と呼んでいます」

「わたしも聞いています」と、思わずカリパも口を出した。人様の話に横口を挟むのはとても失礼なのだが、もう遅い。またウソミナにジロリと睨《にら》まれて、赤くなって俯《うつむ》いた。

「その話はウィノからも聞いている。これではっきりした。なぜ、いきなりオッパセンケが襲われたのか。これも奴の仕掛けた罠だ。オンニの在所を敵のシノビに知らせる細工だ。奴はオンニを倒し、エミシ同胞《ウタラ》の頭《かしら》になろうとしている。オンニの考えていた作戦を横取りし、独断でニトリとシカマを攻めたのも先手を打つためだ。暗殺に失敗した時の用心に、我々との一戦を覚悟して、百騎もの手勢を連れて来たのだ」

「どうします？」と、クマ。血相が変わっていた。そこにポーの叫ぶ声が聞こえた。

「オンニが気が付きました！　ウソミナさまをお呼びです」

カリパは勿論、みんな、枕元に飛び込んだ。オンニが薄目を開いて一同を見回し、ウソミナを招いて、掠《かす》れた声を出した。

「本来の作戦を継続せよ」

「承知した。犯人はイレンカシか？」

オンニが目で頷いた。マサリキンが真っ青な顔で立ち上がった。

「これは正義に反する卑劣な犯罪です。わたしがイレンカシ殿を討つべきです！」

ああ、こうなったらもう、この人は誰にも止められないわ……とカリパは思わず腰を上げた。

「待て」と、瀕死のオンニが手を伸ばしてマサリキンの袖を摑んだ。彼は物を言う力がない。代わりにウソミナが口を開いた。

「マサリキン、オンニはこの通り生きている。民間人を殺すな。敵軍は再起不能に撃破するが、敵将は殺すな。この指令も生きている。わしとお前が、全軍にこれを再確認して伝えよう」

「イレンカシはどう処分します？」と、クマが訊いた。「マサリキンは、トーロロハンロクと組めば無敵ですが、破門されているとは言え、一度は師匠と仰いだ人間を、馬に殺させるようなことはできますまい。個人的戦闘能力ではイレンカシのほうがはるかに上手《うわて》です。わたしが仕留めましょう」

「わたしが討つべきです！」と、マサリキンが頰を真っ赤にして言った。「わたしはあの方を師と仰ぎ、共に村々を遊説し、ホルケウ軍団を作り上げました。軍団が強力になって、師《ニシパ》は自分の計画に途方もなく自信を強めたのです。意見の違いから破門されたとは言え、責任の半分はわたしも負うべきです。わたしが師に討たれることになったとしても、構いません。あの方は魔物に取り憑かれて正気を失っていたわたしを助けた恩人ですが、オンニはそれ以上にわたしの命の大恩人で、わたしが忠誠を誓うただ一人のお方です。たとえ相手が師匠であっても、裏切り者を討つのはわたしのなすべき役目です」

ウソミナが、青い顔をますます青くして囁いた。

「こうなった以上、生かしておけないが、今は奴を表立って裏切り者にするな。下手をするとホルケウ軍団全体を敵に回し、エミシが分裂し、同士討ちになる。あいつは熱血漢で目立ちたがり屋だ。常に突撃の先頭に立たないと気が済まない。特にこの前の総崩れの時、オンニは大将自ら殿《しんがり》を務めるという破天荒な蛮勇を振るって男を上げた。イレンカシは、必ずやこれに対抗する勇気ある行動を取ろうとするだろう。それを利用しろ。ホルケウ軍団を後方から引き止め、遮二無二先陣を駆けるイレンカシを敵中に孤立させ、見かけはあっぱれな武勇の者として討死《うちじに》させろ」

オンニが、苦しげに掠《かす》れる声を振り絞った。

「マサ……。このような時には味方の動揺こそ命取りだ。お前は手を下すな。総てがぶち壊しになる。今は我が友ウソミナに従え。頼む！」

「心得た」と、ウソミナが底力のある声で応じ、命じた。「カニクシ殿は赤頭巾を着けてオンニの影武者となり、ヌペッコルクル本隊を率いて、皇軍《スメラミクサ》をホルケウ軍団とは反対の方角から追い立ててくれ。

わしはホルケウ軍団の隊長たちにオンニの方針を伝えて、イレンカシの指揮から彼らを引き剝《ひはが》す。シネアミコル、その後を頼む。マサリキンは、わしと組んでイレンカシを追え。

マサリキン、いいか、お前の手で奴を殺すな。ヤパンキ軽騎兵と協力して、イレンカシと奴の親衛部隊の間に割り込み、両者を引き離せ。そのあたりの駆け引きはシネアミコルがうまい。いいか、あくまでも奴を支援するように見せるのだぞ。奴が敵陣に突っ込んだら、その儘放置して孤立させ、名誉ある討死をさせよ。……オンニ、それでいいな？」

「それでよし。後は任せた」と、オンニが囁き、ぐったりと目を閉じた。目尻が濡れていた。

「でも、それでは我々も裏切り者ではありませんか。イレンカシ師匠《ニシパ》は、自分の仲間が後ろに付いてくると信じているからこそ、常に先陣を駆けるのです。師匠《ニシパ》は、突撃となると決して後ろを振り向きません。部下はその信頼を見て、感動し、奮い立つのです。その信頼を逆手に取るとは、これもまた裏切りではありませんか」

「その通りだ、マサリキン。これが戦《いくさ》というものだ。戦はかくも醜い。裏切りには裏切りを以て報いる。これをしなければ、もっと大きな悲劇が、今度はエミシ族全体を襲う。エミシ族の内戦だけは何としても防がねばならぬ。それができるのは、ホルケウ軍団の生みの親の一人たるお前なのだ。行こう、イレンカシは裏切り者の暗殺者だが、友は友だ。せめて奴の最期に戦士としての名誉を与えよう。それが我々を裏切って、友を暗殺しようとしたイレンカシへの、精一杯の友情の証しだ」

「わかりました。必ず御命令をなしとげます」マサリキンの濡れた目が据わっていた。仕度のために席を立つマサリキンを見送り、ウソミナがカリパに耳打ちした。

「気を付けろ。あの若者は常に正義のために命を懸けようとする。それが奴のいいところだ。だがな、正義ほど当てにならないものはない。人は正義のためとあらば、人殺しもためらわない。見ろ、イレンカシの行いの無慚《むざん》な結末を。奴にとってはこれも至高の正義なのだ。カリパ、母の言葉を忘れるな。復讐を叫ぶのは愚か者のすることだ。怒りに身を任せると、戦場《いくさば》の悪霊《ウェンカムイ》が大口を開けて人を呑み込む。イレンカシをその手で討てば、マサリキンはホルケウ軍団の裏切り者と見なされ、復讐の的にされる。それを止められるのはお前だけだ。いつもマサリキンの傍にいて、奴がそんな惨めなことにならぬよう支えろ。いいか。マサリキンにイレンカシを討たせるなよ！」

脊梁山脈《せきりょうさんみゃく》に気味の悪い黒雲が広がり、風が強くなって来た。この分だと数日は猛吹雪になるだろう。強風に吹かれて、傍《かたわら》の藪椿《やぶつばき》の花がボタボタと落ちた。ウソミナに何事かを指示されたクマとカリパが、そこに待ち受けていた駿馬に跳び乗り、赤い花弁と風花の舞う雪原を全速力で駆け去るのを、マサリキンが呆然と見送っていた。

53　雪中彷徨

蛮族を奥地に追い払った征夷将軍・縣守《アガタモリ》は、この度の報賞としてマルコのウシマロには権《ごん》ノ大毅《だいき》（大毅＝六百―一千人を率いる軍団長）、弟イシマロには権《ごん》ノ少毅《しょうき》（大毅の副官）という官職を与え、官軍に於ける正規の将校とした。マルコ党は狂喜した。数世代にわたって蛮族と戦いながら広大な植民地を開拓して来た、労苦がやっと報われたのだ。

縣守は副将軍下毛野石代《シモトゥケヌのイパシロ》に兵二千を授け、北からの蛮族の侵攻を阻止すべく、クロカパ砦に急派した。残り二千をマルコ兄弟に預けて、ヤムトー砦に配置した。その時、鎮所には正規の守備兵が三百人程と、素っ裸でヤムトーから戻った武装も整わない敗残兵五百人ほどしかおらず、今襲われたらひとたまりもない状態だった。将軍とその部隊二千は、賊軍の目を避けて多島海《ポロノシラトゥイ》の岸に沿ってミヤンキの野に入り、急ぎに急いで百里（五十三キロ）の道程を十二時間で走破し、深夜、鎮所に入った。

「これがクロカパ砦か」

征夷副将軍・下毛野石代《シモトゥケヌのイパシロ》は、雪原に黒々と佇む砦の前に立った。

「ここは気候が急に変わる境目です」と、砦の守備隊長が言った。「ここを境に南と北とでは積雪量が大違いです。これからの季節は猛吹雪が続きます。晴れていても、強風で凄まじい地吹雪が起き、五間先も見えません。方向がわからず、よく遭難します。敵より恐ろしいのが地吹雪です」

「厄介だな。地吹雪の中で部隊をまとめるには、どのような工夫をするのか」

「常に軍鼓を鳴らし、音を頼りに集合させます。蛮族《ばんぞく》も同じような軍鼓で官兵を巧みに欺《あざむ》き、各個に包囲して殲滅戦《せんめつせん》をしかけてきます。彼らは騎兵が主体ですので、歩兵が主体の官軍より機動性に優れ、優れた騎射の技術を駆使し、寡兵《かへい》でよく戦います」

「その他に、賊徒の優れている点は何か」

「官軍の兵は麻の衣服です。保温性が悪く、濡れると滲み通り、体が冷えます。蛮族の衣服は温かく水を通さない獣皮で、それを重ね着すれば雪の中に眠っても平気です。更に三本指の毛皮の手袋を用いますから、寒さで手がかじかむこともありません」

「それは羨ましい。官軍は、なぜそのような装備をしないのか」

浅い眠りを破られた兵が見たものは、夜空いっぱいに降り注ぐ火矢の雨だった。火矢は軍兵が寝ている天幕に突き刺さり、あっという間に陣地一面が火の海となった。全身火達磨になって転げ回る者、悲鳴を上げて右往左往する者、陣地は大混乱に陥った。

その真ん中に、敵の騎馬軍団約二百騎が躍り込んで来た。逃げ惑う官兵の間を縦横に疾駆し、馬上から射る毒矢で次々と兵を倒した。将官たちが必死になって態勢を立て直し、石代《イパシロ》を守って十重二十重《とえはたえ》の陣形を建て直す頃には、官軍の十分の一が討ち取られていた。

やがて敵兵が一斉に闇に消えた。今度はどういう攻撃かと、脅え切った官軍の耳に聞こえてきたのは、西のほうに結集しているらしい敵の本隊が発する喊声《かんせい》だった。

フオーッ、ホイ！

闇の中、馬蹄の轟きが津波のように迫って来た。総攻撃だ。

「固まれ！　一歩も下がるな」と、石代は叫んだ。兵の間から悲鳴が上がった。

「逃げろ！」

「助けてくれ！」

陣形が崩れた。後は恐怖に支配された、無秩序で死に物狂いの敗走だけだった。千八百人の皇軍《スメラミクサ》は、石代を真ん中に暗い雪原を闇雲に走った。

石代の体力が尽きた。馬はほとんど残っていない。彼は楯の上に寝かせられ、転げ落ちぬように縛りつけられ、力持ちの兵が四人で担いで運んだ。疲労で一行《いっこう》の歩みは次第に遅くなり、やがて止まった。東雲《しののめ》の薄明りの中で全軍が雪の中に倒れ込み、息も絶え絶えに喘《あえ》いでいた。

「なぜ止まる。進め」

石代は、縛りつけられた楯の上で叫んだ。

「御覧下さい」と、軍曹が喘ぎながら応じた。「敵はどこにもいません」


「今日は何日になる？」

征夷将軍・多治比縣守《タディピのアガタモリ》は脇に控える陸奥介《ミティノクのスケ》・小野古麻呂《ウォノのコマロ》に尋ねた。冷え込みの厳しい朝である。

「養老も五年になりました。今日は正月の十日でございます」

「都では、そろそろ官召《つかさめし》（官吏の任命儀式）が行われるであろうな」

正月の吉日を選び、式部卿が人事異動を発表する。官人の運命が決まる日なので、その日は異様な緊張に包まれる。昇進した者は大いに意気が上がり、漏れた者は失意にうなだれる。わしについての沙汰は、この戦《いくさ》を片づけてからになろうな……と思った。目下、朝廷での官職争奪競争は皇親派と藤原《プンディパラ》派の競争が主である。目下皇親派の筆頭、長屋親王が正三位大納言、対する藤原《プンディパラ》家の跡継ぎ、武智麻呂《ムティマロ》は正四位下東宮傅《とうぐうのふ》（皇太子の教育係）。皇親派が圧勝している。

雪も小止みになった昼過ぎ、騎馬の伝令が鎮所に飛び込んで来た。

「副将軍閣下からの伝令です。赤頭賊《せきとうぞく》に呼応して北方の蛮族が蜂起し、イワイ、ケセからまで大部隊が南下しております。賊はクリパル地方の植民村を襲い、王民《オポミタカラ》を殺戮し、ニトリ砦を焼き、シカマ砦を囲みました。クロカパ砦から副将軍閣下が征夷軍部隊二千を率いて救援に向かいましたが、すでにシカマ砦は陥落し、救援部隊が逆に蛮族に包囲されております。敵はほとんどが騎兵で、味方は、雪中苦戦しております。至急救援をお願い致します。また付近の村々から逃げ出した難民の群れも、雪中に助けを乞うております」

「しまった！」

生涯最大の衝撃だった。蛮族は拠点のウカンメとワシベツの砦を焼かれ、モーヌップの会戦に破れ、泣く泣く北の奥地に逃げ帰ったはずだった。それが読み違いだった。敵は逃げると見せかけ、とんでもない方向から反撃して来たのだ。

ウォーシカの戦場から逃げた二千余の賊軍はほとんど無傷で、多くが騎兵だった。敗走したと見せてこちらを油断させ、無防備の植民村を襲い、虐殺の限りを尽くし、ニトリ、シカマの砦を陥落させ、新たな援軍を得て、怒濤の勢いで南下して来る。

一方、鎮狄軍《ちんてきぐん》は消息不明だ。既にイデパ砦に到着しているとは思うが、今は往来不可能な豪雪の季節。連絡がつくのは数カ月先。頼りになるのはヤムトー砦にあずけた二千だけだ。

「難民を鎮所に収容せよ。わしは副将軍の救援に向かう。ヤムトー砦には権ノ大毅を残して守備させ、権ノ少毅と征夷軍部隊二千を我が本隊に向かわせ、クロカパ砦において合流せしめよ」

陸奥介に献上させた連銭葦毛《れんせんあしげ》のエミシ馬に乗った。ウォーシカの戦場で野盗が捕獲した放れ駒だというが、馬格が並外れていて足も速い。四十七里（二十五キロ）の道を急ぎに急いでクロカパ砦に着いた時には、日が暮れていた。権ノ少毅・丸子石麻呂《マルコのイシマロ》が率いる官軍二千が、雪道を駆け付けたのが夜半過ぎだった。

イシマロ直属の見るからに屈強の武者ども九人が目についた。全身黒づくめの毛皮を着込み、寒さ除けのために顔も黒い布で覆っている。

「この者どもは、マルコ党子飼いの手練《てだ》れどもでござる。我が手足としてよく働きますれば、お心強くお待ちなされますように」

彼らの周りを猛烈な勢いでぐるぐる駆け回ったらしい馬の足跡があり、九人が毒矢で死んでいた。少し離れた場所に、もう一騎の馬の足跡も見付かったが、なぜかこっちのほうはほとんど動かずに見ていたようで、戦闘には参加していないようだ。すると、敵はたった一人でこの十人を屠《ほふ》ったらしい。驚くべき手練《てだ》れと見た。

翌朝、シナイの野に出た。ミヤンキとは積雪量が桁違いだった。空は晴れていたが、猛烈な地吹雪で、三間先も見えない。副将軍部隊の足跡も消えていた。進路を北西に取り、シカマを目指した。途中、雪の中で死んでいる多くの兵士を見た。死骸に外傷のない者が多いので、凍死と思われた。

フミワッカ川の上流に来た。時々風が止み、地吹雪が収まると、見晴らしが利く。寒々とした雪の曠野《こうや》の彼方に白い脊梁山脈が見えた。夕刻、シカマ砦の焼跡《やけあと》に着いた。砦の敷地一面に黒く焼け爛《ただ》れた建物の残骸が並び、その間に多くの死体が散らばっていた。皆、砦の守備兵のものだった。

敵影なし。焼け跡に野営した。斥候を八方に走らせたが、風雪が一切の痕跡を消し去っていて、副将軍一行の行方は杳《よう》としてわからなかった。夜、陣営に明々《あかあか》と篝火《かがりび》を焚き、軍鼓を打ち、陣貝を吹いて、どこかにいる副将軍とその部隊がこれに気付いてやって来ることをひたすら期待した。空は晴れていて、月齢十一日の月が空に懸かり、巨大な銀河が天空を横切って輝いていた。放射冷却で、気温がどんどん下がった。夜半、物見《ものみ》が駆けて来た。

「はるか東に火影《ほかげ》が見えます！」

「副将軍の部隊かも知れぬ。火をどんどん燃やせ。軍鼓を鳴らし、陣貝を吹き続けよ」

十人の斥候部隊を派遣した。土地勘《とちかん》のある権ノ少毅イシマロが率先志願して、直属のマルコ党の精鋭を引き連れて出発した。松明をかざした部隊が夜の雪原を遠ざかり、帰らなかった。

翌朝、昨夜明かりの見えたリーフル高原に向かった。一時間ほど行った時、昨夜派遣した十人の斥候隊が全員雪原に倒れているのを発見した。彼らの周りを猛烈な勢いでぐるぐる駆け回ったらしい馬の足跡があり、九人が毒矢で死んでいた。奇妙なことに、どの矢柄にもひと目でわかるマルコ党独特の印がついていた。足跡から見て、賊は一騎だったようだ。少し離れた場所に、もう一騎の馬の足跡も見付かったが、なぜかこっちのほうはほとんど動かずに見ていたようで、戦闘には参加していないようだ。すると、敵はたった一人で、この十人を屠《ほふ》ったらしい。驚くべき手練《てだ》れと見た。

唯一人、毒矢を受けていない者がいた。丸子石麻呂《マルコのイシマロ》が右手に太刀を握ったまま、雪の中の血溜まりに倒れていた。かなり激しく戦ったらしく、死体の周りには雪を蹴散らす無数の足跡と血痕が散乱していた。ただ、太刀には血がついておらず、刃こぼれもなかった。凄腕の鉾使《ほこつか》いに一方的にやられたようだった。甲《よろい》に覆われていない四肢に、刃物による切り傷や刺し傷が無数にあり、致命傷はザックリと大きく開いた喉の傷だった。なぜか冑《かぶと》が外されていて、左右の鬘《ミドウラ》が切り取られていた。さらに死体の右手の親指が付け根から切断されていて、口に挿し込まれていた。これは盗賊を殺した時にする蛮族のまじないだという。マルコ党でも並ぶ者なしというこの男を、このようにして屠《ほふ》るとは容易ならざる武芸者だ。総身《そうみ》が震えた。

なお軍を進めた。昨夜、明かりの見えたあたりに皇軍《スメラミクサ》の野営の跡があった。戦闘が行われた様子はなく、副将軍一行は敵に追われて北の方向に走っている。陣貝を吹き、軍鼓を鳴らしながら、進んだ。吹雪と寒冷の支配するこの地で、今、蛮族を征伐するのは無理だ。まずは石代たちを救うことが第一だが、今日一日の探索が不首尾なら鎮所に戻ろう。そうしないと、自分の部隊も危い。

午後からまた雪になった。やがて大きな川に突き当たった。ウェンナイ川の上流で、渡ればワッカオイ地方だ。川幅は約五十メートル。蛇行しつつ果てもない雪原を流れている。川水は骨をも凍らせるほどで、歩兵主体の部隊には過酷な渡河となった。

「しばらくここで休む。斥候を出せ。副将軍の部隊が渡河した形跡を探せ」

寒さに震えながら焚き火の側で待つこと二時間。そろそろ進退を決しようと腰を上げかけた時、降りしきる雪の帳《とばり》の彼方から、微かに陣貝の音が聞こえた。兵が一斉に歓声を上げた。ついに副将軍とその部隊を発見したのだ。天地の境目すらわからない真っ白な世界の向こうから、黒々とした軍兵の群れが歓声を上げて駆けてくるのが見えた。

石代《イバシロ》が、馬上で左右から部下に支えられ、見る影もなく憔悴《しょうすい》した姿で現われた。崩れるように馬から下り、駆け寄る将軍の両腕の中に倒れ込んだ。

「よく帰った！　よく帰った！」

縣守《アガタモリ》は石代を抱き取り、冷え切った体を火の側に横たえさせた。温かい汁物を与え、休ませた。兵には凍傷でよく歩けない者も多く、二千人いた軍兵のうち、失われた者の大部分は凍死だという。彼らは精根《せいこん》尽き果て、ただ脅《おび》えに脅え、歯の根も合わずに震え続けていた。

夜、猛吹雪になった。敵襲はなかったが、風は無慈悲に体温を奪う。さらに凍死者が出た。絶望と恐怖が兵の理性を麻痺させつつあった。

「どんな具合だったのかね」

温かいものを食べ、やっと元気を取り戻した石代が震える口で、これまでの経緯を報告した。

彼らは蛮族の騎兵部隊に囲まれ、果てしない雪原を北へ北へと追いまくられた。やがて吹雪が猛烈になり、蛮族もいつの間にか姿を消し、極寒の林の中で一夜を過ごした。低体温症で理性の麻痺した兵士が、意味不明のことを喚きながら次々と吹雪の闇に消えて戻らなかった。

雪の中を震えながら逃げて来た一団の避難民に、クマは優しく声をかけた。

「怖がらなくてもいい。俺たちは蛮族ではない。ウォーシカに植民するマルコ党の者だ。この辺り一帯で、蛮族が暴れているという噂を聞いたもんだからね、どんな様子なのか、物見に来た」

「助けてくれ」と、年輩の男が震え声で言った。「俺たちはニトリ砦の近くから来た。二年前に駿河《スルンカ》から送り込まれて来た。村の人数は女子供年寄りを入れ、およそ百二十人。今朝方いきなり馬に乗った黒装束の蛮族二十騎が攻め込んで来てな、物も言わずに家々の萱屋根に松明を投げつけて村中を焼き払った。わけもわからず逃げ惑う者たちを、相手構わず殺しまくって、食い物を略奪し、旋風《つむじかぜ》のように駆け去って行った。物陰に隠れて、やっとのことで生き延びたのは俺たちだけだ。食い物もなく、この寒空に放り出されて、途方に暮れている。どこへ逃げたいいのだろう」

「気の毒なことだな。がんばって、何とかクロカパ砦に逃げ込め。ところで、賊の素性を知りたいのだが、連中はどんな言葉を話していた？　エミシ語か？」

「いや、それがな、一言も喋らないんだ。お互いの間では、手真似と口笛さ」

「そうか。で、馬装はどんなふうだった？　鞍をつけていたか？　鐙《あぶみ》を履いていたか？」

「う〜ん、裸馬ではなかったな。黒い頑丈な鞍を置いていて、たしか輪鐙《わあぶみ》を履いていた」

「馬に乗り降りするのを見たか？」

「ああ、見たよ。馬から下りて来て、俺の女房を刀で刺し殺したんだ」

「馬に乗り下りする時は、馬のどっち側からだったかわかるか?」

「そりゃ右側に決まってるさ。乗るのも、下りるのも、そうだよ、右側からだよ」

「いきなりひと飛びに跳び乗ったりはしなかったか」

「まさか。金付きの馬だぜ。そんな乱暴な乗り降りをしたら、いくら馬の扱いに慣れた蛮族だって、蹴り殺されてしまうさ。いや、そんな奴はいなかったよ」

避難民と別れた夜の闇の中で、クマが呟いた。

「カリパ、わかったか。植民村を襲って農民を殺しまくっているのは、イレンカシの一統ではないな。このやり方は鎮所のシノビどものやり方だ。つまり、大本はあの陸奥介《ミティノクのスケ》だ」

54 影武者

早朝、厚い毛皮と、粗末な革の甲冑に身を包み、どこから見てもエミシとしか見えないような格好をして、「壬生《みぶ》の若竹《わかたけ》」は征夷軍の軍営に駆け込んで、将軍に目通りを願った。

「おう、左兵衛《さひょうえ》の少尉《すないじょう》!」と、縣守《あがたもり》が大声をあげ、顔を嬉しさに輝かせて駆け寄り、潟守《かたもり》の両肩に手を置き、強く摑んだ。左兵衛の少尉……この官職名こそが父の愛情の印だ……という嬉しさが力強い父の手から腹の底まで染み透った。

「よく来た。どこをうろついているのかと、気を揉んでおった。元気そうで何よりだ」

「将軍、容易ならざる事態です。クリパルの野は蛮夷《ばんい》に溢れ、遠くイワイあたりの賊徒も大挙して赤頭賊《せきとうぞく》に加わり、怒濤の勢いでこちらへ向かっております」

「その規模は？」

「およそ一万。エミシとしては空前の大軍です。しかもほとんどが騎兵です」

「一万騎！」

「全身を分厚い二重毛皮に包み、練革《ねりがわ》の甲冑《かっちゅう》で身を固め、手には裏毛皮の三つ指手袋をはめておりますので凍えることがなく、極寒の中でも自在に弓矢を操ります。乗り回す馬は、いずれも我が軍の馬とは比較にならない逸物《いつぶつ》ぞろい。かなりの数の女兵が交じっていますが、女は白兵戦でこそ体力において男に劣るものの、彼らの主たる戦術は疾駆する馬上からの正確な騎射ですから、戦力において男の戦士に引けを取りません。女は男より体が小さく、しなやかなので、馬への負担も軽く、機動性においてはむしろ男をしのぎます。容易ならざる強敵です」

官軍は現在五千と少々。兵は寒冷の地に不慣れな南国の農民歩兵だ。凍傷でろくに動けない者も少なくない。対する敵は、この地に生まれ育った剽悍《ひょうかん》な蛮族一万騎。エミシは一もてよく官兵の十に当たるとは耳に胼胝《たこ》がよるほど聞かされる諺だ。遮《さえぎ》るもののないこのだだっ広い雪原で、我に倍するエミシ騎兵の大軍と渡り合って勝てる見込みがあろうか。強気の固まり、失敗を予想することの苦手な父が恐怖に凍りついていた。潟守にとってこんな父を見るのは初めてだった。

「副将軍とその部隊を救出し、当初の目的を果たした。わが軍は至急、鎮所に帰還する」と、強張《こわば》った声が言った。皇軍《スメラミクサ》の前には薄氷の張ったフミワッカ川がある。全軍が大急ぎで渡河の支度を始めた時、物見《ものみ》の声を聞いた。

「敵襲！」

地平線となる背後の白い丘に、無数の赤い旗が翻《ひるがえ》っていた。数え切れぬ数の騎兵が、左右に整然と並ぶ見事な陣立てだ。一気に攻められれば、こちらはあっという間に壊滅する。

「魚鱗《ぎょりん》の陣を組め」

正三角形の陣立てで、底辺を川岸に置き、その真ん中に将を据える。防御に徹した背水の陣だ。

「弓隊、放て！」

嵐のような音を立てて一斉に矢が放たれた。すると敵軍から、まるで狼の大群が遠吠えをしているような歌声が聞こえてきた。


おおおう〜、おおおう〜、おおおう〜

おおおう〜、おおおう〜、おおおう〜

走れ、ホルケウ、雄叫びあげよ。
雷鳴のごとく、電光のごとく、
尾根を駆け、林を駆け、草原を駆けて、
走れ、ホルケウ、勝利を求め。

おおおう〜、おおおう〜、おおおう〜

おおおう〜、おおおう〜、おおおう〜

「父上、あれは賊軍が決戦の前に歌う歌です。いよいよ総攻撃です。敵は騎兵一万。こちらは歩兵で五千。こちらに勝ち目はありません。後ろは川です。深みに嵌《は》まれば、溺死、凍死。逃げる兵の上からは毒矢の雨が降り注ぐでしょう。一刻も早くお逃げください！　父上がここで討死なされば、倭《ウェ》燦幣帝国《イサンペ》にとって計り知れない痛手です。それだけは何としても食い止めなければなりません。殿《しんがり》はこのわたしが父上の影武者となって相務めます」

将軍を敢えて「父」と呼んだ。恐らく二度と父を「父」と呼ぶ機会はない。

「だめだ。お前も一緒に逃げろ。殿《しんがり》は青首どもに任せる」

「なりません。彼らにも家族があり、夫や息子の帰りを待ち侘びているのです。わたしは幸い独り者、父上のために死ぬのなら本望です。父上の甲冑をわたしのものと交換してください！」

抜かりはなかった。征夷軍の幹部たちとは、あらかじめ示し合わせてある。潟守《かたもり》の合図と共に青首が左右から縣守《あがたもり》の体を押さえつけ、無理無体に将軍の甲冑を剝ぎ取り、みすぼらしい兵卒用の甲冑に着換えさせた。但し節刀だけは影武者に持たせられない。将軍の腰に硬く結びつけさせた。

父が目に涙を溜めて、自分の甲冑を身に着けて立つ息子を眺めて言った。

「こうして眺めると、若き日の己を見る気分だ。これなら味方の兵も欺《あざむ》かれよう。お前の言う通り、わしは陛下から授かった節刀を逆賊に渡すわけには行かぬ体だ。すまぬ。今はお前の志を有り難く受けよう。だが、潟守、死ぬなよ。必ず生きて戻れ。この剣《つるぎ》も授けるゆえ、身に着けよ」

父が黄金造りの豪華な佩剣《はいけん》を差し出した。遣唐押使の大任を果たして大唐帝国から帰還した際、褒美として帝《ミカド》が手ずから授け給うた宝剣だった。辞退した。これは多治比家《たじひけ》にとって末代までの家宝。自分は妾腹の身。多治比家に嫡子がいる以上、拝受するわけにはいかない。だが、父の気持ちは身に沁みた。父の心では自分はまさに嫡子なのだ。嬉しかった。この父のためなら喜んで命を捧げよう。

「お心だけ有難く頂戴致します。この剣《つるぎ》は長すぎる上に細く、柄《つか》は頭椎《かぶつち》、実戦には向きません。わたしには使い慣れたこの蕨手《わらびて》が合います」潟守はそう言い張り、受け取ろうとしなかった。

「すまぬ。お前にはもっとしてやりたいこともあったのだが、こんなことになろうとは思わなかった。母が待っておろう。壬生《みぶ》で必ずまた会おう。死ぬな！」

父が手を伸ばして、潟守を抱きしめた。潟守は、父が若き日に恋に身を焦がし、身分違いの母に孕ませた長子である。父は潟守を深く愛し、本心は潟守を嫡子にしてやりたかったのだが、貴族社会の身分の壁に阻まれて、ついにそれができなかった。潟守には父の無念がよくわかっていた。

「父上、御用心なされませ」潟守は縣守の腕の中で囁いた。「わたくしの調べました限り、北狄反乱《ほくてきはんらん》の確証は何一つございません。ピラノシケオマナイ川上流域への北狄の浸透もでたらめです。この話の出所は藤原《プンディバラ》の犬、陸奥介《ミティノクのスケ》殿です」

父の目が、驚愕と怒りに燃えた。だが、今は何ともしようがない。迫り来る敵の吶喊《とっかん》に急《せ》かされて、何度も振り返りながら、川水の中に飛び込んで行く父を見送った。

美々《びび》しい将軍用の甲冑に身を包み、連銭葦毛《れんせんあしげ》の駿馬に打ち跨がって、ゆっくりと敵軍を睨んだ。

「たとえ影武者とは言え、俺は今、征夷軍の将軍なのだ！」と思った。敬愛する父の身代わりとして、死を賭して戦う。その高揚感に酔った。「母上、あなたの息子は今、偉大な父上の身代わりとなります！　わたしは今、父上そのものなのです！」

父親そっくりの声で叫んだ。

「者ども、わしが殿《しんがり》を務める。必ず生かして故郷に返す。我らが弓は敵の弓より強力だ。ひるまず、射続け、順次渡河して対岸で陣を固めよ。わしはお前たちを逃がした後、後を追う」

敵の歌がやんだ。地平線が動いた。大地を振動させて一万騎の騎兵が動いた。だが、その動きは奇妙なものだった。一気に殺到するのではなく、敵は目まぐるしい動きをした。十騎単位の小隊が右に左に駆け回り、こちらの狙いを巧みに外しつつ接近し、こちらが彼らの短弓の射程に入るや疾駆する馬上から恐るべき正確さで矢を放つ。敵の最前線部隊が矢を射尽くすと、次の部隊が前面に出てくる。いかにも「それ、今の内に早く逃げろ」というような攻め方だった。

だが、その様相が一変した。皇軍《スメラミクサ》を押し包む巨大な鶴翼《かくよく》の右翼が動いて、その中から黒い旗を掲げた三百騎ほどの騎兵部隊が、本隊を離れて突撃して来た。

「ホルケウ軍団だ!」

脊梁山脈の山麓地帯を探り歩いていた時に見た、極めて好戦的な部隊だ。今の所はヌペッコルクルの一員と称しているが、指導者のイレンカシとその盟友マサリキンが巧みな弁舌で住民を扇動し、熱狂的な同調者を糾合《きゅうごう》して新たな軍団組織を形成しつつある。潟守の見るところ、ヌペッコルクルは帝国の侵略に対しては強硬な対決姿勢を示すが、一方で現実に即した柔軟性もあり、妥協も話し合いも可能だ。ところがホルケウ軍団を率いるイレンカシにはその柔軟性がなく、ひたすら敵意に燃えて帝国軍と植民者を駆逐しようとする。極めて危険な連中だった。

一斉に動き出した黒旗軍団《くろはたぐんだん》の中に、横から赤旗を掲げた部隊が交じり込んだ。磨き上げた銅板の鷲《カパッチリ》の紋章を掲げるヤパンキ軽騎兵だ。後続のホルケウ軍団の足が止まり、先頭を駆ける突撃隊との距離が離れた。

「何をしようとしているのだ?」

潟守は敵の意図が推し量れなかった。その様子に気付いているのかいないのか、黒旗隊《くろはたたい》の長《おさ》が右手に太刀を振りかざし、見事な逸物《いちもつ》の青鹿毛《あおかげ》に跨がり、喚き叫んで突撃して来る。雨のように飛んで来る矢をかい潜り、雪を蹴立てて突撃して来るその姿は鬼神のようだ。

潟守は弓の名手だった。三人張りの強弓を楽々と使いこなす。父から貰ったばかりの箙《えびら》から、長めの一本を取り出して番《つが》えた。さすが将軍の持つ矢だけあって、念入りに仕上げられた立派なものである。上等な鷲の羽が三枚、そして鋭く研ぎ上げた鋼鉄の鏃《やじり》。キリキリと引き絞り、自分に向かって突撃してくる敵の眉間を狙った。

「危のうござる」青首が彼の前に立ちはだかろうとした。

「邪魔だ、どけ。わしが奴を討ち取る」

相手の表情が見えるあたりまで引きつけ、十分に狙いをつけて、射た。


イレンカシは激しく馬腹を蹴り続けた。後ろは振り向かなかった。彼の生き方には常に「前」しかない。太刀を頭上に振りかざし、雪原に響き渡る声で叫んだ。

「オマーン・ロー、ホルケウ軍団（行くぞ、ホルケウ軍団）！」

喊声《かんせい》が上がり、彼に従う軍団戦士が真っ黒な一団となり、揉みに揉んで敵の魚鱗陣に突っ込んだ……と、彼は思い込んでいる。だが、彼に従っていたのはたった十騎の親衛隊と、その後ろから必死に駆けて来る、マサリキンとカリパとクマだけだった。ずらりと並んだ敵陣の楯の塀がさっと開き、その奥に堂々たる馬格の連銭葦毛《れんぜんあしげ》に打ち跨がった敵将が見えた。豪華な銀色の甲冑に身を固め、冑《かぶと》の上には長い雉《きじ》の尾羽が誇り高く揺れていた。あれこそが敵将、征夷将軍・多治比真人縣守《タヂィピのマピト・アガタモリ》だ。敵将が手にした大弓に矢を番《つが》え、引き絞った。その鏃《やじり》が真っ直ぐに自分を狙っている。

来い！　将と将との一騎打ちだ。ウェイシャンぺのへろへろ矢など一発で跳ね返す。イレンカシは太刀を顔の前に斜めに構え、傾けた冑《かぶと》の前庇《まえびさし》の下から敵を睨みながら、激しく馬腹を蹴り続けた。

55　激突

カリパは、マサリキンと共にイレンカシを追っていた。マサリキンが駆けながら叫び続ける。

「オンニは生きている！　オンニは生きているぞ！　オンニの命令だ。突撃、やめぇ。血気に逸《はや》り、全軍の秩序を乱すな。止まれぇ！」

ホルケウ軍団に動揺が走った。騎兵隊長が叫び返した。

「オノワンク殿は討たれたと言うぞ。それなら俺たちはイレンカシ団長《ニシパ》の命に従うべきだ」

カリパも叫び返した。

「人は誰でも間違うことがある。オンニが死んだというのはあの方の早《ニシパ》とちりよ。オンニは負傷したけど、生きています。わたしがこの手で治療してきたんだから確かです！」

「ホルケウ軍団はイレンカシ団長《ニシパ》の命令で動いている。この突撃はニシパの命令だ。俺たちの直属司令はイレンカシ団長《ニシパ》だ」

「その団長《ニシパ》もこの俺たちも、ヌペッコルクルの一員だということを忘れるな」と、マサリキンが答えた。「我々の最高司令はオンニだ。そのオンニは死んでいない。作戦に変更はない。死んだというのはイレンカシ師匠《ニシパ》の早とちりだ。俺もこの目で確かめた。そのオンニがこの突撃を控えろと言っていなさる。俺はそれをみんなに伝えに来た。信じてくれ」

「わかった。オノワンク殿は生きていて、突撃を控えろと言うのだな」

「その通り。今、突撃しては我々の作戦に重大な齟齬《そご》を来《きた》す」

「承知した、お前を信じる、ポロホルケウ！」

黒旗組《くろはたぐみ》はそう言って手綱を引いた。

「ありがとう。重傷のオンニに代わり、ヌペッコルクルの指揮を今執《と》っているのはカニクシ殿、ウソミナ殿、シネアミコル殿だ。これに従え、それがオンニの指示だ」

軍団の若い戦士たちは一世代上のイレンカシよりも、同世代のこの若者に共感していた。脇には重鎮ウソミナとシネアミコルもいる。これが彼の言葉に万鈞《まんきん》の重みを添えている。彼らは一斉に手綱を引いた。マサリキンの影響力はイレンカシを上回っているわと、カリパは思った。

これで今、突撃の最先端にいるのはイレンカシ本人とその親衛隊十騎だけとなった。

だが……疾駆するマサリキンの背中が泣いていた……。マサリキンはイレンカシを死なせたくないんだ、とカリパには痛いほどわかった。

「振り向くな！　前だけを見ろ！」と、イレンカシの叫ぶ声がはるかに聞こえた。

突撃するイレンカシを迎えるように、敵陣の前衛がさっと開き、その奥に豪華な甲冑に身を固めた敵の将軍が強弓を引き絞っているのが見えた。その時、マサリキンは「イレンカシを敵陣に突っ込ませ、孤立させ、名誉の戦死を遂げさせろ」というオンニの厳命に背いた。

「アーシ（止まれ）、アーシ、師匠《ニシパ》！」

その声が届いたのだろう。前を駆けるイレンカシの背中が、馬上で嬉しそうに笑っていた。

敵将が矢を放った。それは《ウェイシャンぺのへろへろ矢》ではなかった。矢は真っ直ぐにイレンカシの左眼球を貫き、眼窩底蝶形骨《がんかていちょうけいこつ》を破り、左大脳半球を切り裂いて後頭部まで貫き通した。イレンカシの右半身が突然麻痺し、突進する馬の背に仰向けに倒れ、雪の大地に落下した。

「師匠《ニシパ》!」

マサリキンが馬から飛び降り、駆け寄った。カリパも駆け寄った。彼を抱き起こすマサリキンの膝の上で瀕死のイレンカシが、叫んだ。だが、それは最早言葉とは言えぬものだった。

「わしに構うな!　目指すは敵将の首だ!」

「おう!」

彼に従ってきた十騎の親衛隊士が雄叫びを上げ、真っ黒な塊となって敵陣に突っ込んだ。役目を終えたと見た敵の殿部隊《しんがりぶたい》が一斉に後退し、次々とウェンナイ川に飛び込んで行った。

マサリキンは、瀕死のイレンカシの頭を膝に乗せて叫んだ。

「師匠《ニシパ》。わたしです。おわかりですか?」

「おう、マシャリキン」

「しっかりしてください。お側におります」

「待っていたなだ。よく戻って来てくれた……」

イレンカシが言葉にならぬ言葉で囁き、左手でマサリキンの手を握りしめた。

イレンカシと過ごした今までのことが一瞬のうちに脳裏に蘇った。迸《ほとばし》る涙が、イレンカシの左目を射貫かれて血まみれになっている顔に散った。カムイウセイの湯で自分を癒してくれた師匠の右目が、真っ直ぐに彼を見つめていた。その瞳から命の力が、潮が引くように失せてゆく。そして生臭い大量の血の臭いが、マサリキンの魂の奥底で逼塞《ひっそく》していた赤蛇《フレトッコニ》の息を吹き返させた。

マサリキンは、自分がいきなり化け物になって行くのを感じた。顔から血の気が失せていく。全身がワナワナと震え、額の静脈が破裂せんばかりに怒張《どちょう》し、首筋から体中に蛇腫《くちなわば》れが生じ、全身に赤黒斑《まだら》模様の蛇体が暴れ始めた。脇にいたカリパが悲鳴を上げた。狂戦士マサリキンは愛馬に飛び乗り、血走った目を眥《まなじり》が裂けるほど見開き、吼《ほ》えた。

「オマーン・ロー、トーロロハンロク！」

猛獣と化した黒馬が竿立ちになり、凄まじい声で嘶《いなな》いた。

今、マサリキンの目に見えているのは、軍兵にまわりを固められた敵将の姿だけだった。雨のように飛んで来る鉄鏃《てつぞく》にもまるで無関心だった。敵軍のただ中に疾風《はやて》のように突撃する自分の両脇でクマとカリパが凄まじい勢いで奮戦しているのにも、まるで気が付いていなかった。

目の前にいる敵将が、カリパを認めて、嬉しそうに叫んだ。

「クソマレ！」

その時、既に驄騚馬神《ソーゼンカムイ》が宙を飛んでいた。首筋を咥《くわ》えられた敵将の体が大きく振り回され、地に叩きつけられた。マサリキンは、食い破られた頸動脈から夥《おびただ》しい動脈血を噴出して倒れている敵将の上に飛び下り、馬乗りになってその首を掻き斬った。

彼はその生首を摑み、氷雪を朱《あけ》に染めて倒れ、末期の痙攣をしているイレンカシの許に駆けた。

「師匠《ニシパ》！　御覧下さい。これが征夷将軍の首です！」

「よくやった！　お前こそ……。我がポロホルケウだ……」

イレンカシは微かに頰笑み、愛弟子の腕の中で事切れた。


カリパは、マサリキンが敵将の生首を左手に高く掲げ、フミワッカ川を渡河敗走するウェイサンペ軍団を冷たく見下ろしているのを見た。その顔は最早人間の顔ではなかった。

「クマさん、クマさん！」カリパは泣きながら叫んだ。「助けて！　マサリキンが……。魔物になる！」

血の気の失せた顔に瞬《またた》きをしない青味《あおみ》泥色《どろいろ》の瞳が光り、首筋から左頰にかけて醜い毒蛇が絡みついていた。かろうじて人の形を止《とど》めてはいるものの、中身は化け物に入れ替わった姿だった。

クマが懐から祓魔《ふつま》の笛を取り出し、秘孔から木栓を抜き取り、力いっぱい吹き鳴らした。

ヒイーッ！

甲高い音が冬の空気を引き裂いた。まわりの者が一斉に振り向いた。マサリキンの顔が一変した。苦痛に歪み、奇怪な悲鳴がその喉からほとばしった。右手に握った血刀と左手に持った敵将の首をボタリと落とし、苦痛の叫びを発しながら地に崩れ落ち、両手で耳を押さえて悶え苦しんだ。

「何をしているんだ。やめろ。マサリキンを殺す気か。やめろ！」何人もの戦士が驚いてクマに飛びつき、笛を奪おうとした。カリパは二股杖《エキムネクワ》を振り回して、彼らを追い払って叫んだ。

「邪魔するな！　悪霊《ウェンカムイ》を祓《はら》っているのだ」

やがてマサリキンが全身を痙攣させ、意識を失い、カリパの膝の上でぐったりと動かなくなった。

「マサリキンが死んだ！」と、見ていた戦士が悲痛な声を上げた。

「心配するな」と、クマが落ち着き払った声で囁き、祓魔の曲を続けた。神経を逆撫でする耳障りな曲は、最後にヒイーッという音と共に終わった。カリパは濡れた目を上げて叫んだ。

「見て！　赤蛇《フレトッコニ》が消えて行く」

彼の全身に巻き付いていた赤蛇が見る間に吸収されて行き、血色が頬に戻った。だが、マサリキンは昏々と眠り続けている。揺すっても叩いても目を覚まそうとはしなかった。

「大丈夫だ。そっとしておけ」と、クマが言った。「こいつは、魔物が、死に物狂いで引きずり込もうとした死の淵から、今、這い上がろうとしている。無理に起こせば体力を消耗させ、また死に神《ライカムイ》の顎門《あぎと》に呑まれる。休ませておけ。大丈夫、こいつは必ず自力で戻る。カリパ、お前の許へだ！」

戦士の一人が、足下に転がる潟守の首を摑んで大声で叫んだ。

「ポロホルケウが、アカタマリを討ち取ったぞ！」

大歓声が沸いた。叫び声は次々に伝播し、狂喜乱舞する勝利の雄叫びが天地《あめつち》をどよもした。

ホルケウ軍団の暴走を懸命に抑えていたウソミナの耳にも、怒濤のような勝鬨《かちどき》が届いた。

「しまった！」と、ウソミナは呟き、隣にいたシネアミコルと共に、馬腹を蹴って雪原を疾駆した。

征夷将軍を殺した、しかもまたマサリキンが！　最も好ましからぬ状況が出来《しゅったい》した。

「戦《いくさ》に負けてはならぬ。ゆえに勝てぬ戦をしてはならぬ。やるからには、必ず勝たねばならぬ。だが、程々に勝て。勝ち過ぎてはいけない」これがオノワンクとウソミナ一統の掲げる行動指針だった。

しかし、何ということだ。去年《こぞ》の春、ヌペッコルクルとマルコ党の合戦にいきなり飛び込んで来た風来坊のマサリキンが、ペッサム砦の副将コムシを討ち、これが按察使《アゼティ》の率いる鎮軍の大攻勢を招き、しかもその将たる按察使をまたマサリキンが討ち取った。それがこの度の一万人もの大軍による征夷鎮狄軍の進攻を招き、今度はその将軍をまたもマサリキンが討ち取った。次は何だ？　あの愛すべき正義漢が、自分でも気付かぬうちにエミシ族全体の災厄《さいやく》の元になっている。

「全軍、攻撃停止。その儘、待機せよ」

敵の殿部隊《しんがりぶたい》が最後まで戦った川岸に、ウソミナはシネアミコルと共に駆けつけた。夥《おびただ》しい死体の間に、左目に矢を射立てられたイレンカシが死んでいた。その横に気を失ったマサリキンが倒れていて、その上にカリパが屈みこみ、魔物の毒を吸い取ろうと、必死に彼の口を吸っていた。

「マサリキンは大丈夫か」と、シネアミコルが妹に訊いた。

「兄さん、大丈夫よ。イレンカシ旦那《ニシパ》が敵陣に突っ込み、敵将に討たれたの。そうしたらそれまであの方の魂《ニシパラマット》の力で押さえつけられていた赤蛇《フレトッコニ》の呪いが解き放たれて、マサリキンが悪霊に取り憑かれたようになって、トーロロハンロクを操って敵将の首を食いちぎらせたの。でも、クマさんの祓魔《ふつま》の笛の力で悪霊は追い払えたし、毒蛇の毒の残《のこ》り滓《かす》はわたしが吸い取った。今は眠っているけど、すぐに元の優しい若い衆《オッカイポ》に戻る」

「よかった」と、ウソミナもシネアミコルも心から安堵した。

「でも、お話しなければならないことがあるんです」と、カリパが血の滲んだ布包みを持って、少し離れた松の木の根方に二人を誘った。包みを解くと、中から若い男の青ざめた首が出て来た。

「これがアカタマリか？」と、ウソミナは訊ねた。一目で若過ぎると思った。

「そっくりですが、違います。わたしはムッツァシの国府《コクプ》で毎日、アカタマリの側に仕えておりました。背丈も、顔つきも似ていますが、これは将軍の側女《そばめ》の子で本名は潟守《カタモリ》。庶子《しょし》ですが、父親に大層可愛がられ、従七位下左兵衛《さひょうえ》の少尉《すないじょう》に取り立てられていました。父が征夷将軍になったのを契機に、父親に恩返しをしようとエミシモシリに密偵として潜り込み、母親の名字を取って壬生若竹《ミブのワカタケ》という偽名で働いていたのです。着ていた甲冑も乗馬もすべて父親のものです。父親を逃がすために、影武者となって殿《しんがり》を守り、討死したのです」

カリパの目から大粒の涙が、若者の生首の上に落ちた。

「……よく教えてくれた。親孝行息子の首だ。大事に扱ってやろう」と、ウソミナは言った。

去り際に、シネアミコルが妹に声をかけた。

「カリパ、マサリキンを頼む。この度のことは赤蛇《フレトッコニ》の呪いの残り滓のせいだ。だが、奴を摑んで離すな。そして敵将を殺させるな。殺せば、さらに何倍もの禍《わざわい》を呼ぶ。リクンヌップでお前たちが鎮狄《ちんてき》将軍《しょうぐん》を助けた、あの判断は上出来だった。そして幸いにもこの首は、本物のアカタマリではなかった。マサリキンはこの若者のお陰で、首の皮一枚で助かったのだ。忘れるな！」

カリパの顔から血の気が引いて行った。

「わかったな、カリパ」と、ウソミナは静かに言った。「まかり間違えば、厄介事を起こしたマサリキンの首を、敵への引き出物にしなければならなかったかも知れなかった。そんなことになったら、お前の心もズタズタだ。ヌペッコルクルとケセウンクルとホルケウ軍団の関係も修復不能に壊される。結果的に、潟守《かたもり》は父親と皇軍《スメラミクサ》だけでなく、我々をも救ったのだ。これでよかったのだ」

巻六　白龍の舞い

56　正倉炎上

夜更《よふ》け、陰暦正月の十三夜だ。空は冷たく晴れて、月が明るい。鎮所の北側の柵《キ》の内側は鬱蒼《うっそう》と茂った杉林で、月の光も届かない。ハルはここで重大な使命を言いつけられた。

「御苦労だが、ハル。かなり危険な仕事だ。オンニのたっての頼みだ」

「オンニは大丈夫なの?」

「出血が多かったから、まだフラフラしていなさるが、頭はしっかりしている。口を利くのもやっとなのだが、いつもハルには苦労をかけている、宜しくと言っていなさったぞ」

「まあ、嬉しいわね。あの首領《ニシパ》は本当に仲間思いね。心配したのよ、あんな大戦《おおいくさ》の退却で殿《しんがり》を自分で務めるなんて、信じられないくらいむちゃくちゃだわ。ええ、ええ、あのお方の頼みなら、何だってするわよ。で、今度の仕事は何?」

「イレンカシとその仲間がシカマ砦を落とした。脅《おび》えた難民が鎮所に助けを求めて殺到して来ているな。それに交じって、仲間を潜り込ませる。役目は火付けだ」

「それは大仕事だわ」と、ハルは目を丸くした。「鎮所を焼き払うのは容易じゃないわよ。警備が手薄になってはいるけど、広い上に建物の数が半端じゃない」

「焼きたいのは正倉《しょうそう》だけだ」

鎮所には巨大な校倉造《あぜくらづくり》の食料倉庫・正倉が軒を連ねている。そこに膨大な米穀、特にこの度の征夷軍が持ち込んだ大量の軍用糒《ほしいい》が詰め込まれている。それを焼き払えという。

「なるほどね。兵糧《ひょうろう》攻めにしようって肚《はら》ね。で、助っ人は？」

「この男だ」

紹介されたのがクマである。ハルは嬉しくなって、にっこりした。

「あら、クマさん。お久しぶりね。カリパちゃんは元気？　あの子、マサリキンと一緒になかなかの働きをしているって聞いているけど」

「何だ、お前たちはもう知った仲か」

「残念ながら柵越《さくご》しですけどね」と、ハルは少しすねた声を出した。次に控えていた若い男たちが紹介された。腕力のありそうな、実直そうな連中で、クマを入れて全部で九人。それぞれ大きな袋を担いでいる。皆、ウェイサンペ語を母語とするエミシ同化民《ピリカサンペ》だという。

ハルは一人一人の顔をじっと見つめた。それぞれの人相をしっかりと脳に焼き付けている。

「今、鎮所には避難民が何百人も押し寄せて来ているから、入り込むのは簡単よ」

「焚《た》き付《つ》けをたくさん用意した」

男たちが大きな麻袋を開けて見せた。白樺の皮、松の小枝、枯れた杉皮などが詰まっていた。

「これに荏胡麻油《えごまあぶら》があるともっといいわね」

「姐《あね》さん、油は貴重品だぜ。ちょっと手に入らない」

「大丈夫。按察使《アゼティ》官邸の裏の物置に大きな瓶《かめ》に入れて、たくさん備蓄してあるの」

「鎮所にはお前の他に我々の仲間が五人、間者《かんじゃ》として入っているよな」と、クマが柵越しに顔を寄せて囁いた。低いが、しっかりと腹の底まで届く力強い声である。体が勝手に反応して熱くなった。

「ええ、協力して、うまくやるわ」

「今夜、俺たちはこの藪の中で野宿して、控えている。明朝、鎮所に潜り込む」

翌日、夕闇が濃くなり、東の空に十四日の月が明るく懸かっている時分、ハルは皀莢《さいかち》の実の鞘《さや》をよく揉《も》んで泡立つ汁を採り、湯を使って体を丁寧に洗った。その上に洗いたての着物を着て、奴隷小屋《ヤトゥコ》を抜け出した。妙にうきうきした気分だった。同室の女奴隷《メヤトゥコ》が囁いた。

「ハルさん、今夜は何だか嬉しそうね。気が散って、失敗しないようにね」

にっこり笑って奴隷小屋《ヤトゥコ》を出た。物陰で懐に忍ばせた小さな袋を取り出した。中には紅花の赤い粉が入っている。実は陸奥介《ミティノクのスケ》の女房の部屋掃除を言いつけられた時に、化粧用の紅《べに》をほんの少しだけ無断借用して来たものだ。これは頬紅である。これをちょっと指先につけて、両方の頬にうっすら擦り込んだ。うきうきした気分になった。

月は明るかったが、奴隷《ヤトゥコ》のお仕着せは橡色《つるばみいろ》（濃紺）で、闇に溶け込む。示し合わせていた北側の杉林に行くと、間者仲間が待っていた。みな屈強の男で、女はハルだけだ。

「ごゆっくりだったな」と、一人がからかい顔で囁いた。

「いい男たちが来るっていうから、ついお化粧に手間がかかってね」と、答えたが、残念ながら青白い月の光では薄くはたいた頬紅の色は識別できまい。

「で、あのいい男たちは今どこにいるの?」

「お待ちどおさまだな、もうすぐ来る」

やがて、月明かりを避けて、物陰を忍び足でやって来る一団が現われた。案内役の間者《かんじゃ》と、鎮所に潜入して来た九人で、クマも混じっていた。ハルはそれとなく、クマの側に身を寄せた。肩先がちょっと触れ合うのが嬉しかった。

「もう見て来たでしょう？　正倉は鎮所外郭の内側に五棟《いつむね》並んでいて、難民はその東側にある騎兵隊用の練兵馬場に粗末な莚小屋《むしろごや》をかけて寝泊まりさせられている。これでは雨風もろくにしのげないから、空いている兵舎か、せめて正倉の高床の下に入れてくれと哀願しているんだけど、介《スケ》殿は頑として聞き入れないの。兵舎にはやがて征夷軍の軍兵《ぐんぴょう》が戻ってくるし、正倉の床下で暖を取ったり、煮炊きをされたら大火事の元ですからね。あんたたちは、どこに小屋を掛けたの？」

「西側の通用口のそばだ。あそこには牢がある。その後ろが囚人や番卒の使う厠《かわや》で、不潔な場所だ。糞溜《くそだ》めから汚物が溢れ出し、とにかく臭い。難民もさすがに寄りつかないので、そこに莚小屋を張った。お陰で体中に糞尿の臭いが滲み込んでいる」

ハルはクマの体に鼻を近づけた。野生の男の匂いがした。

「いい所に目をつけたわね。実はあの厠の裏に、シノビどもも気付かない秘密の穴があるのよ。あそこの柵の根元が二本ベロベロに腐っていてね、試しにちょっと蹴飛ばしたら簡単に穴が開くの。そのまわりは、何しろ肥やしがいっぱいあるから、藪《やぶ》と草がビッシリ生えていて、穴を隠している。逃げる時にはあそこを通るのが一番いいわ。ま、臭いのは我慢するのね」

「いいことを聞いた。鎮所の守備隊は人手不足だ。正倉を警備しているのはたった八人。二人一組の衛兵が、鉾《ほこ》を担いで交代で巡邏《じゅんら》しているだけだ。簡単に始末できる。油は用意できたか」

「油瓶《あぶらがめ》を五つ持って来た」と、間者の一人が答えた。

高床式の正倉の入り口には地面から階段で登る。太い丸太に足掛けを刻んだだけの、ごく簡素なものだ。階段は正倉の南側なので、陰暦十四日の明るい月明かりで人目につく。月が西に動いて、階段が影になるまで、藪の中で何時間も待った。夜が更けて、月が西の山に沈んだ。

「では行こう」と、クマが言った。「ハル、お前は俺と組んでくれ。火を点《つ》ければ大騒ぎになる。お前は鎮所に長い。みんなに顔を知られているから、見咎められる心配がある。俺たちと一緒に脱出しろ。つまりこれが、お前にとって鎮所での最後の仕事だ。残りの間者諸君は今後の仕事に差し支えるから、これ以上関わるな。ここからは俺たちの仕事だ」

放火犯たちは二人一組になった。警備兵は二人一組で正倉《しょうそう》のまわりを巡邏《じゅんら》している。まさかこんな所で襲われるとは思っていないから、無駄口を叩きながら歩いて来た。角《かど》の太柱を回った時に、隠れて待ちかまえていたクマとハルの棍棒で頭を強打され、声も立てずに昏倒した。

階段を登った上の重い戸を、クマが鉾《ほこ》の柄《え》を梃子《てこ》にしてこじ開けた。火種の微《かす》かな明かりで見ると、大きな空間に米俵がぎっしり屋根裏まで積み重なっている。おおかたは兵糧用の糒《ほしいい》で、カラカラに乾いているから燃えやすい。白樺の皮などを敷き重ね、油を撒き、火を点けた。

同じ頃、ずらりと並ぶ倉庫群に仲間の火付けたちも手分けして進入し、ほぼ同時に火を放った。

クマさん、わたしの頬紅に気付いてくれたかしら……と、ハルはとんでもないことを考えた。だが、クマはそれどころではない。目玉を剝《む》いて小さく叫んだ。

「逃げろ！」

ハルは扉の隙間から飛び出した。その足裏に放火用の油がついていた。何段目かの階段の踏み込みに足をかけた時、ぬるりと滑った。その儘、五尺ほどの高さから落下した。強烈に尻餅を搗《つ》き、暫くは息もできなかった。足首を挫《くじ》いたらしく、痛くて歩けない。

「やっ、ハル！　大丈夫か？」と、クマが倒れているハルを手早く背中に負《ぶ》った。一刻も早くここを離れたい。鉾《ほこ》を杖に闇の中を全力で駆けた。火はまず米俵に燃え移り、屋根を燃やし、軒下から煙と炎が吹き出すまでに、しばらく時間がかかった。時刻は明け方も近い深夜。最初に気付いたのはこの寒空に震えていた難民だったが、既に手の付けようがなかった。

囚人便所の脇の悪臭に満ちた抜け穴から脱出した一行は、闇の中に待機していた仲間に迎えられ、北に駆けた。振り返ると、猛火が闇を焦がしていた。

「うまくいった。連中の食い物がなくなった。腹が減っては戦《いくさ》もできまい」と、クマが笑った。

この人、わたしを負ぶっていることに気がついていないのではないかしら……と、ハルはさっきからそう思っていた。逃げるのに夢中で、背中のわたしを忘れている。思い出させてあげよう。

「うまくいったわね」と、柔らかくクマの耳元に囁いた。

クマの手が後ろに回り、ハルの柔らかく敏感な尻を摑んで、ずり落ちかけている体を揺すり上げた。密着したハルの胸と腹の向こうで、クマの体が熱くなった。ぶっきらぼうな男の声が訊ねる。

「腰は痛くないか」

少し甘えた声で応えた。

「右の足首を挫《くじ》いたみたい。折れて、なければいいんだけど」

「早く味方の陣地に行こう。どこがいいかな」

「近いのはルークシナイね」

「あそこは深い谷間の中の、家が数軒しかない小さな集落《コタン》だったな」

「今はヌペッコルクルの隠し砦よ。二十人ぐらいの戦士が詰めている」

仲間の一人が、親切心で声をかけた。

「クマさん、その荷物は重かろう。俺のほうが若いし、力持ちだと思うが、代わろうか」

「温かくて、柔らかくて、気持がいい。誰にも渡すものか」

まわりがクスクス笑った。ハルの頬が火照った。両腕に力を込めて、しっかりとクマの体を抱きしめ、両方の腿の内側で男の腰をギューと締めつけた。

ハルはうっとりした気分になった。男の体にこんなふうに密着したのは何年ぶりだろう。女奴隷《メヤトゥコ》の彼女を買って女房にした、酒呑みで博打《ばくち》好きの下っ端官人の馬鹿亭主が、博打に負けた揚げ句、多額の借財の返済を迫られ、幼い息子を奴隷商人《ヤトゥコアキンド》に叩き売り、それでも不足だとごろつき仲間から身柄を狙われ、彼女を捨てて逐電《ちくでん》してからもう十年近い年月が流れていた。

低いが力の籠もった男らしい声が、闇の中に響いた。

「みんな、互いに離れるな。シノビの追っ手に気を付けろ。目指すはルークシナイだ！」

57　白龍、赤気に躍る

天気は曇、西寄りの風が冷たい。死者を道端に捨てた儘、縣守《アガタモリ》は一路南へ走った。副将軍・石代《イパシロ》を救出する目的を果たした今は、一刻も早く鎮所に帰りたい。フミワッカ川を渡り、ずぶ濡れの衣服を乾かす暇もなく、急ぎに急いだ。敵は追って来ず、潟守《カタモリ》も帰って来なかった。青首の報告では、潟守は最期までよく戦い、敵の猛将イレンカシを一騎打ちで討ち取った。直後、あの魔物のような馬に首を噛み破られて、壮烈な討死《うちじに》を遂げたという。

「不憫な奴……」縣守は馬上で唯ひたすら涙を流し、呻き続けた。

武蔵国府《ムッツアシコクプ》の政庁に水桶を手に下げて現われた日の、無邪気な顔が思い出された。身分の低い母から生まれたせいか、下々《しもじも》の者に対して貴族特有の傲慢さがなく、それが、高貴な多治比《たじひ》家の家風にそぐわないと親戚の者がよく眉《まゆ》を顰《ひそ》めた。女奴隷《メヤトゥコ》の手桶を自分で持ってやって来て、満座の失笑を買ったのもよい例だ。あの愛すべき息子が、今はフミワッカの河原で征夷将軍の甲冑を身に着けて死んでいる。その血まみれの首は、多分蛮族のなぶりものだろう。一方の自分は、息子の着たみすぼらしい甲冑を纏って生きている。これが、息子が父に残した敬愛と献身の印だった。あの子が生まれた時から、日一日、成長して行く可愛い姿が、脳裏を駆けめぐった。すまぬ！　縣守は馬上で落涙し続けた。

果てなく広い雪原を南に向かった。早くクロカパ砦に辿り着き、態勢を整えたい。やがて地吹雪となった。空は曇り、太陽の位置も判別できない。征夷軍は方向感覚を失い、南へ進んでいるつもりが風に吹き飛ばされるように東に逸《そ》れ、知らぬ間にシナイの野に入っていた。物見《ものみ》が三方から駆けて来た。

「敵襲！　敵の大軍が我々の背後と左右、三方から寄せて来ています！」

「兵を密集させよ！」

隊形を立て直し、敵が接近してくる方向に向けて、魚鱗陣《ぎょりんじん》を整えた。風の音に混じり、敵の陣貝や軍鼓の音が聞こえる。暫時、風が止み、曇り空に薄日が差して、周囲が見渡せるようになった。愕然とした。味方は四千数百。それに対して左右から推し包むように見事な鶴翼《かくよく》の陣を作った敵の大軍ざっと一万騎。それが氷雪の野を鬨《とき》の声《こえ》を上げて突進してくる！

「フオーッ、ホイ！」

「フオーッ、ホイ!」

天地をどよもす喊声《かんせい》と共に、地鳴りのような馬蹄の轟き。蛮族の軍旗と騎馬集団で、雪の地平線が埋め尽くされている。悲鳴が上がった。白い原野を押し寄せる津波のような敵の大軍の前で、皇軍《スメラミクサ》は戦わずして総崩れになった。逃げる兵を制止しようとする将校たちが部下の兵卒によって押しつぶされ、ついには自らも恐慌状態になって逃げた。

「万事休す! お逃げください、将軍!」

副将軍・石代《イパシロ》が震え声で叫ぶ。馬腹を蹴り、潰走《かいそう》する味方の兵に交じって駆けた。生涯最大の恐怖と屈辱だった。殺到する蛮族の騎兵軍団が、征夷軍の背中から襲いかかる。統制を失った敗兵はいくつもの小さな群れに分割され、各個に撃破されて雪の大地を朱に染めた。

小止みになっていた西風がまたも唸りをあげ始め、凄まじい地吹雪が惨《むご》たらしい戦場を包んだ。馬蹄の轟き、兵士の喊声《かんせい》、怒号、雄叫《おたけ》び、悲鳴、軍馬の嘶《いなな》き、打ち合う武器の音、ありとあらゆる音が渦を巻き、吹雪の中で殺し合う人々を押し包んだ。

ほんの四、五間先しか見えない白い恐怖の空間を、ただただ駆けた。何とかして乱戦の渦中から抜け出したい。駑馬《どば》に鞭をくれ、視界の利かぬ中、物音の少ないほうへ少ないほうへと駆けに駆けた。

いきなり乗馬が何かに驚いて竿立《さおだ》ちになった。危うく落馬しそうになって踏みとどまった、その目の前に敵がいた。手を伸ばせば届くようなところに、いずれも騎馬の戦士、全身を暖かそうな毛皮で包んだエミシが二騎、あらかじめ待ち構えていたかのように、佇《たたず》んでいた。

腰の長剣を引き抜いた。黄金造り、頭椎《かぶつち》の柄《つか》の、ピータカ女帝恩賜《おんし》の長剣だ。同時に、右手にいた戦士が襲いかかって来た。手にした二股杖《エキムネクワ》を目にも止まらぬ速さで突き出す。その杖が剣身を払い、右手首を強烈に捻《ひね》った。激痛で剣を取り落とした。杖は翻《ひるがえ》り、縣守《アガタモリ》の頸を襲った。咄嗟に杖を握ってその恐ろしい圧力に耐えた。その時、相手が女だと気付いた。

身動きができなくなったところに、左手から黒鹿毛《くろかげ》の大馬に乗った別の戦士が駆け寄り、手にした太刀を一閃《いっせん》させて、将軍の腰を打った。やられたっと思ったが、敵は力を抜いた。腰帯が切れ、携行していた箙《えびら》や鞘《さや》などがガラガラと地に散乱した。太刀がさらに一閃して二股杖《エキムネクワ》に固定された喉元に突きつけられた。

「ナムティ、タァ・ソ（汝《なむち》、誰《た》ぞ＝お前は誰か）？」

男が問うた。たどたどしいウェイサンペ語だ。敢えて答えなかった。

「ナムティ、タァ・ソ？」

「ナムティ、タァ・ソ？」

三度尋ねられ、その度に二股杖が強烈に首に食い込んだ。三度とも答えなかった。野獣に食い殺される時にわざわざ名乗る馬鹿があるか。名乗るとは、相手を言葉の通じる人間だと認めることだ。禽《きん》獣《じゅう》に等しき蛮族に己の高貴な名を名乗って何になる。名乗らずに殺されるほうがよほどましだと思った。

「イテキ・ライケ！」

女が、黒馬の戦士に声をかけ、鼻先で笑った。言葉はわからなかったが、その表情から、殺すにも値せぬと嘲《あざけ》られていることが、強烈に感じられた。敵に問われて名乗らぬは、エミシにとっては恥ずべき怯懦《きょうだ》の印だと、夷俘《イープ》から聞いたことがある。自分は倅《せがれ》を犠牲にしてまで逃げて来た情けない男だ。女にまで嘲られたかという痛恨が腸《はらわた》を抉《えぐ》った。

「腰が抜けて己《おのれ》が名も忘れたか。思い出させてやろうか？　ア・カ・タ・マ・リ」

互いの顔も見分けられぬほどの地吹雪の中で、馬を寄せて来た女が囁いた。愕然《がくぜん》とした。

「お前は……。クソマレ！」

「ヒーオイオイ（ありがとう＝エミシの女言葉）！　憶えていてくれたか。今日はまたずいぶん地味な姿だな。やんごとなき殿上人《てんじょうびと》がまるで壬生《みぶ》の地下人《ぢげにん》だ。俺は憶病者の人殺しは嫌いだ。さっさと帰って、ピータカとかいうお前の女あるじに言え。エミシはみんないい奴だから、仲良くしたほうがいいと。ただな、あの黒鹿毛《くろかげ》は恐ろしい馬だ。興奮すると人を嚙み殺す。嚙みつかれぬように、顔に鍋墨《なべずみ》を塗っておいたほうがよいぞ。仲間だと思われる」

女戦士が黒馬の戦士に何事かを囁いた。彼の目が驚愕に丸くなり、穴の空くほど将軍を見つめた。いよいよ殺されるかと覚悟を決めた時、男は黙って吹雪の彼方を太刀先で指《さ》した。去れ、という意味のようだった。クソマレが寄って来て轡《くつわ》を取り、馬の向きを変え、二股杖《エキムネクワ》でその尻を力任せにひっぱたいた。馬は悲鳴を上げ、地吹雪の渦巻く、白く不透明な空間に向かって狂奔《きょうほん》した。


どれだけ駆けたか憶えていない。気まぐれな暴風が不意に途絶えて、地吹雪が止んだ。急に目の前が広々と透明になり、足下に名も知らぬ大川が流れていた。上流から合戦の物音が聞こえてくる。大勢の兵士が冷たい川を渡って、対岸へ逃げて行くのが小さく見えた。無事に向こう岸に渡りきった者たちが、追い迫るこっち岸のエミシ軍に盛んに矢を射ている。エミシは無理に川を渡ろうとはせず、冷たい川を必死に逃げて行く皇軍《スメラミクサ》を眺めながら悠々と構えていた。

この川さえ渡れば助かりそうだ。馬もろとも飛び込んだ。そのあたりの水深は三尺あまり、両下肢は濡れたが、馬に乗っているので、腰から上は濡れずに済んだ。たくさんの兵士の死骸が冷たい川を流れてくるのを避けながら、何とか対岸に辿り着いた。両足が痛いほど冷え、感覚がない。この儘では凍傷になる。部下と合流し、安全なところで体を暖めたい。まばらな林の中を部下たちのいる場所を目指して駆けた。林の中に百人ほどの兵が集まっていた。

「将軍！　よく御無事で」と、石代《イバシロ》が泣きそうな顔で飛びついて来た。

「危うく討たれるところだった。武器も失った」

「節刀《せっとう》は無事ですか」

帯を切られ、だらしなく緩んだみすぼらしい丸腰に目をやり、そっと囁くのに、黙って首を振った。

屈辱が骨の髄まで蝕《むしば》み、挫《くじ》かれた右の手首が疼《うず》いた。

ずぶ濡れの征夷軍は、ひたすら南へ走った。敵は追って来なかった。短い冬の日が暮れ、寒気がますます厳しい。凍死の危険が増す。馬上はかえって寒いので、夕闇の中をひたすら歩いた。やっとのことで辿り着いたクロカパ砦が、見るも無慚な焼け跡になっていた。たくさんの兵士の死骸が灰の中に散乱していた。やがてタンネタイの森の焼け跡に着いた。

陣地によさそうな微高地《びこうち》に楯を並べて簡素な防壁を作ったが、役に立つとも思えなかった。焼け杭を集めて焚き火をし、暖を取った。晴れていたが、強風が無慈悲に体温を奪う。乾いたものに着替えたくても、兵糧《ひょうろう》も物資もかなぐり捨てて全軍、身一つで逃げたのだ。着替えはおろか、食う物もなく、矢もほとんど残っていなかった。敵襲への恐怖と極寒、擦《す》り剝《む》けた首の皮膚、紫色に腫《は》れあがった手首の痛み、そして完膚なきまでに叩きのめされた敗北感に縣守は骨の髄まで震えた。

夜半、空腹と寒気と疲労に弱り果てた将兵が、寒さの中に身を寄せ合ってうとうとし始めた頃だった。天変が起きた。見張りが悲鳴を上げ、意味不明のことを喚《わめ》き叫《さけ》んでいる。悲鳴が悲鳴を呼び、全軍が恐慌状態に陥っている。

「何事だ？　敵襲か？」跳ね起きて問うたが、相手はただ夜空を差して脅《おび》えているだけだ。宵に西空に懸かっていた月は既に沈み、空一面、降るような星空である。それなのに、あたりに奇妙な赤い光が満ちていた。山火事か？　蓆囲《むしろがこ》いから飛び出して空を仰いだ。北の夜空を覆って、血のように赤い巨大な光の幕が揺れていた。

「何だ、あれは！」

「魔物だ！」と、誰かが叫んだ。

「空が血を流している」

「蛮族の神だ！」

意味不明の叫び声と狂ったような悲鳴が、焼けた森の中に満ちた。

「何という物凄い光景でしょう！　この世のものとも思えません。あれは何でしょうか」

副将軍が震える声で囁いた。

「わしも初めて見る。ただ事とは思えぬ。陰陽師《おんみょうじ》を呼べ」と、将軍は恐怖を堪《こら》えながら命じた。すぐに陰陽師・韓国礼信《カラクニのライシン》がやって来た。あいかわらず無表情で、冷静かつ横柄に構えている。

「お呼びでございますか」

「おう、礼信。空に満ちるあの怪しき光は何事か。物《もの》の怪《け》か？」

「あれは赤気《せっき》と申すものにございます」礼信は無教養な人間を見下すような顔つきで、慇懃《いんぎん》に答えた。

むかつく気持ちを抑えて訊ねた。

「何ゆえにあのようなものが現われるのか」

「古来、赤気は戦乱災厄の凶兆《きょうちょう》、人間界に対する天帝の警告であります。あの赤は血の色です」

瞬間、北天が眩《まばゆ》く輝き、強烈な光を放つ白い筋が天空を引き裂いた。陰陽師が震える声で叫んだ。

「御覧下さい！　赤い光の幕の中に白い光の筋が見えます！」と、副将軍が叫んだ。陰陽師もさすがに平静ではいられなくなったようだ。震える声を上げた。

「あの方角は北辰（北極星）、天帝の座です！　今、見えたのは、あれは白龍、天帝に仕える龍でございます！」

「白龍が我々を敵と見なし、襲いかかろうとしているのです。今は速やかに撤退すべきです」

赤気は次第に光度を増し、雪原が紅に染まった。北の方角から遠雷のような音が聞こえ、やがてそれが無数の軍鼓の乱打だとわかる頃には、赤気はますます明るさを増し、人の顔が朧《おぼろ》に見えるほどになった。脅えた兵の悲鳴が陣営を埋めつくした。そして、さらに恐ろしいものを見た。北の空の半分を覆う赤い不気味な光と、それに照らされて血の海のように見える雪原に、点々と無数の松明《たいまつ》が現われた。数え切れないほどのエミシの騎馬軍団が雄叫びをあげて襲来して来た。

「ヌペック・イコレ！」

「フオーッ、ホイ！」

恐慌状態の皇軍《エメラミクサ》が算を乱して潰走《かいそう》した。将軍が逃げ、将校が逃げ、兵が逃げた。ますます強度を増す赤気が、逃げる征夷軍を雪の中に浮かび上がらせ、これを狙うエミシ軍からの矢が雨のように降り注ぐ。敵の矢に射貫かれた兵の断末魔の悲鳴が野に満ちた。息も絶え絶えに喘《あえ》ぎながら、走りに走り続けた。丘を越え、林を抜け、やっとミヤンキの野に駆け込んだ頃に、夜がうっすらと明け初めた。

それと共に敵がいなくなった。

兵の数は半分に減っていた。二千人余りが冷たい雪の野面《のづら》を朱に染めたのだ。敵の姿が見えなくなった安堵で、生き残った者は皆、雪の面《おもて》に倒れ込み、死にそうなほど苦しい呼吸を調えていた。四半時（三十分）もそうしていたであろうか。やがて東雲《しののめ》の光が夜の赤気《せっき》を払った。

夜が明け放たれて、遠くの風景も見えるようになった時、征夷軍はさらなる驚愕で恐慌状態になった。夥《おびただ》しいエミシの騎兵軍団が馬蹄形に自分たちを取り巻いていたのだ。その巨大な包囲陣形の南側だけはすっぽりと空いていて、さあ、そちらへ逃げろと言わんばかりであった。

「走れ！」

敵の包囲の空いているほうへ、全軍が死に物狂いで走った。重い物はすべて捨てて、走りに走った。それを後ろと左右から押し包んでエミシの騎兵軍団が伴走してくる。なぜか彼らは攻撃しようとはせず、まるで鹿の群れを追う狼群のように、ただひたすら追走してくるだけだった。

58　煩莫死流苦留

ミヤンキの野の真中を流れるヌポロマップ川に辿り着いた時は、全軍、息も絶え絶えだった。将も兵も氷の張った川の中に我先に飛び込んだ。身を切るように冷たい川をずぶ濡れになって渡った。極度の興奮と恐怖、長時間の死に物狂いの全力疾走、過労と急激な低温暴露で大勢の兵が氷と水の中で心停止を起こして死んだ。あまりにも惨めな敗走だった。川底の泥に足を取られた乗馬が転倒し、縣守《アガタモリ》も冷水の中に叩き込まれた。重い甲冑のために危うく溺れそうになったのを部下が引っぱり上げ、かろうじて溺死を免れたが、対岸に渡った時には低体温のために意識も朦朧となっていた。敵は追撃をやめた。後ろにして来た川の向こう岸で、蛮族の歌う『ホルケウの歌』が雪交じりの北風に乗って聞こえてきた。地獄の軍勢の歌声だった。

立っていることも困難なほど疲労困憊した敗残の将兵が、ピラノシケオマナイ川の大橋に辿り着いた時、目に飛び込んできたのは南の地平線に濛々《もうもう》と上がる黒煙だった。

「鎮所が燃えている!」

誰かが叫んだ。絶望の泣き声が全軍を包んだ。その泣き声が、記憶の中で、数日前、妻子を目の前で焼き殺されるのを見捨てて、泣きながら退却して行った蛮族の泣き声と重なった。敗北を考えることを知らない将軍・縣守が、全身から力が抜けて、凍った大地に膝を突き、首を胸まで落としてうなだれた。彼は、焦点の合わぬ虚ろな目を副将軍・石代《イパシロ》に向け、掠《かす》れる声で呟いた。

「敗北だ。節刀を奪われ、兵の大半を失い、鎮所まで燃やされた。何の顔《かんばせ》あって帝《みかど》の御前に出られよう。罪、万死《ばんし》に値す。わしはここで自裁《じさい》する。お前は生き延びて国に戻り、わしのこの恥多き首を帝の御前に捧げ、お詫びを申し上げよ」

縣守はそう言って、腰に手をやったが、情けないことに自害したくとも武器は一つも残っていなかった。その時、軍監《ぐんげん》が大声をあげて前方を指さした。

「将軍。鎮所から誰かが駆けて来ます」

蹄の音も荒々しく息せききって駆け付けて来たのは、陸奥介・小野古麻呂《ウオノのコマロ》だった。

「将軍! 御無事でございましたか。お待ちしておりました」

「あの煙は何だ。鎮所が燃えているではないか」

「昨夜半、賊が忍び入りまして、正倉《しょうそう》に放火したのでございます。燃えているのは正倉のみ、その他は無事でございます」

後ろに控えた軍監《ぐんげん》が、両脇に手を挿し込んで立ち上がらせてくれた。足がふらついてよく動けないので、馬の背に押し上げてもらった。だが、鎮所の門に駆け込んで目に飛び込んで来た光景を見た時、全軍が茫然自失した。正門を潜って真っ先に目に飛び込む政庁の美々しい門と塀の横に、巨大な姿を聳《そび》えさせているはずの正倉群が無慚な焼け跡となり、残骸から濛々と黒煙が上《のぼ》っていた。そのまわりで泣き叫びながら右往左往しているのは、何千人とも知れぬ惨めな難民の群れである。

「難民の中に敵の間者《かんじゃ》が紛れ込んでいたようです」と、小野古麻呂が震え声で言った。「警備兵が襲われ、正倉に敵が放火したのです。まわりに飛び火しなかったのがせめてもの幸いでした。これで鎮所の食料備蓄がほとんど焼失しました」

惨敗だ。命からがら逃げ帰った将兵に、食わせる米もないのか！　力を失った膝頭《ひざがしら》が震えて、立っていることができなくなり、その場にへたりこんだ。挫かれた手の関節と首の生傷がひどく痛んだ。よろめく足で政庁に入った。彼を支える部下もよろめいていた。人気のない建物は寒々と冷えきっていた。その日は官人の家庭に僅《わず》かにあった食糧を無理に調達して、何とか間に合わせた。兵舎は暖かかったので、兵が凍死する心配はなくなったが、手足に凍傷を負っている者が多く、手の施しようのない苦痛で呻き叫ぶ哀れな声が満ち溢れた。縣守《アガタモリ》は鎮所内に避難している難民をことごとく追い出した。この中に敵が交じっているかも知れないという恐怖で、目が眩《くら》みそうだった。

按察使《アゼティ》官邸の自室に戻り、乾いた清潔な衣服に着替え、火鉢の横に疲れ切った体を横たえた。余人を遠ざけ、独り、屋根裏の梁を眺め続けた。死ぬほど疲れ切っているはずなのに神経だけが異常に興奮していて、眠ることができなかった。正倉の無慚な焼け跡を見た今は、この鎮所とていつ焼け棒杭の廃虚と化すか、保証はない。目を瞑《つむ》れば、この五日間悩まされ続けた猛吹雪の残像が瞼の裏に見え、狼の遠吠えのような蛮族の雄叫びが耳に蘇る。敵はわざと自分を殺さなかったのだ。自分は敵の巨大な手の上で弄《もてあそ》ばれる虫けらだ。クソマレが敵全体の象徴のように思えた。

ポンモシルンクルとは何者か。エミシの国を統《す》べる者だというが、その居場所も組織もわからない。余りにも漠然としているので、朝廷への報告にも記されたことがない。だが、その名はこの北の雪原に轟き渡って、蛮族を鼓舞し、見事な統率を与えている。「彼」は実在しているのだ。そして「ヌペック・イコレ（光を我らに）！」というあの叫び声。「光」とは彼らの頭上に乱舞する赤気《せっき》のことだったのか。

温かい飯を腹に詰め込み、熱燗《あつかん》の酒を少し飲んだ。何とか人心地ついて、寝所の支度をさせた。ここは前《さき》の陸奥按察使《ミティノクのアゼティ》・上毛野広人《カミトゥケヌピロピト》の居室だった。枕元に小物などを入れる棚がある。灯火をかざして中を検《あらた》めた。棚の隅に小さな器があった。「何だ、これは？」開けて見ると、白粉《パプニ》が詰まっていた。指先に付けてみて、思わず苦笑した。その鼻息で、白粉《パプニ》の粉が宙に白く舞った。広人《ピロピト》が愛用していた舶来の化粧品である。

「そう言えば、あいつは色黒のあばた面だったな。こんなもので化粧をしていたのか」その広人の首は、今腐り果ててエミシの陣営に曝《さら》されているという。

文箱《ふばこ》の中に麻布が畳んであった。覚書の類のようだった。紙は貴重品だから、このような辺境で容《た》易《やす》く手に入るものではない。記録用には木簡や竹簡を用いるのだが、広人は麻布に墨で思いつくことを書きつけていたらしい。それは主にミティノクの簡単な地図と地理的知識であった。薄暗い明かりでそれを眺めた。

その落書きのような書き付けの中に、奇妙な文字があった。「煩莫死流苦留」と、読めた。

「何だ、これは？」変な文である。「煩ひて死ぬること莫《な》かれ……。苦を流して留まれ……？」

くよくよ心配する余り死んでしまうようなことになるな、心配事は川にでも流して長生きしろとでもいう意味か。

「奴もここで、それなりに苦労したらしいな」

筆圧の揃わない不安定な文字の線から、書いた男の心理状態が読める。帝国のミティノク侵略の最前線にあって、力強い野望と、それとは裏腹な心細さが入り交じっている書体だった。

「それにしても奴は少々教養が乏しかったようだ」と苦笑した。漢籍に親しんでいれば、もう少しましな文句も出てこようものを。特に最後の「流苦留」には失笑を禁じえない。だが、つくづくとこの六文字を眺めて、今は亡い上毛野広人《カミトゥケヌピロピト》の顔を思い出していたら、突然背中に冷水を掛けられたような気がした。違う！　これはそんな感傷とは別物、当て字だ。ウェイサンペにはまだ固有の文字がない。漢字の中から音の似ている文字を並べて、一種の表音文字として代用している。

「煩莫死流苦留。……ポンモシルンクル！」これはクソマレが言っていた蛮族の王の奇妙な称号ではないか。赤気《せっき》と白龍《はくりゅう》の乱舞する紅の雪原に轟きわたった蛮族の指導者の名だ。縣守は、震える手で麻布をまるめて放り投げた。

「わしはまだ死んではいない。つまり、まだ負けてはいないのだ」そう呟いて、寝具の中に潜り込んだ。明日から大仕事が始まる。もう寝よう。

廊下に足音がした。二人の女の足音と衣擦《きぬず》れの音が戸の外で止まり、低い声がした。

「官邸にお仕えする下女頭《げじょがしら》のスナメでございます。介《スケ》さまのお言いつけにより、侘《わ》びしき夜のお慰めにと、御酒《ごしゅ》と、女子《おなご》を連れて参りましてございます。お声を賜りませ」

ああ、あの女か。先刻マルコ党が若干の食糧に添えて、貢《みつ》ぎの女奴隷《メヤトゥコ》として差し出した女だ。夕食の時に部屋の隅に控えさせて、寸時の目通りを許した。あの時、陰陽師《おんみょうじ》・韓国礼信《カラクニのライシン》がにじり寄って耳打ちしたのを思い出した。

「将軍、御油断召《め》さるな。あの女にはただならぬ妖気が感じられます。くれぐれもお近づけなさらぬように。さもないと、前《さき》の按察使《アゼティ》さまの二の舞いになりますぞ」

美しい女だった。大きな目に異様な色気があり、離れていても思わず引き込まれそうになる。戸の隙間から甘い女の体臭が忍び込み、疲れきっているのに、抵抗しがたい性的誘惑に駆られた。

同時に、「煩莫死流苦留」の六文字が目の前に浮かんだ。ウォーシカというのは美女の産地だという。上毛野広人が血道を上げた女奴隷《メヤトゥコ》というのは、この世のものとも思われぬ美貌の持ち主で、迦陵頻伽《かりょうびんが》もかくやと思われる美しい声で歌ったそうだ。その歌声は鎮所に住む者すべてを魅了し、厳しい禁令の甲斐もなく、女の歌う『風の歌《レラ・シノッチャ》』が流行り歌となり、ついには按察使までもが口ずさむほどだったとも聞く。広人の死はその女の呪いによるという話だった。

危ない！　縣守《アガタモリ》は気を引き締めた。ここは得体の知れぬ魑魅魍魎《ちみもうりょう》の跋扈《ばっこ》する異境だ。こちらから招いたわけでもないのに忍び寄って来る美女に、ろくなもののあろうはずがない。あの六文字は広人の警告だろう。疲労困憊しているにも拘わらず体中に燃え上がる性的欲望に抗いながら、縣守は声を励ました。

「無用だ。下がれ」

「でも……」と、若い女の声が言った。「せめて御酒なりと」

「下がれ！」

声が激しくなった。一呼吸おいて女が立ち上がる気配がした。その衣擦《きぬず》れの音に、女の激しい屈辱と恨みの気配を感じた。闇の中から甘い囁きが聞こえて来た。

「コシッコテ、コシッコテ（わたし、あなたが恋しいの）……」

狂おしい衝動が五体を駆け巡った。思わず戸に手を掛けて、女を呼び止めようとしたその手首がズキッと痛んだ。クソマレの二股杖《エキムネクワ》でひねられた手首が擦《す》り剝《む》けていて、関節が捻挫《ねんざ》している。あの晩の、鍋墨を塗りたくったクソマレの顔を思い出した。途端に身を焦がす衝動が冷めた。

「烏滸《ウォーコ》（＝馬鹿）！」と、心の中のクソマレが笑った。「無闇に惚れるな。無様《ぶざま》にくたばりたいか、死に損ないのアカタマリ」

クソマレめ！　西域《さいいき》の美女によく似た美しい女だった。危うく寝首を掻かれそうになったが、なぜか思いとどまったらしく、助かった。妄想の中とは言え、また、助けられたか。

「煩莫死流苦留……」縣守は、激しく額を打ち叩いて呻いた。敗北を考えることのできない男の断末魔のような声だった。

夜半、小用に立った。北の夜空が今夜も不気味に赤く光っていた。寒い空は晴れていて、一面に降るような星だった。見上げていると、異常なほど次々と流れ星が飛ぶ。あれはこの戦《いくさ》で討ち死にした者どもの魂魄《こんぱく》であろうか。父の身代わりとなって死んだ息子の魂魄《こんぱく》もあの一つか。思わず手を合わせ、うろ覚えのポトケの呪文を唱えた。遠い天竺《ヒンドゥー》という国の言葉だという。

「羯帝《ガテー》羯帝《ガテー》波羅羯帝《パーラガテー》　波羅僧羯諦菩提薩婆訶《パーラサンガテーボーディスヴァーハー》……」

59　神火

縣守《アガタモリ》の考えるべきことは、まず兵に食わせることだ。兵は武器を持っている。逃走の時、捨てて走ったが、鎮所《ちんじょ》には予備があった。飢えれば、叛乱を起こしかねない。

「シバタ郡衙《ぐんが》から至急兵糧米《ひょうろうまい》を運ばせよ」

鎮所付属寺院の米蔵を開けば、当面はしのげる。鎮所より南の諸地方は帝国が掌握しており、最寄りのシバタ郡衙にはかなりの兵糧がある。荷駄二十頭の輜重隊《しちょうたい》五十人を急派した。数日後、兵糧が届き始め次第、反撃だ。持ち前の強気が再び首を持ち上げた。とは言え、この度の敗北には懲《こ》りた。北の奥地に向かうのはやめ、比較的温暖なウォーシカ、モーヌップの確保に力を注ごう。

難民はその後も増え続けた。鎮所から追い出された者は、そのあたりの野や林に粗末な蓆小屋《むしろごや》を作ったり、蛮族の真似をして土蜘蛛《つちぐも》を作ったりして凌《しの》いでいる。劣悪な環境なので餓死者、病死者、凍死者が続出し、ピラノシケオマナイの川原は惨憺《さんたん》たる死骸の捨て場になっていた。

噂では、北の植民村はことごとく焼き払われたらしい。寺院にも難民が押し寄せた。ポトケの大伽藍は不潔な難民でごった返し、この分では寺院の備蓄米もたちまち底をつくだろう。

「我々を飢えさせる作戦だな」

途方もなく重い恐怖と敗北感が、縣守《アガタモリ》の頭上にのしかかっていた。敗戦の惨めさを骨の髄まで味わわせるのが敵の目的だろう。タンネタイの森で、無辜《むこ》の住民数千人を焼き殺したことへの、骨身も凍る報復だ。命に代えても守るべき節刀《せっとう》も失っている。これ以上の恥辱はなかった。

その時、縣守は偶々《たまたま》政庁の前庭にいた。夕方の東の空に強烈に輝く光が見え、長い尾を引いて天空を西へ横切るのが見えた。天地を引き裂くキーンという音が響き、火球は山峰の間に落ち、巨大な光の半球が盛り上がり、消えた。しばらく間をおいて、轟音が世界を揺るがし、峰々に殷々《いんいん》と反響して消えた。驚き慌てた官人どもが、政庁から飛び出して来た。

「何事でしょうか?」

「恐ろしく光る火の玉が、長い炎の尾を引いて天を横切り、あの山の間に落ちるのを見た。あの方角には何がある」

「シバタ郡衙《ぐんが》です」

「早馬を飛ばし、何事かを調べて至急報告せよ」

シバタまでは片道四十里(二十一キロ)。報告は明朝か。命からがら逃げ帰ったあの夜の流星群を思い出した。あの一つが落ちて来たのに違いあるまい。縣守は、駆け去る偵察兵を見送りながら、子供のように脅えている自分に気付いた。

ウソミナは、その時、鎮所《ちんじょ》の西側にある小高い山の上にいた。負傷したオンニの代わりに、彼はここで鎮所を包囲するヌペッコルクルの指揮を執《と》っている。そこからはミヤンキの野が一望できた。蛇行するピラノシケオマナイ川とニタットル川とが合流するあたりに、鎮所と付属寺院が玩具《おもちゃ》のように眺められ、平原の彼方に青い海原《うなばら》が細く長く続き、更にその向こうに、ウォーシカ半島が霞んでいる。

「そろそろウェイサンペの輜重隊《しちょうたい》が、シバタ郡衙《ぐんが》に着く頃だな」

「ウィノとクマが見張っています。アシポーも一緒です。あいつらの手にかかれば、輜重隊などは赤子の手をひねるようなものです。きっとうまく行きます」

「おい、あれは何だ?」

夕陽に霞むウォーシカ半島の付け根、ピタカムイ大河の河口とおぼしき方角の地平線上に、強力な光り物が現われた。それが長い光の尾を引いて天空を横切り、耳をつんざくような音を立てて頭上を通過し、南の森に消えた。直後に体が揺れるほどの轟音《ごうおん》が轟《とどろ》き、その方角の空が異様な光で燃え上がった。

「何事だ? 調べて来い!」

部下が飛び出した。何が何だかわからない儘に夜になり、晴れた空に十六夜《いざよい》の月が出た。昨夜と同じく、盛んに流れ星の飛ぶ夜だった。夜更け、息を弾ませ、汗びっしょりのクマとウィノとアシポーが駆け込んで来た。アシポーの背中に背負った壺の中に、炭火が燃えていた。

「いやはや、恐ろしいことが起きた」と、アシポーの背中から火壺を下ろしながら、ウィノが報告した。「我々はシバタ郡衙《ぐんが》から二里(一キロ強)ほど離れた街道脇の森で、鎮所からの輜重隊《しちょうたい》を待ち伏せていました。御命令通り、米俵を奪うためです。夕方、二十頭の駄馬を連れた五十人の兵が、郡衙に到着しました」

そこへ天空から火球が郡衙《ぐんが》正倉《しょうそう》の屋根に落下し、爆発した。爆風で、郡衙の施設はすべて吹き飛び、跡には巨大な擂鉢型《すりばちがた》の大穴が開いて、周辺の樹木は爆心地の外側に向けて車幅状《しゃふくじょう》に薙《な》ぎ倒《たお》され、炎上した。郡衙にいた者で助かった者はいない。郡衙周囲には五、六十軒の家が村里をなしていたが、すべて炎上し、多くの村人が死んだり、怪我をしたりした。

ウィノが隠れ場から飛び出して、燃える村里に走った。手足がバラバラになって散乱している無慚な死体を飛び越えながら、燃える家に飛び込み、大きな壺を担ぎ出した。燃えている木材を中に入れ、それを担いで駆け戻って来た。米一粒も手に入らなかったが、奇妙な土産が届いた。

差し出された壺の中には、赤々と燃える火があった。壺はその火のために手が付けられないほど熱く、その熱を遮断するために、アシポーは背中に何枚も濡らした蓆《むしろ》を重ねていた。

「これが天から降った火か！」

ウソミナは壺の中の火を眺め、丁寧なオンカミを捧げた。

「いかにも波斯人《パーシーびと》の思いつきそうなことだ。お前はミッシアーさまを拝む景教徒《けいきょうと》だが、パルサに古くからあるアフラ・マズダーを拝む祆教徒《けんきょうと》の感性も持っているのか、よく気がついた。確かにこれは天から降った火の神《アペカムイ》、ウェイサンペ流に言えば神火《じんか》だ。この火を大切にしよう。この火が我々に勝利をもたらす。お前たち、疲れておろうが、この火を持って、わしと一緒にワッカオイに走ってくれ。やってもらいたいことがあるが、まずオンニに相談したい。この戦《いくさ》に決着をつける」

数日後。ここは鎮所《ちんじょ》から百十三里（六十キロ）ほど南にあるシノブの郡衙《ぐんが》。

「まあ、そうビクビクしなさるな、大領殿《だいりょうどの》」

クマはゆったりと微笑んだ。脇には深い頭巾をかぶった、筋骨隆々たる巨漢が石頭棍棒《せきとうこんぼう》を抱えて、控えている。エミシモシリ中に知らぬ者もない伝説的豪傑レサックが失踪しているので、ウィノをその代わりにしている。彼は目玉の部分にだけ穴を二つ開けた覆面で頭も顔も覆い、禿げ頭でないことも隠していた。郡司どもは、これがあの羅刹鬼《らせつき》の化身かと、震え上がっている。

「驚かせてすまない。別にお前さんたちを害そうとは思っていない。ただ、騒がれるとこちらにもお前さんたちにも迷惑なことが起きる」

「で、いったい何の用事だ」

「お前さんたち夷俘《イープ》は本来、我々とは同族だ。ウェイサンペに攻められて、やむを得ず連中に隷属したものの、王化政策《ミオモムケー》の名のもとに重税に苦しめられているのは百も承知しているし、同情もしている。聞いていようが、アカタマリ将軍の率いる征夷軍はニトリ、シカマ、クロカパで我々に大敗した。鎮狄軍《ちんてきぐん》も脊梁山脈《せきりょうさんみゃく》で消息を断った儘だ」

「アカタマリとは多治比《たじ》縣守《ひアガタモリ》将軍のことか？」

「そうだ。我々には発音しにくい音なのでな、アカタマリと呼んでいる」

相手が吹き出した。

「どうも薄汚い呼び名だな。で、鎮所は今どうなっている」

「植民村を焼かれた難民で、ごった返している。命からがら逃げては来たが、鎮所の正倉《しょうそう》も我々が焼き払ってしまったから、皇軍《スメラミクサ》には食い物がない」

「征討軍は飢えているのか」

「その通り。そこでアカタマリは、シバタ郡の正倉から備蓄米を運ぼうとした。そこで何が起こったかは聞いているだろう」

「あの恐ろしい神火《じんか》のことか」

「いかにも。あれこそはエミシモシリを守るピタカムイの怒りの神火だ」

「あの神火が北の空を飛ぶのは、ここからも見えた。恐ろしいことだ」と、彼らは青い顔をした。

「シバタ郡衙《ぐんが》の次に正倉があるのはここだ。将軍は、至急備蓄米をよこせと言って来るはずだ」

「それはえらいことだ。やがて端境期《はざかいき》になれば、我々も飢える」

「お前さんたちの内情はわかっている。租《そ》として納めた米を、その儘、帝《ミカド》に差し出せば民が飢える。それでお前さんたち郡司は、一部をこっそり正倉に秘匿《ひとく》し、必要に応じて民に戻す。そうしないと、飢えた民の叛乱が怖い。このごまかしを繕うために、中央派遣の国司どもに賄賂を使う。国司はそれで私腹を肥やす。このやりくりで苦労しているのがお前さんたちだ。違うか？」

「図星だ。それで近頃、国庫の税収がガタ減りしている。対策として、帝《ミカド》は、国司を監督する令外《りょうげ》の官・按察使《アゼティ》を制定した。これが情け容赦がなくて、律令通りの租税を強制する。もともと無理な税率だ。律令通りに供出したら確実に民は飢える」

郡司どもはつられて、日ごろの愚痴をこぼし始めた。

「中央派遣の国司は四年交代だが、郡司は土地の生え抜きで終身制だ。民は身内。恨まれたら真っ先に殺される。去年は前《さき》の按察使がとんでもない戦《いくさ》をおっぱじめて、モーヌップのエミシを皆殺しにして、そこに新しい領土を築こうとした。奴は昔、バンドーに栄えたケヌ王国の王族だからな。今はウェイサンペに服属しているが、帝国からの独立は無理だとしても、何とかして昔日《せきじつ》の栄光のせめて半分でも回復したかったのさ。我々は必死に戦って按察使を殺したが、その時にも鎮所からは、兵糧を出せ、兵を出せと、お前さんたちを困らせたはずだ。これは、これからますますひどくなる。どうするつもりかね」

「端境期《はざかいき》を前にして、こちらも困っている」

「その窮状を助けたい」

「どういうことかね」

「今すぐ郡衙の正倉を開いて、米を全部持ち出せ。米はもともとお前さんたちが汗水垂らして働いて得た、お前さんたちのものだ」

「そんなことをしたら、反逆罪でこちらが征伐される。後始末をどうする」

「神火《じんか》が正倉を焼き払う」

「そんな恐ろしいことができるのか?」

「これを見ろ」

ウィノが壺を差し出した。中には白い灰の中に炭火が燃えていた。クマはその火に向かって鄭重にオンカミを捧げ、重々しく言った。

「この火は、シバタ郡衙に落ちた正真正銘の神火だ。この尊い火で俺たちが正倉を焼き払う。後はお前さんたちが口を揃え、神火が正倉を焼き払ったと言え。我らエミシは、己《おのれ》の誇りにかけて嘘を忌《い》み嫌《きら》うが、この火は偽《いつわ》りなく神火だ。これで征夷軍は干上がる。どうだ、乗らないか」

「これが神火か！　いいとも。正倉の中身をそっくり貰えるのなら乗ろう。で、いつやる?」

「今すぐだ。明日にも鎮所から輜重隊がやって来るぞ」

郡司たちの目の色が変わった。早速、村々の主だった者が集められた。夜陰《やいん》に紛れて、正倉に蓄えられていた米俵がことごとく運び出された。数日後、食料の輸送を命じる、鎮所からの急使が駆けつけてきた時には、シノブの正倉は「神火」によって跡形もなく焼け落ち、無慚《むざん》な姿を曝《さら》していた。

クマとウィノはさらに南へと駆けた。鎮所《ちんじょ》からざっと二百六里（百十キロ）南のアサカ郡はウェイサンペの植民地化がかなり前から進んでいる。広大な平野に碁盤の目状の口分田《くぶんでん》が整然と並ぶ様は壮大で、郡衙《ぐんが》の設備もでかい。

そこの正倉《しょうそう》からも米穀が一粒残らず運び出された。エミシ征伐の後方基地として酷使されていた民には干天《かんてん》の慈雨《じう》だった。巨大な正倉群は、ここでも「神火」によって跡形もなく焼き払われた。

正倉焼失の奇怪な報《しら》せが次々と舞い込んだ。縣守《アガタモリ》は深刻な衝撃を受けた。

「申し上げます」と、陸奥介が言った。「恐れていた事態です。鎮所周辺に蝟集《いしゅう》する避難民が暴徒化し、食い物を求めてミヤンキや南のニタットルあたりの植民村を襲っております。次第に凶暴化し、諸所で人殺し騒ぎが起きております」

「それはけしからぬ。官兵を派遣し、不届き者どもを捕らえて処刑せよ」

あっちでもこっちでも捕らわれた暴徒が首を刎《は》ねられた。しかし、事態はますます悪化した。

「申し上げます」と、陸奥介がまた陰気な報告を持って来た。

「お前の『申し上げます』には飽きがきたな。ろくな話が一つもない」と、将軍は溜め息をついた。

「恐れ入ります。しかし、申し上げなければなりません。盗賊や暴徒を成敗しに出向いた官兵が村人を劫略《ごうりゃく》し、抵抗する者を殺すなど勝手放題をし始めました。これでは官兵といえども餓狼《がろう》に変わりなく、怨嗟《えんさ》が巷《ちまた》に溢れております」

将軍の権威は失墜し、惨憺たる無法地帯が出現していた。将軍自身がその日の食い物にも困窮する事態になって来てもいた。将軍はせっせと輜重隊《しちょうたい》を送り出し、諸郡衙《しょぐんが》から食糧を集めようとした。その努力を嘲笑うかのように、「神火」はその後も止むことなく、あちこちの郡衙正倉が次々と焼亡《じょうもう》し、大量の米穀が消えた。凶報は帝都を震撼させた。

バンドー大平原の北は、街道が蛮族の手で閉鎖され、本国との通信連絡も遮断された。脊梁山脈を越えて西に向かった鎮狄軍からの連絡もない。流言が飛び交い、鎮狄軍が豪雪の谷間で全滅したとか、イデパ砦も既にないなどという真偽不明の話が朝廷の耳に入って来た。

ウォーシカのマルコ党も、周囲をヌペッコルクルに取り囲まれて、鎮所《ちんじょ》との連絡さえ困難になっている。皇軍《スメラミクサ》の最大の強敵は、目下無慈悲な飢餓であった。

60 飢餓と絶望

縣守《アガタモリ》は残余の兵力を集めて鎮所を脱出し、内地へ帰還しようと試みたが、部下が言うことを聞かなかった。鎮所周辺に数限りないエミシの旗が翻《ひるがえ》り、あの禍々《まがまが》しい『ホルケウの歌』が山野に響きわたるのを見て、兵は恐怖に縮み上がり、督戦隊《とくせんたい》がいかに脅《おど》そうとも、鎮所の門を出る者がいない。彼らは争って鼠を食らい、土を掘って蚯蚓《みみず》や土竜《もぐら》を貪り、木根草皮を齧《かじ》り、果ては泥を啜《すす》った。

実数は不明だが、二千とも四千ともいう賊徒が鎮所を包囲し、既に半月余り経つ。なぜか攻めてくる気配がない。征夷軍の生き残りは約二千。当初一万人余りいた皇軍《スメラミクサ》のうち征夷軍として縣守が率いていた六千人の三分の二を失った。このうち戦闘に堪える者は一千五百人程度。

鎮所周囲と付属寺院の内外には飢民が殺到し、その数、ざっと二万人。将軍には、これらの難民を収容し管理する意志も力もなかった。正倉《しょうそう》を焼かれ、後方の食料基地である郡衙《ぐんか》の備蓄米も神火によって次々と失った。鎮所は門を固く閉ざし、難民は暴徒化し、付属寺院の正倉も襲われ、警備兵は勿論、僧侶さえ殺された。人肉を食っているというおぞましい噂さえ流れていた。

餓えに苦しみ、鎮所に寿司詰めになって、することもなく飢え死にを待つばかりの皇軍《スメラミクサ》の将兵には、言いようのない恐怖と絶望がのしかかっていた。繰り返し派遣した救援要請の急使のことは梨《なし》の礫《つぶて》だった。恐らく途中で敵の手に落ちたのだろう。日増しに薄くなる粥を啜りながら、縣守は、やはり傍らで粥を啜る副将軍を眺めた。ふっくらと小太りだった体は痩せて、肌は雪焼けでどす黒く、そう言えば、こいつこの頃、厠《かわや》に通う回数が少なくなったようだと、ぼんやり思った。


アシポーはアルサランと一緒に、鎮所を囲むヌペッコルクルの陣営にいた。戦闘は止み、皇軍《スメラミクサ》を兵糧攻めにしているだけだから、暇だった。カリパとも毎日、顔を合わせられた。ある日、カリパが言った。

「コヤンケ従姉《ねえ》さんの里のアクンナイに、あんたを連れて行きたいの。隊長の許しは貰ったし、馬も用意したから、今出れば夕方には着ける。あんたのお義母《かあ》さんにも会わせたい。従姉《ねえ》さんが無事だって知ったら、お義母《かあ》さんは泣いて喜ぶわよ。義妹《いもうと》たちも来ると思うわ。ね、行きましょう」

アシポーは跳び上がって喜んだ。アクンナイに着いたら、コヤンケの母が飛んで来た。

「カリパ、カリパ！　まあ、生きていたのね！　よく来たね、よく来たね！」

二人は暫く抱き合って、思い切り泣いた。

「オンネフルの戦《いくさ》はここから丸見えだったのよ。姉さんも義兄《にい》さんも亡くなったってね。でも、お前の兄さんも、お前も生き残って、よかった！　よく来てくれた、ほんとによく来た」

アシポーも後ろで貰い泣きした。カリパが紹介してくれた。

「でもね、叔母さん。すばらしい知らせよ！　わたしね、バンドーまで行ったの。そしてとうとうコヤンケ従姉《ねえ》ちゃんを見付けたの！　いえ、わたしはまだ会ってはいないんだけどね、ほら、この人、名はアシポー。シモトゥケヌの国のアシカガの夷俘《イープ》。この人の父さんはウェイサンペ農民で、母さんがエミシ。七年前に父さんが、奴隷商人《ヤトゥコアキンド》からエミシの女奴隷《メヤトゥコ》を買って、アシポーのお嫁にしたの。それがね、コヤンケちゃんだったのよ！　アシポーがウェイサンペ軍の兵士に徴用されてこの国に来る時、コヤンケちゃんは臨月だったの。だから今頃はもう叔母さんの孫が生まれてるわよ！」

村中の人が集まって来た。みんな泣いて喜んだ。あの時に十数名の娘が攫《さら》われた。ひょっとしたら消息が知れるかと期待した人も多かったが、残念ながらアシポーは何も知らなかった。

アシポーは数日、アクンナイに滞在した。近くに嫁いでいるコヤンケの妹たちも飛んで来た。いつの日か、妻子を連れてきっと戻ると何度も固い約束をさせられ、誓いの印に髪の毛の一房を姑《しゅうとめ》に渡して、土産をたくさん持たせられ、村で一番立派な馬を贈り物にされて、帰路に着いた。

「今、旅は物騒だ。俺は暇だから、アシカガまで送って行こう」と、アルサランが言ってくれた。

カリパはミヤンキの野の陣地に戻った。ある日、骨と皮に痩せさらばえた母親が、親同様に痩せ衰えた子供五人を連れてやって来て、ぐったりしている幼子を差し出し、片言のエミシ語で叫んだ。

「オピウキ（助けて）！　オピウキ！　ハル、ハル（食べ物を）！」

若い戦士がこの様を見ていた。一人が携帯口糧《けいたいこうりょう》の袋から団子を取りだし、母親に渡した。母親は一口齧《かじ》り、嚙んで唾液と混ぜ、口移しに幼子に与えた。幼子は夢中で母親の口を貪《むさぼ》った。まわりを囲む子供らが目を丸くして小さな弟の咽《のど》を見守る。若い戦士の目から涙が溢れた。仲間が藪の中から出て来て、子供らに自分の携行食糧を分け与えた。母親は最後に自分も食べ、地に両手を突いて伏し拝み、拍手《かしわで》を打った。何度も振り返り、頭を下げながら戻って行った。

それから飢えた子供らを連れた女たちがやって来て、地にひれ伏し、拍手《かしわで》を打って食い物を懇願するようになった。休戦状態の軍陣が難民救恤所《なんみんきゅうじゅつしょ》になった。女たちが協力し、こういうことに慣れているカリパの指揮で、大瓶《おおがめ》をいくつか据えた。一日に一度、大瓶に雑煮の粥を炊いた。飢えた群衆が、初めは恐る恐る、やがて押し合いへし合い押し寄せた。救恤は女子供老人が優先された。長い行列が続いた。瓶《かめ》が空になると、その日の救恤は終了した。

やがて、エミシ女たちがこんな歌を歌うようになった。

トモヨ、トモヨ、トモヨ、コー　（友よ、友よ、友よ、来い）
トゥルンキ　トルモノ、ナァコソ　（剣《つるぎ》を執る者、来るな）
ポーコ　トルモノ、ナァコソ　（鉾《ほこ》を執る者、来るな）
ピート　コロスモノ、ナァコソ　（人を殺す者、来るな）
トモヨ、トモヨ、トモヨ、コー　（友よ、友よ、友よ、来い）

子供たちがすぐに憶えた。瓶《かめ》が空になると、兄が妹に、姉が弟に、自分の椀から分けてやりながら、「ピート　コロスモノ、ナァコソ」と歌いながら、貧しい仮小屋に戻ってゆく。

縣守《アガタモリ》の懊悩《おうのう》の日々に止《とど》めを刺す事件が起きた。鎮狄軍《ちんてきぐん》の青い旗を掲げた十人のぼろぼろの男たちが、疲れ切った足を引きずってやって来て、鎮所の門を叩いた。

「これは鎮狄軍軍曹・布勢嶋守《フセのシマモリ》でござる。鎮狄将軍の命により、征夷将軍閣下に申し上げるべきお言葉を帯して参上致した。取り次がれよ」

縣守は驚喜した。

「おう、カケタヌキか！　すぐに通せ」

助かった、と思った。彼らはイデパの賊を蹴散らし、雪深い脊梁山脈《せきりょうさんみゃく》を越えて凱旋して来たのだ。これはその先遣隊だろう。だが、やって来たのは、甲冑はおろか太刀さえ身に帯びず、汚れたぼろを纏《まと》う、みすぼらしい者どもだった。鬟《ミドゥラ》は解けて蓬髪《ほうはつ》を背中に垂らし、頬や鼻に剝げかけた薄皮をこびりつかせた雪焼けの顔に、白い目玉が異様に光っている。……聞くまでもなかった。負けたのだ。

「久しく連絡がなかったので、案じておった。鎮狄軍とイデパ砦の有り様は如何《いかが》か」

「申し上げます」と、沈鬱な声が答えた。「脊梁山脈を越えて、リクンヌップ盆地に到りましたところ、その地の蛮族は山地に隠れて恭順の意を示しません。罰として我が軍はその地方の村々をことごとく焼き払いました。イデパ砦と周辺の植民村が蛮族に襲われているとして、助けを求める者が駆け込みましたので、急遽《きゅうきょ》センミナイ渓谷を西に向かいました。折りからの豪雪で雪崩が生じ、全軍渓谷内に閉じこめられ、多くの人馬兵糧を失いました。生き残りも極寒の中で風雪に苛《さいな》まれ、食もなく、暖もなく、多数の凍死者を出し、全滅の危機に陥りました。鎮狄軍三千八百人のうち、生き残りは三千足らず。凍死したる者数百人。力尽きて、賊徒の勧めるままに降伏し、全員賊徒の捕虜とされましてございます。現在の生存者は千九百人。我々が焼き払った村落の再建に使役されております」

「で、イデパ砦はどうなっておる？」

「何度も尋ねましたが、賊は何も知らぬと申します。虚報ではなかったかと疑っております」

「何たること！」

縣守《アガタモリ》は十人の飢えた使者たちに労《ねぎら》いの言葉を掛け、温かい衣服と粥を与えて、休息させた。しばらくの休息の後に、じっくりと話を聞いた。極寒の中でも寒さ知らずの毛皮に全身を包み、氷雪の天地に躍動するエミシ軍の強さを、いやというほど経験してきた縣守だ。彼らの辛酸《しんさん》はよく理解できた。理解できなかったのは蛮族の戦略だった。センミナイ渓谷に鎮狄軍《ちんてきぐん》を放置すれば、数日を経ずして全員凍死したはずだ。なぜ助けたのか。しかも捕虜に食料と住まいと暖房を与えたという。冬は彼らとて食い物が乏しい。二千人分もの糧食を捻出するのは至難のはずだ。

「何を考えているのだ、連中は？」

考えられる答えはただ一つ、村を再建する仕事が終わった時点で、用無しの穀潰《ごくつぶ》しは全員殺す。自分ならそうする。だが、捕虜たちを救出する手立ては全くなかった。

夜更けの官人居住区域は暗く静かだ。陸奥介・小野古麻呂は官舎の裏の物置小屋に忍び入った。ミムロが待っていた。ここは彼らの秘密の打ち合わせ場所だ。

「都への往復、大儀だった。朝廷の様子は如何に？」

「この正月の人事で、長屋親王は正三位大納言から従二位右大臣に昇進され、事実上の最高権力者です。また故藤原《プンディパラ》の不比等《プーピト》さまは正一位太政大臣を追贈されました」

「死したりとは言え、位《くらい》人臣を極めたな。プーピトさま亡き後の藤原《プンディパラ》家の方々はいかに？」

「正四位下・藤原《プンディパラ》の武智麻呂《ムティマロ》さまと従四位上・房前《プササキ》さまとはそれぞれ従三位、武智麻呂さまは中納言です。ただしその上に縣守将軍の兄君、池守《イケモリ》さまが大納言です。従五位下・藤原麻呂《プンディパラのマロ》さまは一足《いっそく》飛《と》びに五階級を飛び越え、従四位上に昇進されました。とは言え、藤原四兄弟はまだお若く、朝廷内で力を発揮するお立場ではございません。あ、申し遅れました。征夷将軍は正四位上に。近く中務卿《なかつかさのかみ》に御就任とか」

中務省というのは天皇の補佐、詔勅の宣下《せんげ》、叙位など朝廷職務全般を担う役所で、八省中最重要の部門だ。長官、中務卿は正四位以上の者がなり、大変な栄達だ。古麻呂は苦い顔をした。

「この話は正式の発令が届くまでは秘せ。ところで、房前《プササキ》さまの御指示は？」

「鎮所《ちんじょ》もろともに縣守を滅ぼせ、内部から火を放って鎮所を焼亡《じょうもう》させるも止むなしとのことで」

「そこまで仰せられたか！　この敗戦を長屋《ながや》親王殿下の大失敗として失脚を図るおつもりだな？」

「然様《さよう》でございます。特に当初三万人を予定していた徴兵を一万人余りで妥協して出征したのが失敗の原因だと、廟堂《びょうどう》で力説されていると漏れ伺いました」

「その後のことはどうせよと？」

「我らに内通するオラシベツのウソミナを使い、炎上する鎮所からあなたさまを救い出せと」

「ウソミナには申し伝えたか？」

「はい、あの者はただ今、鎮所を包囲する軍勢の中におります。スケさまの御命《おいのち》については安心せよと申しておりました。いざという時のために掘り抜いておきました秘密の抜け穴もございます。入り口はこの物置の床下です。わたくしめも付いておりますれば、お心丈夫にあらせられませ」

「鎮所をこの手で焼け、か！　その後は如何《いかが》せよと？」

「鎮所をさらに北方に進め、マルコ党の本拠地ヤムトー砦に近く、海からの距離も近いタンカの丘に新築し、エミシモシリの支配を盤石《ばんじゃく》にする、とのことでございました」

「狙いはやはり幻の黄金《こがね》か」

「御意《ぎょい》。わたくしも自ら川砂を浚《さら》って砂金を探しておりますが、まだミヤンキ周辺に黄金《こがね》は見付かっておりません。可能性があるのはトータイからケセマックにかけての山々です。既にそれらしき微量の光る砂を我らシノビが採取しておりますが、なにぶん賊地のただ中、近寄ることも困難です。鎮所をタンカの丘に移せば、帝国の勢力範囲が、あのあたりにも及び、探索も進みましょう。黄金発見の暁にはスケさまを陸奥守《ミティノクのカミ》に推挙しようとの仰せでござります。そうなれば、スケさまは月卿雲客《げっけいうんかく》、殿上人《てんじょうびと》にござりまする」

「その日が来たら、ミムロ、長く苦楽を共にして来たお前にも必ずよき思いをさせてやろう！」

61　赤髭の軍使

霜流しの雨が降り、北国にも着実に春が忍び寄っていた。如月《きさらぎ》も、明日は満月《もちづき》である。

「申し上げます」げっそりと窶《やつ》れた縣守《アガタモリ》の前に小野古麻呂が進みでた。鎮所の全員が痩せているのに、こいつばかりは相変わらず小太りだな……と、思った。官舎の床下にでも米を隠しているのだろう。「賊軍が俄《にわか》に数を増し、決戦の構えを見せております。いかが致しましょうか」

門の横の矢倉に上ってみた。なるほど、いつもとはまるで違う。全軍に戦気横溢し、将兵の叫び交わす荒々しい声、軍馬の嘶《いなな》き、数千の赤頭賊部隊が、旌旗《せいき》を押し立てて、今にも押し寄せんばかりに戦闘態勢を構えている。見るからに精気漲《みなぎ》る軍勢だ。飢えてフラフラの皇軍《スメラミクサ》とはまるで士気が違う。「いよいよ帝国の陸奥《ミティノク》経略もこれで終焉か」という思いが心を過《よぎ》った。程なく、連中の毒矢がこの身を貫くのであろう。

矢倉には弓兵が並んで、武者震いをしながら、彼方に勢揃いしている敵を睨んでいる。尤《もっと》も彼らの痩せ腕に弓を引く力がどれだけ残っているかは、大いに疑問だ。正面の敵陣から黒鹿毛《くろかげ》に乗った戦士が出て来た。額に白い流れ星、四つ白の足。軍兵が恐怖の呻き声をあげた。

「将軍」と、脇にいた軍曹が言う。「あれが上毛野広人《カミトゥケヌ・ピロピト》さまを討ち奉った、マサリキンと申す奸賊《かんぞく》です。そしてあの馬が驄騙馬神《ソーゼンカムイ》の化身と申す馬でございます」

忘れるはずがない。あの地吹雪の中でクソマレと一緒に、突然目の前に現われた男、倅《せがれ》、潟守《カタモリ》を討った男だ。全身の血が逆流するような屈辱と怒りを覚えた。戦士は、やおら腰の太刀を引き抜いて頭上に掲げ、声量のある声で、あの《ホルケウの歌》を歌い始めた。賊軍がそれに和して歌い始める。柵《キ》も矢倉も崩れそうな圧倒的な歌声だ。いよいよ総攻撃で決着を付ける気だな、と見た。よかろう。毎日空腹と屈辱の虚しい日々を送るよりは、このあたりで鎮所を枕に討ち死にするほうがましだと腹を決めた。エミシ軍の中からさらに二騎が進み出て来た。攻撃するなと合図している。傍らの軍曹に訊ねた。

「あれは《鬼の王侯《オンノワンコー》》か？」

「いえ、あの葦毛《あしげ》に乗るのが赤髭シネアミコル、オンネフルの守将で手強《てごわ》い奴です。脇に従うのはかつてシカマ呰一の猛将と呼ばれた旅帥《ローソティ》・土師津守《パージトゥモリ》。赤頭賊《せきとうぞく》に身を投じた裏切り者でございます」

赤髭が手を上げて挨拶し、夷語《エミシご》で口上を述べるのを、よく透る声で土師津守《パージトゥモリ》が通訳した。

「征夷将軍・多治比縣守《タディピのアガタモリ》殿に申し上げる。冬も終わり、田植えの節だ。戦《いくさ》をやめて、仲直りしないか。鎮狄軍《ちんてきぐん》は山中で雪崩に閉じ込められ、全員我が保護下にある。我々の望みは諸君が相応《ふさわ》しき敬意と道義とを以て我らに接し、仲良く暮らすことである。この戦《いくさ》は理由も示さずに一方的にそちらから仕掛けたことで、我らの欲するところではない。更なる戦をお望みならば、お相手も致そうが、このへんで無意味な殺し合いは止めてはどうか。戦を望むとあらば、鏑矢《かぶらや》を放て。即座に合戦を始める。鎮所などは一揉みに潰して進ぜよう。和睦を望むなら、門を開き、丸腰の使者をおよこしあれ。返答期限は日が西の山にかかるまで」

軍使が悠然と馬首をめぐらして駆け戻って行った。縣守は無言の儘、矢倉を下りた。

政庁では重苦しい沈黙が続いた。

「敵が要求しているのは降伏ではない。和平だ。副将軍と陸奥介《ミティノクのスケ》は蛮族との交渉に当たれ。向こうの条件を聞き、その上で対応を考えよう」

古麻呂が退出した後で、縣守《アガタモリ》は小声で石代《イパシロ》を呼び止めた。

「陸奥介は目下、国司の最上位なので、交渉に赴《おもむ》かせるが、いざという時にはお前が仕切れ。あやつはプンディパラの手先。狙いは長屋親王殿下の失脚だ。そのためならば、この鎮所も我々をも滅ぼそうとしかねない。奴の思うようにことを運ばせるな。……そうだ、途中で困ることのないように、厠《かわや》へ寄って行け」

初めゆっくり次第に速く十二打、これを二度。開大門鼓が打ち鳴らされ、門が開いた。副将軍・下毛野石代《シモトゥケヌイパシロ》は陸奥介・小野古麻呂《ウオノノコマロ》と並んで門を出た。足下《あしもと》は雪解けで泥濘《ぬかる》んでいる。さきほどの三騎が軽快な足並みで駆けて来た。三頭の馬をあの若者が預かって、後ろに控えた。兵卒が走り出て、床《しょ》几《うぎ》を二つ並べた。陸奥介と副将軍のためだ。エミシ側は立った儘である。石代は小声で「相手側にも床几を」と、催促したが、陸奥介は聞こえぬ振りをしている。赤髭が口を開いた。

「将軍は今もなお、我らエミシを武力征服しようとのおつもりか」

「我らがここにあるは」と、小野古麻呂が言った。「天下太平のためである。征服のためではない」

赤髭が冷笑した。

「見え透いたことを。軍兵を催して無辜《むこ》の者を殺し、我らを禽獣《きんじゅう》扱いし、奴隷《ヤトゥコ》となし、馬匹《ばひつ》を盗み、家を焼き払う。従えば口分田《くぶんでん》に縛りつけ、重税を課して貧苦の中に苦しめ、一握りの貴族のみが栄華を楽しむ。都では塀一つ隔てた内側で貴族どもが酒池肉林に遊び、外側では飢えた民の屍《しかばね》が路傍に捨てられている。貢ぎ物を届けた帰り路に、餓死した者の骸《むくろ》が七道に連なる。これが王化政策《ミオモムケー》だ」

「汝ら」と、介《スケ》が嘲笑した。「まずは叛逆の罪を悔い、御温情を乞うのが筋であろう」

「然様《さよう》な申し様を続けるならば」と、赤髭が囁いた。「ミヤンキの野は汝らの屍《しかばね》で覆われる」

「普天《ふてん》の下、王土に非ざる莫《な》く、率土《そっと》の濱《ひん》、王臣に非ざる莫し。謙虚に頭《こうべ》を垂れ、服《まつろ》いてこそ太平が訪れる。さもなくば帝国は明日は十万、二十万の大軍を以て汝らを根絶やしにする。タンネタイの惨状に学べ。荒夷《あらえびす》の身を浄めて熟夷《にぎえびす》となれ。大御心《おおみこころ》の儘に、夷俘《イープ》として真人間に近づくべく努めよ」

「よくわかった。汝らは明日の日の出を見ることはない」

赤髭が声を荒げて怒った。踵《きびす》を返して、戻りかけた。介《スケ》の顔が一瞬、勝利に輝いた。今だ！　石代は立ち上がり、古麻呂の胸を思い切り蹴った。

「控えよ、古麻呂！」

古麻呂は、あっと叫び、雪解けの地面にひっくり返り、全身泥だらけになった。去りかけたエミシの代表団が驚いて振り向いた。泥の中から立ち上がる古麻呂の横面を、石代がもう一度蹴った。古麻呂は一声呻いて泥の中で気絶した。石代《イバシロ》は形を改め、鄭重な態度で言った。

「この者の出過ぎた口上は甚だ不適切、将軍閣下の意にも背く暴言でござる。お詫び致す。お腹立ちはもっともなれど、かく折檻《せっかん》したゆえ、暫時《ざんじ》我が言葉にもお耳を貸されよ」

「これは興味深い」と、シネアミコルが皮肉な笑いを片頬に浮かべた。激怒した様子を見せながら冷静な奴だ、こいつとは話ができそうだと、石代は思った。

「ウェイサンペには、人の上下をクラウィなるものにて定める掟があると聞く。参考までに訊きたい。お前さんたちのクラウィはどうなっているのだ」

「わしは従五位下、これなる陸奥介は正六位下」

「五位ならば、お前さんはピータカ女帝にも会ったことがあるのだな」

「いかにも。昇殿を許され、拝謁《はいえつ》の誉れを賜った」

「では、なぜこの泥だらけの御仁がお前さんを差し置いて、偉そうな口を利く？　昇殿も許されぬ下っ端が、将軍の意にも添わぬことを述べて我々を侮辱する。本来ならば斬り捨てるところだ」

「すまぬことをした」と、石代は謝った。「これは当方の監督不行き届き。お赦し願いたい」

それから泥の中で震えている陸奥介を厳しく叱責した。「古麻呂、汝が驕慢《きょうまん》は赦しがたい。将軍の御意を曲げる愚言を弄し、エミシの衆に無礼を働いた。後ほど厳しく責を問う。下がれ！」

古麻呂の泥だけの額に脂汗が流れた。

「では、話を戻そう」と、赤髭が言った。「こやつは盗賊を使嗾《しそう》して村々を襲わせ、婦女子をかどわかし、馬匹を盗む、あらゆる非道の陰の張本人でござる。面《つら》を見るのも虫酸《むしず》が走る」

「御不快をお詫び致す。衛兵、この者を執務室にて監禁せよ。代わりに軍監《ぐんげん》を一人寄越すよう、将軍閣下に進言せよ。なおエミシの衆にも床几をお勧めせよ」

古麻呂は両脇から青首に腕を掴まれ、屠所《としょ》に引かれる羊のような顔で戻って行った。

「ま、暫時無駄話でもしようか」と、石代《イバシロ》は言った。

「ところでウェイサンペ軍は降伏が可能か？」

「皇軍《スメラミクサ》に敗北や降伏はあり得ない」

「これは異なことを。戦の常、勝敗は付き物だ」

「我が国には常に『立て前』というものがある」

「お前さんたちがピータカ女帝の前に立って、負けて来ましたと報告したらどうなる」

「不忠者として首を刎《は》ねられる」

「それは気の毒だな」と、赤髭は目を丸くした。

「だから、負けても勝ったように取り繕う。帝と帝国の名誉を守るためだ」

「五十八年前の白村江《パクスキのエ》の敗戦についてはどう処理したのだ」

「あれは敗戦ではない。一時的退却だ。こちらは降伏などしておらぬ」

「なるほど。ものも言い様だな。騙されるのはピータカ女帝か」

「いや、騙された振りをして、巧く部下を操るのが賢明な帝王というものだ」

軍監《ぐんげん》がやって来て、交渉が再開された。

「はっきり言うが、この戦、お前さんらに勝ち目はない。鎮所は完全に包囲されているし、糧食も尽き、兵の中には既に餓死者も出ている。その上、鎮狄軍は全員捕虜だ」

石代の口が、熊の胆《い》を舐《な》めたように歪んだ。

「認めよう」

「降伏したらどうだ」と、赤髭が気楽な顔で勧めた。「我々はこれ以上、人殺しをしたくない。お前さんらもこんな所で死にたくなかろう。そこで、大将同士が直《じか》に談合し、巧い決着を付けたいのだ」

「で、どのような形で会談しようか」

「鎮所の外の適当な場所で双方が話しあう。不都合があるか」

「ある。将軍が鎮所を出るのは、公の降伏ととられ、朝廷に申し開きが立たぬ。鎮所にしてくれ」

「だめだ。鎮所に出頭し、ウェイサンペの作法に従って白洲に平伏させたいのであろうが、あり得ぬ。エミシの中には、わたしのような穏やかなのもいれば、恨みに燃えた激しいのもいる。まして今は皆、殺気立っている。しかもこちらが勝っている戦《いくさ》だ。将軍のほうからこちらへ出て来い」

「困ったな」

「この戦を仕掛けたのはそっちだ。我々が蜂起せざるを得ぬように仕組んだのは、前《さき》の陸奥守・上毛野安麻呂とその副官、陸奥介・小野古麻呂だ。マルコ党とシノビを使嗾《しそう》して盗賊団を作り、我が国《モシリ》を荒らし回った。加えて按察使・上毛野広人《カミトゥケヌピロピト》はモーヌップのエミシを根絶やしにし、旧ケヌ王国の遺民を入れて擬似王国を作ろうと、この戦を始めたのだ。だが、理由は何であれ、おぞましい人殺しはもうやめよう。近くに会見所を用意する。武器を持たず、将軍、副将軍、従者数名に通訳を揃えて出向いて来い。返事は日没まで。拒否するなら鏑矢《かぶらや》を放て。受け入れるなら太鼓を叩け」

そう言った後で赤髭は振り返り、言い忘れたかのように、付け足した。

「お前さん、わかっているだろうな。俺は告げ口は嫌いだが、イレンカシの名誉のためにこれだけは言っておく。あの男は一本気の熱血漢で、時に暴走する癖があるが、弱い者いじめだけはしない。当方の調べでは、北辺の植民村を襲って、焼き払い、入植者を虐殺し、大量の難民を発生させて、お前さんたちを今日のこの体《てい》たらくに追い込んだのは、あのプンディパラのお犬様らしいぞ」

石代《イパシロ》の顔が真っ青になった。

石代の報告を聞き終えた縣守《アガタモリ》に、事の全貌が見えて来た。長屋親王の率いる皇親派が権力を握れば、困るのは陸奥介《ミティノクのスケ》だ。縣守はこの数年、諸国の按察使《アゼティ》を歴任し、藤原傘下《プンディパラさんか》の国司どもの不正を暴き、粛正の大鉈を振るって来ている。これまで三代、足掛け十三年も続いた上毛野家の陸奥支配の下で甘い汁を吸い、藤原《プンディパラ》の覚えもめでたい古麻呂も、縣守の仕事ぶりには震え上がっていよう。彼が失職すれば、親玉の藤原氏も利権を失い、失脚の危険もある。これを防ぐには、縣守が大失敗をするように仕向けるに如《し》くはない。

介《スケ》はこれまでの経験から、赤頭賊《せきとうぞく》の強さを知り尽くしている。だが、ウォーシカの平原で一万もの軍勢と対戦したらエミシ軍に勝ち目はない。そこで奴はイデパ反乱の偽報を流し、皇軍《スメラミクサ》を半分に割って、その片方を脊梁山脈《せきりょうさんみゃく》の向こうにやってしまうことを画策した。そうすれば、兵力が半分になった征夷軍が苦戦して、エミシに敗れる可能性が出てくる。しかも、季節は豪雪の冬。南から来る遠征軍には極めて不利だ。虚報の出所は陸奥介だとした壬生若竹《ミブノワカタケ》の推測は、的中していたのだ。その上、蛮族の仕業に見せかけて、配下のシノビを使い、こともあろうに、保護すべき自国民の罪もない入植者を虐殺して大量難民を発生させ、征討軍を飢餓で苦しめた。

「我らの敗北だ。副将軍、エミシに伝えよ。明日正午。其《そ》の方《ほう》らの指定する場所に赴く、と」

「畏《かしこ》まりました」石代がほっとしたように頷き、一礼して下がろうとするのを呼び止めた。

「介《スケ》は今、どうしている」

「政庁分室に監禁し、青首が見張りをしております」

「その儘、拘束し、面会も許すな。深夜、奴を殺せ。ただし体に傷のつく殺し方はするな。余人に知られてはならぬ。抜かりなく執り行え、官への報告は、病死。事が公にならぬよう厳重に心せよ。万一、事が漏れれば、長屋親王家と藤原との戦《いくさ》となり、どちらかが血を流さずには収まらぬ、国の大乱になる。エミシ側から検分の者を密かに引き入れ、奴の死を確認させ、明払暁《みょうふつぎょう》、鎮所脇の墓場に埋葬せよ。……これで奴らも少しは気が晴れよう」

「青首どものうち、我が下毛野《シモトゥケヌ》家に累代《るいたい》の縁《ゆかり》のある、特に信用の置ける者に命じます」

縣守は何も言わず、「行け」と、目で合図をした。

東の地平線が明るくなり始めた頃、石代《イパシロ》は気色の悪い仕事を終え、地味な私服に着替え、鎮所の東矢倉下通用門からささやかな葬列とともに出て来た。蓆《むしろ》に覆われた陸奥介の遺骸が四人の青首の運ぶ戸板に載せられ、妻女に付き添われて出て来た。

埋葬予定地に墓穴が掘ってあり、ウェイサンペ農民風の男二人と女一人が手に鍬を持って立っていた。一人は赤髭シネアミコル。もう一人はヤパンキ軽騎兵の鷲鼻《わしばな》クンラクシ。この男はかつて鎮所で農業試験所の奴隷《ヤトウコ》として扱《こ》き使《つか》われていた時に、古麻呂の顔を見知っている。女はハル。長いこと官邸付きの女奴隷《メヤトウコ》として暮らしていたので、官人たちの顔をよく知っている。

小野古麻呂の遺体が穴に下ろされ、妻女に最後の別れをさせるために、顔を覆う布が外された。後ろから、墓掘り人足も覗き込んだ。埋葬が終わり、人々が去った後、石代は墓掘り人足に声をかけた。

「確認したであろう?」

「確かに」と、墓穴を埋めながら鷲鼻が頷いた。

「あれはスケさまに違いありません」と、ハルも請け合った。

「怪我もないようだが、どうしたのだ? 毒を使ったのか?」と、赤髭が尋ねた。

「目隠しをし、手足を布で縛って天井から逆さに吊るし、水瓶《みずがめ》に首を突っ込んで溺れさせた」

「惨めな最期だったな」

「表向きは病死だ。少しは気が済んだか? これで一切はなかったことにしてくれ」

「約束する。お前さんたちの誠意はオンニに伝える。では、さらばだ」

三人がそのまま藪陰に姿を消し、石代も鎮所に戻った。俄《にわか》に尿意を催し、厠に走った。

62 征夷軍降伏

日の出と共に開大門鼓《かいだいもんつづみ》が鳴り、騎馬の征夷将軍・多治比縣守《タディピのアガタモリ》は、副将軍その他の将校たち一行を供に門を出た。ピラノシケオマナイ川の橋の袂《たもと》にアカカシラ騎馬隊が待っていた。通訳の元シカマ砦旅《ロー》帥《ソティ》・土師津守《パージ・トゥモリ》が前に出て挨拶した。

「オンニがお待ちしております。会談に臨まれる方々のみ、わたくしと一緒に来られよ」

縣守は無言で頷いた。従うのは副将軍・石代《イバシロ》と軍監《ぐんげん》二人。案内された山裾に集落があり、中央に大きな建物があった。通路には、客人に敬意を示す杉の青葉が敷き詰められ、入り口には、最高の格式を示す熊の毛皮が垂らしてある。正面に、正装した男たちが居並び、相対する座を示された。

「まずは挨拶をなされませ。わたしのするように」と、石代《イバシロ》が言う。

蛮族の酋長《しゅうちょう》たちが一斉に両手を挙げてオンカミをするのに合わせて、縣守もその仕草を真似た。

「イランカラプテ!」酋長たちが声をそろえて短く挨拶した。

「『あなたの心にそっと触れさせていただきます』という意味でござる。イランカラプテ!」

何と優しい挨拶かと思った。紫宸殿《ししいでん》の大床に座り、はるかな高御座《たかみくら》に座す帝の前に平伏する礼儀や、唐の皇帝の前での仰々しい儀礼とはまるで異なる。今、自分は敗軍の将だ。もし立場が逆なら、自分は政庁正殿の上段にあって、武装兵の鉾《ほこ》に脅しつけられながら砂利の庭に引き据えられた蛮族どもに鉾を突きつけて平伏させ、恭順を誓わせる、極めて侮辱的な儀式を執行したであろう。

まず正面の男が口を開いた。ややたどたどしいが、正確なウェイサンペ語だった。

「わたしはオッパセンケのカニクシ。ヌペッコルクルの首領オノワンクの弟で、兄は先の合戦で負傷したので、その代理でござる。これなるはエミシモシリ南部の諸地方の大首長《サパ》たち」

赤頭賊《せきとうぞく》の首領は、あの合戦の退却時に部下を逃すべく殿《しんがり》を務めていたが、その時に負傷したと見える……縣守《アガタモリ》はそう理解した。

「さて」と、カニクシが明るい声で言った。「南から来られたお前さんがたには、こちらの寒さは堪《こた》えたであろうな」……これは皮肉か。

「然様《さよう》、一度我が国の夏場にお招きしてみたい。汗疹《あせも》で往生するであろう」と、返した。

「先頃、アベ・スルンカ殿以下四千人の軍兵が脊梁山脈《せきりょうさんみゃく》の山中に来ましてな、脅《おび》えた住民が雪山に逃げ込んだところ、スルンカ殿は、出迎えの挨拶がなかったことを咎め、リクンヌップのすべての村と山林までも焼き払った。我らが掟では、火付けは重罪でござる。その後、一行はセンミナイ渓谷で雪崩に遭い、多くの軍兵が遭難して全滅寸前となり申した。リクンヌップの大首長《サパ》セシリパ殿が生き残りの二千人ほどを保護し、目下彼らは己《おのれ》が焼いた村々の再建のために働いてござる。イデパ砦に向かう理由は、エミシが蜂起して植民村を襲い、砦も滅ぼす勢いなので、これを救うための派兵だという。これは根も葉もなき、迷惑千万な話。凍死した軍兵は全くの無駄死にでござった」

縣守は自分の顔が真っ赤に火照り、次いで真っ青になるのを感じた。小賢《こざか》しい小野古麻呂の謀略によって皇軍《スメラミクサ》は壊滅し、自分は惨めな敗将として蛮族の前に膝を屈している。何の顔《かんばせ》あって帝の御前に出られようか。節刀を奪われた将軍は斬罪、軽くても遠島への流刑。地位財産を剝奪されて平民に落とされ、家族も路頭に迷う。あの雪原で討ち死にしなかったのが悔しかった。

「鬼の王侯《オンノワンコー》」代理が淡々と話を続ける。

「今、皇軍《スメラミクサ》を滅すのは易いが、それで物事は解決すまい。ピータカの欲の皮は鯔《とど》の皮よりも厚い。貴殿とて捨て駒だ。貴殿らが大敗北を喫したとなれば、ピータカは此度《こたび》に倍する軍勢を催し、別の将軍の下に、再び我らを攻めるは必定《ひつじょう》。大迷惑だ。そこで提案だ。お前さんたちは目的を果たし、服《まつろ》わぬ蛮族を討伐したとして、凱旋《がいせん》されよ。ただし、お前たちが侵略したウカンメ山、ワシベツ山、モーヌップの野、ピラヌプリは元通り我らのものとする。ウォーシカについては、平野部に関してはこれまで通り帝国の支配を認める。半島部と周辺の島嶼部《とうしょぶ》はマキ部族の支配とし、マツモイテック部族は裏切り者として追放する。また、ピタカムイ大河は我らエミシにとっての至聖なる守護神であるからして、ウェイサンペは決して大河を渡って東に来てはならぬ。つまり、各々の支配域については完全に元に戻すということだ。その上で要求したいことがある」

縣守は驚いて訊き返した。

「次は何を目論んでおる？」

「見返りを求める。災厄《さいやく》の元はお前らの侵略だ。長年にわたる我が方の損害は甚大だ。東山道東海道諸国の正倉《しょうそう》を開き、我らに贖《あがな》え。二度と我らに武力を行使せぬと誓え」

語調が威嚇を帯びて来た。これは前代未聞の話だ。こんなことを実行したら、国庫の損害は甚大で、官人は飢え、貴族でさえ相当の倹約を強いられる。

「朝廷が容易に承引《しょういん》するとは思われぬ。もし要求を拒まば、どうする？」

「アカタマリ殿」

糞！　またアカタマリか。クソマレめ、忌々《いまいま》しい綽名《あだな》を付けよって……。

「この戦《いくさ》は既に人と人との喧嘩ではない。エミシモシリの神々が戦っておわす。我らがコサを吹いた時、ピタカムイ大河が怒りを発し、ウォーシカとモーヌップが水浸しになった。天空に雪の女神《ウパシマッカムイ》の裳裾が現われ、豪雪と雪崩で皇軍《スメラミクサ》が埋もれ死んだ。北天に赤気が現われ、北辰を瞳とする白龍が立ち上がった。天から神火《じんか》が降《くだ》って、正倉を次々と焼いた。お前らはこの神々に刃向かっている。もし求めに応ぜざらば、国々はことごとく神火に焼かれ、紫宸殿《ししいでん》とて無事には済むまい」

極寒に震えた夜の雪原、天空に乱舞する赤気《せっき》を眼前に見るような気がして、慄然《りつぜん》とした。

「馳駅《ちえき》を都に走らせよう」と、縣守は絞るような声を出した。「文言はこうだ……此の度、聖徳の忝《かたじけ》なきに依りて勝つを得たり。叛徒の村々を襲ひてこれを焼き、賊衆三千余の首級を獲《え》、大いに御《み》陵威《いつ》を示せり。これにより夷衆《いしゅう》悉《ことごと》く服す。然れども蛮夷は野性狼心、叛服常ならず。飢ゑば必ず叛す。この度の乱も亦《また》これに因《よ》るなり。近年水害洪水打ち続き、多くの田畑流失して山野に五穀無し。加ふるに神火《じんか》天より降りて諸郡の正倉これに依りて焼亡《じょうもう》す。村里疲弊して家竈《かそう》に炊煙絶ゆ。木根草皮野鼠地虫の果てまでも求め食らはんと彷徨《さまよ》ひ、倒れて餓死する者山野に満ち、飢ゑたる賊徒山より降りて里を襲ひ王臣を劫略《ごうりゃく》す。願はくは東山道並びに東海道諸国の正倉を開き、これを蝦狄《かてき》に給されむことを」

カニクシがニヤリと笑った。

「名文だ。蛮夷呼ばわりは片腹痛いが、まあよかろう。我らにも文字を読める者がいないわけではない。後程検《あらた》めさせてもらうが、問題はあるまい。何か言いたいことがあるかね」

「敗北の噂はいずれ宸襟《しんきん》にも達しよう。さすれば我らは偽証罪に問われ、そちらも再度討伐される。これを避けるために、前《さき》の陸奥按察使《ミティノクのアゼティ》の首級を我が勝利の証しとしてお渡し願いたい」

「恐らくそれしか手はあるまいと、我らも思っていた。マサリキン、あれを持って来てくれ」

首領代理が、暗い部屋の隅に控えていた若い男に合図をした。見て愕然とした。トータイの野で地吹雪の中に遭遇したあの戦士、驄騟馬神《ソーゼンカムイ》の化身と恐れられる馬を操り、上毛野広人《カミトゥケヌのピロピト》と我が子潟守《カタモリ》を討った北の戦士だ。若者が祭壇の前に置かれていた曲げ木細工の首桶を、縣守の前に置いた。

「検《あらた》められよ」

桶を開けると、腐敗臭と共に半ば白骨化した首が現われた。眼球は腐れ落ち、頭髪の残る皮膚の残片が後頭骨と左右側頭骨にこびりつき、頭頂部には鉾《ほこ》に貫かれた穴があいていた。

「前《さき》の陸奥按察使・上毛野広人殿が首級でござる。お引き渡し致す」

この若い男が逃してくれなければ、自分も同じ姿になっていたのだ。全身に鳥肌が立った。

「確かに受け取り申した」掠《かす》れる声で答えた。

「マサリキン」と、カニクシがまた声を掛けた。「ついでに将軍の落とし物を差し上げよ」

若者が部屋の隅から、黄金造りの長剣と錦の袋に包まれた節刀《せっとう》を持って来て、前に置いた。

「お心遣い、忝《かたじけ》なし」

縣守《アガタモリ》はまず節刀を検《あらた》め、それが標《しる》しの御剣《みつるぎ》であることを確認し、両手に捧げ持って拝礼した。これで自分は首が繋がったと思った。黄金造りの頭椎《かぶつち》の剣《つるぎ》のほうは、マリキンの手に戻して言った。

「この剣《つるぎ》は、わたしが唐に使いして帰国した際に、帝御手《ミカドおんて》ずから褒美にと、お授け下された宝剣でござる。温かきお心遣いへの感謝の印として『鬼の王侯《オンノワンコー》』殿に進呈したい」

カニクシが驚いたように目を丸くし、相好《そうごう》を崩して、将軍の佩刀《はいとう》を受け取った。

縣守は改めて若者に声を掛けた。

「一つ、訊きたい。あの猛烈な地吹雪の中で其方《そなた》がわしに出会ったのは偶然か?」

「わたしは狩人だ。狩りにはよい勢子《せこ》が要る。あの時の勢子は風だ。あなたは風に追われて必ずあの場所に来るはずだった」やっと、腑に落ちた。自分の行動は完全に読まれていたのだ。

「其方《そなた》が上毛野の朝臣《アソーミ》を討ったマサリキンか?」

「ルウェ・ウン!」はっきりした若々しい声が答えた。「その通りだ」という意味だとは言われなくてもわかった。若者はじっと将軍を見つめ、無言のまま引き下がった。悲しげな目が総てを物語っていた。やはり、こいつが潟守《カタモリ》をも討ったのか。重苦しい沈黙の後、縣守はカニクシに訊ねた。

「で、次の段取りは?」

「ここで帝への上奏をお書きなされ。それを持たせて馳駅《ちえき》を都に走らせるがよい。難民が野盗化していて、道中が危険ゆえ、バンドーとの国境《くにざかい》までは我らが護衛しよう」

「もし、本国からの回答がなく、あるいは拒否された場合にはどうなる?」

「その時は見捨てられたと諦めなされ。帰国したところでろくなことにはなるまい。いっそウェイサンペであることをやめて、我らの仲間となってはいかがかな。温かくお迎えいたそう」

李陵《りりょう》となるか、蘇武《そぶ》となるか。今はこの『鬼の王侯《オンノワンコー》』代理に従う他、生きる道はなさそうだった。

和睦成立を祝って、エミシ側から酒肴が振る舞われ、ささやかな宴《うたげ》が始まった。

「ところで、将軍」と、カニクシが小声で囁いた。「二人だけで話したいことがある。よいか?」

「何なりと」

「では、こちらへ来られよ」

「……将軍！」と、軍監《ぐんげん》が心配顔で声を掛け、首を横に振った。よせという合図だ。

「エミシは人を謀《たばか》ったりはせぬ。心配致すな。ここで待て」縣守はそう言って席を立ち、カニクシに従って、頑丈な板壁で仕切られた隣の部屋に行った。

薄絹の被物《かぶりもの》で顔を隠した背の高い女が、重そうな瓶《かめ》を抱えて後ろに従った。板戸の向こうは暗く、明かりは囲炉裏の火の僅かな光と小さな燭台の光だけだった。部屋の隅に首に繃帯をした男が座っていた。後ろに老婆がいた。カニクシが繃帯の男の前に座り、将軍を脇に誘った。

「アカタマリ殿。これは我が兄、ヌペッコルクルの真の首領、オノワンクでござる。戦《いくさ》で手を負い、見苦しき姿なので会議の席は遠慮しましたが、ここで御挨拶いたす」

互いの挨拶《オンカミ》の後、男が口を開いた。怪我のせいか掠れ声だが、立派なウェイサンペ語だった。

「将軍。お前さまがシナイの野で我々との合戦に敗れて退却した時、殿《しんがり》を務めた勇士がござった。かの勇士はよく戦い、我が軍の先鋒の部将を一騎打ちで討ち取り、あっぱれな最期を遂げた。ともあれ、親御は嘆いておられよう。その首級を貴殿にお渡ししたい。懇《ねんご》ろに弔《とむら》っておやりなされ」

女が縣守の前に膝行《しっこう》し、持って来た重そうな壺を前に置き、被物《かぶりもの》を脱いだ。

「お前は……クソマレ！」

「また、会ったな。将軍《トウミサパ》」ぶっきらぼうな男言葉だったが、大きな目が濡れて光っていた。

クソマレが開けた壺の中から、防腐用の氷と塩に埋められた潟守《かたもり》の首が現われた。見るなり将軍は両手で壺を掴み、激しく肩を震わせ、大粒の涙をボタボタと流した。

「……忝《かたじけ》ない」

クソマレがそっと壺の蓋を閉めた。《鬼の王侯《オンノワンコー》》が掠《かす》れた声で言った。

「将軍。わしらはこれで一切を水に流し、もうこのようなことはするまい」

顔中を濡らして何度も頷く縣守の前に、オノワンクの後ろにいた老婆が膝を擦って進み出た。

「わたしはオノワンクとカニクシの母です。たくさんの同族親戚友人を殺されて本当に悲しい。でもね、息子らがわたしの前に手を突いて、お前さんを赦してやってくれと涙ながらに頼むのです。だから、わたしも赦します。間違いを犯さない人はいない。お互いに赦し合わなければ、人は生きながらおぞましい悪霊《ウェンカムイ》になる。わたしはそう言って、この子らを育てました。お前さまも、かわいい息子や大事な部下を亡くしてお辛いことだろう。どうぞ赦してくださいね。そして、もうこんな愚かしいことがないようにいたしましょうね」たどたどしくこう言った。

言葉もなく嗚咽《おえつ》する縣守の肩を、老婆の手が優しく撫でさすった。

会見場を去る将軍を、クソマレが潟守の首の入った壺を抱いて、鎮所まで送って来てくれた。

鎮所の正門で首壺を渡された時、縣守はクソマレに顔を寄せて小声で訊ねた。

「クソマレ、なぜあの時、わしを殺してくれなかった?」

クソマレが微かに頰笑《ほおえ》み、美しい顔に全く似合わない男のような言葉で答えた。

「心安らかにあれ、将軍」

その儘、踵《きびす》を返し、涙で泥濘《ぬかるみ》になった道を引き返した。

待ちに待った都からの馳駅《ちえき》が到着した。

「征夷鎮狄《せいいちんてき》の事成り、皇威によりて夷狄《いてき》を伏せしむ。大慶《たいけい》なり。願ひにより征夷将軍並びに鎮狄将軍らに凱旋《がいせん》を許す。軍《いくさ》を解き、兵をして夫々の郷里に帰ることを許せ。此の度の乱は蛮夷《ばんい》飢渇《けかつ》せるによりての暴発なれば、願ひにより、東山道並びに東海道諸国に命じ、麁蝦夷《あらえびす》の荒ぶる心を和《やは》し、王化政策《ミオモムケー》に従《まつろ》ふ熟蝦夷《にぎえびす》たらしめむがため、大御心《おほみこころ》の仁慈により特に米穀を賜ふ」

十日ほど後、数十頭の馬の背に重い米俵を積んで荷駄の第一陣がやって来た。荷はピラノシケオマナイ川の橋で待ち受けていたエミシ軍の手に引き渡された。次の日も次の日も、荷駄の列が米俵を満載して到着し、飢えた難民の目の前を素通りして、エミシ軍に引き渡された。

63 決闘

マサリキンは、クマと並んで見晴らしのいい斜面に腰を下ろし、のんびりしていた。足下には福寿草が黄色い花を咲かせている。カリパとハルは救恤組《きゅうじゅつぐみ》の仕事で、近くで働いているはずだ。遠くに見える鎮所《ちんじょ》と付属寺院の建物の門前に、梅が白い花を咲かせていた。

「ポトケの門前の梅が花をつけたな」と、クマが言った。「知っているか。ウェイサンペはあの木を春告げ草と呼ぶ。あの花の匂いは実にいい。どんな美女の色香もあの花の匂いには勝てない」

「あの業《ごう》つくばりどもにも、物の美しさがわかるのですかね」

「ははは」と、クマが笑った。「どんな奴にも取り柄はある。奴らには実に繊細な美意識がある」

「花の美しさを愛《め》でる心がありながら、人を踏みにじることについては鈍感だ」

「そうだな」と、クマの顔が苦《にが》くなった。自分も一年前まではその仲間だった。「自分が相手よりも優位にある、自分が絶対正しいと思い込むと、人は馬鹿になる。お前も気を付けろよ、単純男」

後ろの森でみそさざい《チャッチャク》が鳴いていた。ミヤンキの野に春がしっかりと立っている。間もなく終戦処理が終わり、敵は南に去り、自分たちもふるさとに帰り、荒れた田畑の修理と田植えが始まる。

「暇なのはいい」と、クマが欠伸《あくび》をした。


百戦錬磨のシノビは僅《わず》かな風のそよぎにも人の気配を感じとる。振り向く藪陰《やぶかげ》に女が立っていた。若葉色の防寒布の合わせ目から赤い絹の衣装が覗《のぞ》いていた。ミムロを見つめて微笑し、手を伸ばして差し招いた。男を惹きつける強烈な色気が、体全体から匂い立っている。……遊女《うかれめ》か？

「ポトケのミムロさま」と、女が囁いた。大きな魅惑的な目に、魂を吸い取られそうな気がした。

「お前は誰だ？　なぜ俺を知っている？」

「お忘れですか。わたしはマルコのセタトゥレン。ムランチの娘です」

「按察使《アゼティ》さまのお側女《そばめ》としてお仕えしていたあの姫か。こんなところで何をしている？」

「わたしは、母と兄のコムシと按察使さまとを殺した、マサリキンと奴の仲間に仇討ちがしたいのです。あなたもやっぱり御あるじの仇を討とうとしていなさるのでしょう？」

「そうだ。マサリキンだけではない。奴といつも一緒にいるマルコ党崩れのクマと、シコウォともレサックともいう禿頭《とくとう》の大男、この三匹は生かしておけぬ。それに大女のお転婆カリパもだ」

淀みなく本音を喋って、ハッとした。自分は既に呪い人《アシトマップ》の術にはまりかけている。

「女の身で、あの野蛮人どもに立ち向かうのは骨が折れます。手を組みませんか？　首尾よくいきましたら、たっぷりとお礼は致しますわ」体を近づけてきた女の匂いが、警戒心を一瞬鈍らせた。

「よい策でもあるのか」

「勿論、ミムロさま」

鼻先に女の顔が迫った。甘美な色情が沸き立った。左は失ったが、右の睾丸は生きている。

「ただ者ではないな……」

やはりシノビだけのことはある。かろうじて踏みとどまった。

「お前さん、幻術を使うな?」

「あら、おわかりですか」女がけろりとした顔で答えた。「わたしは呪い人《アシトマップ》です。お望みならこの世の極楽を味わわせてさし上げますけど、それは後のお楽しみ。まずはあれを御覧なさいませ」

女の指の先に、石のように動かない禿頭の巨漢がうずくまっていた。

「あれは!」

「吉美侯部醜男《キミコベのシコウォ》。マサリキンを討ったらわたしの婿にしてやると約束されていたのに、敵《てき》に寝返りました。今はわたしの術に捕らわれ、わたしの身代わりの朽ち木を抱いて、幻のオチューに溺れています。一言命じれば、あの小草薙《こくさなぎ》の剣《つるぎ》で敵《かたき》を串刺しにしますわ。その後で狂い死にさせます」

「果たして、そう巧く行くものかね」

「シコウォは剛《ごう》の者ですが、クマもマサリキンも数々の戦場《いくさば》を潜り抜けて来た強者《つわもの》です。だから、ミムロさま、マルコ党とは古なじみの、あなたの助太刀があると嬉しいのですよ」

「面白い。手を組もう。ただし、もしも俺に変な術を掛けようとしたら容赦なくお前を殺す」

「おお、こわ! そんなこと、するものですか。では、行きましょう。ほら、あそこでのんびりしているマサリキンとクマ、あの二人を襲うには今こそこの上ないよき折りです」

カリパはハルと一緒に、小川で瓶《かめ》を洗っていた。

突然、強烈な殺気を感じた。二人は咄嗟《とっさ》に身を屈《かが》め、背後の林の中を透かし見た。むこうの藪の中からぬうっと立ち上がる、禿頭の後ろ姿が見えた。二人は音も立てずに地を匍《は》った。

レサックの目の前がいきなり闇になった。戦闘の雄叫びが飛び交い、栗林の向こうで、丘の上のペッサム砦が燃えている。これは繰り返し見せられる幻だ。砦の門が開いて、寄せ手の軍勢へ砦方が喚き叫んで突撃してくる。その中の堂々たる将は、おう、コムシさま！　群がる敵を手当たり次第に討ち倒すその前に、黒馬の戦士が立ちふさがった。マサリキンとトーロロハンロク！　馬の魔物が空を飛び、コムシさまの首に食らいつき、襤褸《ぼろ》切れのように振り回し、地面に叩きつけ、前肢の蹄でその体を踏み潰す。不意に戦場の幻が消え、目の前に無惭に折れた首を左肩に載せたコムシが現われた。食い破られた首の傷口から掠《かす》れた声が叫ぶ。

「シコウォ、今だ。俺の敵を討て！」

目の前に、マサリキンとクマが並んで草原《くさはら》で談笑している。耳元で魂を蕩《とろ》かす甘い囁き。

「愛しいシコウォ、さあ、今よ。兄さんの敵マサリキンと裏切り者のクマを討って！」

レサックは吼《ほ》えた。小草薙《こくさなぎ》の剣《つるぎ》を引き抜き、大地を蹴った。

「レサック！」

ウナルコ山以来、初めて見る相棒だが、今、見えているのは凶悪な殺人鬼、吉美侯部醜男《キミコベのシコウォ》と化したレサックだ。背後の女はセタトゥレン。クマは鉾《ほこ》を手に、大手を広げて立ちふさがった。

「目を覚ませ。お前は騙されている！」

マサリキンが大声を上げて、二人の間に飛び込んだ。

「アチャーッ、危ない！」

レサックの足が止まった。アチャという一言にうろたえ、視点がウロウロと定まらない。

「シコウォ、今だ！　マサリキンを討て！」

後ろから金切り声が飛んで来る。レサックが獣《けだもの》のように吼《ほ》え、長剣を突き出した。マサリキンが横っ飛びにそれを躱《かわ》し、腰の太刀を引き抜いて防御の姿勢を取りながら叫んだ。

「やめろ、レサック、やめろ！」

狂った猛獣が息つく間もなく襲いかかる。だが長剣の扱いに慣れていない力任せの技は、隙だらけだ。これならやれると見切った。仕方がない。赦せ、友よ、お前の手の筋を斬るぞ……。

その二人の間に、クマは泣きながら飛び込んだ。

「やめろ、レサック！」

鉾の柄で、レサックの籠手《こて》を強打した。

息子とも思う相手への愛情と悲しみで、胸がいっぱいだった。一瞬、注意力がそれた。足下の木の根に躓《つまず》いて転倒した。転びながらも手練の技、鉾の石突きを地に突き立て、それに縋《すが》って跳ね起きようとした。その足にレサックの足が絡まり、巨体が前のめりに倒れ、その腹に鉾がズブリと突き刺って、脾臓《ひぞう》を貫き、背中まで突き抜けた。手負いの猛獣が絶叫し、クマの腕の中に倒れ込んだ。

「しまった！」と、クマは悲痛な叫びを上げた。

痛みと苦しさにもがくレサックの手から、マサリキンが小草薙《こくさなぎ》の剣《つるぎ》をもぎ取った。

「こんなものを持っているから、コムシの亡霊に取り憑かれるんだ！」

叫んで、剣《つるぎ》を放り投げた。剣《つるぎ》は宙を飛び、藪陰に潜《ひそ》む呪い人《アシトマップ》の足下に転がった。魔女が兄の形見の剣《つるぎ》を拾い上げ、うっとりするような優しい声を上げた。それはセタトゥレンに殺されたクマの妻アサムの声だった。

「貴方《ニシパ》、貴方《ニシパ》、貴方《ニシパ》！」

ハッとした途端、クマは術に嵌《は》まった。驚愕に棒立ちとなった目の前に、死んだ妻の姿が立ち上がる。クマはその儘、石のように固まった。


「今だ！」

ミムロは短弓を引き絞った。下腹に力を入れたので、左の金玉を切り取った傷痕が鈍く痛んだ。歯を食いしばり、狙いを定め、標的の喉元に必殺の矢を放った。ヒュッという風を切る音と、首筋に鋭い痛みを感じたのとが同時だった。狙いが逸れ、矢はクマの喉元をかすめて飛び去った。

首筋に手をやった。何かが刺さっていた。引き抜くと吹矢だった。細く鋭い鹿角の鏃《やじり》に刻まれた溝に、ベッタリと青黒い矢毒《スルク》が塗ってあった。

「しまった！」

振り向くと藪陰《やぶかげ》にエミシ女が一人、吹矢の筒を口に銜《くわ》え、こちらに狙いをつけていた。見憶えのある女、ハル……金玉を切り取られた時、痛みにのたうつ彼を看護してくれた鎮所診療所のあの女だ。しまった！　あの女、間者《かんじゃ》だったのか。

風を切って二発目の吹矢が飛んで来た。地に伏してそれを避けた。這った姿勢で太刀を引き抜き、女に向かって襲いかかった。いきなり脚が利かなくなり、ガクリと地に倒れた。必死に起き上がろうとしたが、下肢の筋肉が痙攣し、手にも力が入らない。猛烈な吐き気がした。心臓の鼓動がいきなり不規則に乱れ、どんどん微弱になった。魔物の手が心臓を鷲摑《わしづか》みにして絞りあげるような苦悶が、胸いっぱいに広がった。「ああ、死ぬんだな」と、思った。死ぬというのは、意外に呆気《あっけ》ないものなのだなと思った。呼吸筋が麻痺して、息ができない。その耳に別の声が聞こえて来た。

「マサリキン、マサリキン！」

ああ、聞き憶えのある声だ。迦陵頻伽《かりょうびんが》の化身かと言われた、あの歌のうまい女奴隷《メヤトゥコ》の声だ。チキランケ……とかいったな。だが俺さまの耳は騙されないぞ。あれは無理に声色《こわいろ》を使っている声だ。セタトゥレンめ、あいつ、演技が巧い……　そう思ったのが最後だった。ポトケのミムロはその儘、底なしの奈落《ならく》の闇に墜《お》ちて行った。

「やっと会えたわね、マサリキン！」

マサリキンは、目の前にチキランケが立って差し招いているのを見た。驚愕で棒立ちになった。

「そんなはずはない！」一心に心を凝《こ》らし、ノンノヌプリの山での修練を再現しようとした。世界が光の渦になり、その中から自分に向かって駆けて来るチキランケの姿が見えた。

いや、違う！　チキランケなものか！　近づくにつれて、女の顔が彼の知らない別の顔になった。憎悪に狂った凄まじい顔だった。紅の絹を纏《まと》った女が長剣を両手に握って疾走し、剣先を彼の鳩尾《みぞおち》に向け、地を蹴って跳んだ。飛びすさって剣先を避けようとしたが、足が……足が動かない。

「コムシ兄ちゃん！」

セタトゥレンの意識が変容し、その一瞬が無時間の時間になった。幼い子供の頃に自分を負ぶってくれた兄の温もりが、不意に胸と腹と腿の前面に活き活きと蘇った。記憶というよりは現実の、今の体験だった。今、自分は大好きな兄の温かい背中に負ぶわれて宙を跳んでいる。そして……。

「按察使《アゼティ》さま！」

兄の温もりが、自分を抱きしめる按察使《アゼティ》の熱い肌に変わった。目《め》も眩《くら》む愛の歓喜は、しかし、いきなり消えた。絶望と悲嘆の暗黒の中に兄と按察使と母、三人の生首が浮かんだ。それが一つに重なって父の恐ろしい顔に変わり、「このアッコチ！」と怒鳴りつけられた。親にも見放された悲しさを砕こうと、彼女は宙を飛び、小草薙《こくさなぎ》の剣《つるぎ》に全体重を載せ、敵の鳩尾《かたきみぞおち》に切っ先を突き刺した。

鶴の叫びのような鋭い声が空気を引き裂いた。マサリキンの後ろから跳び出した女が、手にした二股杖《エキムネクワ》を突き出した。杖の二股が喉輪《のどわ》を捕らえ、甲状軟骨とその後ろの声門と気管輪状軟骨を粉砕し、喉頭《こうとう》の激しい痙攣と上下喉頭動脈からの大出血を来たした。血液の大部分は気管内に噴出し、気道を完全に閉塞した。酸素を求めて苦悶し、土の上で転げ回るその体が、鉾に貫かれて倒れているレサックの上に覆いかぶさって止まった。

窒息に因る酸素欠乏で機能停止寸前のセタトゥレンの脳から、人格を無理に分裂させる術の維持力が失せた。ホエキマテックの術が破れ、現実と幻想を隔てる障壁が崩壊した。レサックが、残っているすべての力を振り絞って愛しい者を掻き抱いた。その真摯な愛の波動が、セタトゥレンの心に津波のように押し寄せた。セタトゥレンは瞳孔の開いた目で、しっかりと愛しい許婚を見詰めた。その時、はっきりとわかった。愛しいレサックをこんなに幸せにしてあげている自分は、もう役立たず《アッコチ》ではないのだ。その儘、恍惚として息絶えた。

64　エシケリムリムの花

術が解けた。マサリキンの手足が再び自分のものになり、鳩尾《みぞおち》に鋭い痛みを感じた。

「マサリキン！」

カリパは、よろめくマサリキンを背後から抱きしめた。切っ先を血に染めた小草薙《こくさなぎ》の剣《つるぎ》が足下に転がった。衣服の鳩尾《みぞおち》が切れていて、赤く染まっていた。

「静かに腰を下ろして」

鳩尾から左側にかけて指四本幅ほどの傷が口を開けていて、鮮血が脈打って噴き出していた。上腹《じょうふく》壁動脈《へきどうみゃく》の腹直筋《ふくちょくきん》分枝が切れていた。カリパは傷を検《あらた》め、声を励まして言った。

「大丈夫。傷は浅い。皮膚とその下の筋肉がかなり切れているけど、腹の中までは届いていない」

その言葉が終わるか終わらないかに、突然若い女の声が響き渡った。多分唇を横に引いて、楽しく笑うようにして出している声だ。言葉としての意味はなく、ただ「わわわっわわわっ」とだけ聞こえた。その声は、この凄惨な殺し合いの場にはまるで似合わない、柔らかで、楽しげで、全てを優しく包み込む嬉しさに満ちていた。その場にいた者は皆殺気を失い、その声に魂を吸い取られた。

「イッテッキッ・モイモイケッ！」

かわいらしい女の子の弾んだ声が、戦う人々の心と体に柔らかく滲み込み、その場にいた者は何とも言えない幸せな気分に包まれて、うっとりと身動きもできなくなった。

「何、これは?」

カリパだけではない。その場にいた全員が、全身が幸せという名の柔らかい真綿に包まれているような心地よい気分になった。この優しい緊縛に身を委ねている瞬間が、この上もなく幸せな気分だった。身を動かそうとしても、厚く温かい真綿の層が柔らかくしっかりと全身を包み、少しでも身動きすれば、このすばらしい幸福感がたちまち崩れ去るようで、それが怖くて指一本といえども動かす気になれないのだ。

それでも目も耳も働いていた。少し向こうの木の陰から中年の女が身を乗り出し、弓を引き絞ったまま金縛《かなしば》りになっているのが見えた。セタトゥレンの侍女のフツマツだった。引き絞った弓に番《つが》えられた矢は、真っ直ぐにマサリキンを狙っている。その少し後ろで、右手に飛礫《つぶて》を握ったトヨニッパが手を大きく振りかぶった投擲《とうてき》の形のまま石のように固まっていた。

カリパの背後から、若い女が走り出て、固まっているフツマツに歩み寄り、弓弦《ゆづる》から矢を外し、膝に当ててポキリとへし折った。シピラだった。

「フツマツ。つまらないことは、もうおよしなさいな。あなたの役目は終わったのです。さあ、真っ直ぐにあなたのふるさとのニウンペにお帰りなさい。あなたはもうマルコの女奴隷《メヤトゥコ》ではありません。あなたは若い時にマルコ党に拉致《らち》されて、セタトゥレン姫に仕えさせられました、主人に対する忠義と誠実さは認めます。呪い人《アシトマップ》のオコロマが、あなたの魂を恐怖で縛り上げ、ひたすら邪悪なあるじに盲従するようにしたのです。でも、もうあなたは自由です。目を覚ましなさい。ね、自由な世界ってすばらしいでしょう。さあ、ふるさとにお帰りなさい。もし、ふるさとに居場所がなかったら、マキ山のわたしの所にいらっしゃいね。さ、もう大丈夫よ！」

シピラがフツマツの肩をポンと叩くと、フツマツの体から力が抜けて、崩れるようにしゃがみ込んだ。彼女は呆然としてあたりの様子を眺めていたが、やがて目に涙をいっぱい溜めて、何度も繰り返してお辞儀をし、弓を放り出したまま、どこかへ走り去って行った。

シピラが今度はアルサランの前に来て、楽しそうな声で囁きかけた。

「貴方《ニシパ》。いつまでそんな格好をしていらっしゃるの。あなたは人殺しはもう止めるんでしょ？　さ、体の力を抜いて。大丈夫、動いても幸せは消えませんよ」

彼女がニッコリ笑って爪先立ちに伸び上がり、アルサランの一本眉毛の眉間《みけん》を突《つつ》いた。固まっていた体から力が抜けて、アルサランは持った石を取り落とし、ガクリと地に膝を突いた。その顔は何とも言えない幸せな歓びに浸っているように見えた。

「さあ、皆さんも、もう動いてください。恐ろしい戦いは終わりました」と、シピラが笑みを含んだ声で言い、ポンと両手を打ち鳴らした。固まっていたその場の者が、一斉にクタクタと崩れた。

「どうしてこんな所にいるの、お兄ちゃん？」《クユピ》と、カリパは小声でアルサランに訊ねた。

「カーハル（パルサ語＝姉妹）、俺はお前のいる所なら、どこにでもいる。さ、セノキミの手当てをしろ。出血がひどい」

気がつくと、シピラの姿が消えていた。ただ明るく、穏やかな気配だけがそこに残っていた。

カリパは頭の赤鉢巻を畳み、マサリキンの傷に強く押し当てた。剣先は彼の上腹部の皮膚と筋肉を切り裂いていたが、鍛えられた腹筋に跳ね返され、腹腔内《ふくくうない》までは刺さらず左に逸れた。切り裂かれた傷は大きかったが、致命傷にはなっていない。

「しっかりと押さえていてね。大丈夫、血はそのうち止まります。でも、しばらく動かないでね。動くと出血するわ！」

後ろではレサックが死のうとしていた。

「レサック、レサック、レサック！」クマが禿頭を撫でさすって泣いていた。大男の腹から背中まで貫通した鉾《ほこ》が、苦しい息に合わせてビクビクと動き、裂かれた脾臓《ひぞう》から夥《おびただ》しい血液が噴き出していた。膝の上の生臭い血溜まりに少女のようにあどけない顔を載せて、セタトゥレンが死んでいた。

レサックがその頭を左手で愛おしそうに撫で、自分の禿頭に背中から頬ずりして泣いているクマの髭面を、右手で弱々しく撫でさすって囁いた。その唇は既に土気色に変わっている。

「父《アチャ》ちゃん、ごめんな。そして、ありがとう。俺、もう目が見えないんだ。そして、ありがとう、俺の弟《クユピ》・マサリキン……」禿頭がガクリと前に崩れ、事切れた。

クマは、レサックの遺骸を抱きしめて、海豹《あざらし》のような声を出して泣いた。泣きながらレサックの大きな体から鉾を引き抜き、その鉾を使って地面に穴を掘った。

「この能足《のうた》りんが……」

土を掘りながら、クマが泣き泣き悪態を吐《つ》いた。

「『犬神憑き《セタトゥレン》』の妖術に騙されて、すっかりマルコの姫さまの亭主になったつもりで死んでしまった。でも、それでお前は幸せだったんだろう。な、レサック？　それにこの女も、本心ではお前に惚れていたんだ。お前を愛《いと》しそうに見詰めて、お前の膝で死んだ。一緒に葬ってやろうな」

「レサックは……」と、マサリキンが言った。「ウナルコ山の麓でのことだが、妖術に操られて我々を襲った時、カリパが、『レサック、目を覚まして！　アチャが泣いている』って叫んだ声で一瞬棒立ちになった。セタトゥレンは、『アチャ』という言葉がレサックにとってどんなに大切な言葉かわかっていなかったんだ。だから今度も俺が『アチャ』と言った一言でひどく混乱し、蹴躓《けつまず》いてこんなことになってしまったんだ。アチャ、親無しのレサックにとって、あんたは本心から父親だったんだよ」

それを聞いて、クマがまた泣き崩れた。

アルサランも手伝って、二人分の穴を掘った。力持ちのカリパは、近くの小川から霊鎮《たましず》めの大石を二つ拾って来た。クマがその石を二人の胸に置き、愛用の手鉾《てぼこ》をレサックの脇に置いた。

「この鉾はもう使わない。お前にくれてやるから持って行け、俺の倅《クポー》」

藪陰に薄紫色の片栗《エシケリムリム》の花が俯《うつむ》いて咲いていた。ハルがそれを摘み、レサックとセタトゥレンの屍《しかばね》の胸に置いた。新しい塚のまわりで、一同は弔いの歌を歌った。

さらば、愛《いと》しき者よ
この世の命を終わり
麗しの天上の神の国《カムイモシリ》へ
行け、愛しき者よ
汝が魂《ラマット》は
この世の仮の衣を脱ぎ
今輝く光の肉をまとって

空高く舞う
行け、天上の神の国《カムイモシリ》へ
いつの日にか、また会わん
我ら、必ずまた会わん
そのとき、汝、優しき腕《かいな》を広げ
我らを迎えよ
喜ばしきその日まで
さらば、愛しき者よ
しばしの別れ
別れは今は辛くとも
やがて来る大いなる喜び
大いなる輝きに
もろともに慰めを得ん
さらば、行け
愛しき者よ

マサリキンに傷の手当てが必要なので、アルサランが彼を背負って陣営に引き上げた。カリパは、やっと出血の止まったマサリキンの耳にそっと囁いた。頬が火のように熱かった。

「ほんとに世話の焼けるお方《ニシパ》ね。怪我はこれでお終いにしてくださいね」

一緒に立ち去ろうとした時、ハルがそっとクマの袖を引いた。

「貴方《ニシパ》、あれ、どうする?」

忘れていた。藪陰《やぶかげ》にミムロが死んでいた。クマはミムロの親指を切り取って、土気色の口の中に突っ込んだ。気色《きしょく》の悪い仕事だが、盗賊を殺した時にこうするのが、この者の魂《ラマット》が敗北を受け入れ、悪霊《ウェンカムイ》になって祟《たた》らないようにするためのエミシの呪術であった。

「これで充分だ。あとは放っておけ。こんな奴は野良犬の食い物にくれてやるのがちょうどいい」

「葬ってあげましょう。かわいそうよ」と、ハルが言った。苦悶の表情で事切れている遺体の目を閉じてやり、二人はまたも黙々と土を掘った。遺骸を埋めようとして、気が付いた。ミムロの右手が懐に挿し込まれ、何かを握っている。それは両端を鋭く尖らせた長さ五寸ほどの木の棒だった、どす黒く汚れているのは、明らかに古びた血糊が染み込んでいるためだ。それに一条《ひとすじ》の長い女の髪が巻き付いていた。

「何だ、これは?」

脇から覗き込んだハルが、顔色を変えた。説明する声が震えていた。

按察使《アゼティ》に手込めにされて首を括り、記憶喪失になっていたチキランケの目の前で、ミムロと部下のカメがマサリキンを残酷に拷問したこと。チキランケはその衝撃で狂乱状態になったものの、同時に記憶も戻ったのだったが、それを隠して狂った振りをし続けたこと。マサリキンの血に染まった木の棒を削って簪《かんざし》を作り、いつも髪に差していたこと。鎮所を脱走して逃れる途中、カメに遭遇し手込めにされかけた時に、一瞬の油断を見すまして簪《かんざし》を男の左目に突き刺し、激痛に転げ回るカメを、鎮所から逃げる途中の河原で拾った小草薙《こくさなぎ》の剣《つるぎ》で刺し殺したこと。後にその腐乱死体をミムロが発見し、左目に刺さった簪《かんざし》と巻き付いていた髪を見て、こいつは女に、多分チキランケに殺されたのだと言っていたこと。

「そうか。でも、どうして死ぬ間際にそれを取り出そうとしたのかな」

「謝りたかったのかしら？」

「そんな殊勝な奴とは思えない。マサリキンを辛い思い出で苦しめるつもりだったのか……」今となってはわからないことだった。まあ、よいほうに取ってやろう、とクマは思った。

「これ、どうする、クマさん？」

「チキランケは、マサリキンにとって忘れがたい初恋の女だっただろうが、いつまでも過去に縛られているのはよくない。彼に仇《あだ》なした者はすべて死んだ。お前も見てわかるだろう。マサリキンとカリパはいい仲だ。あの二人を結婚させてやろう。そしてカリパはマサリキンの子をたくさん生み、輝く未来を造るのだ。ハル、このことは俺たち二人の胸にしまい、この簪《かんざし》と遺髪はここで焼き捨てて、天上の神の国《カムイモシリ》に送ろう。ついでにこれもだ」

懐に手を突っ込み、布に包んだものを取り出した。

「何です、それは」

包みを開くと鬟《ミドゥラ》に結った髪が二束、出てきた。

「俺の女房と息子を殺した敵《かたき》の髪だ。墓に供えてやろうと思って持っていたのだが、もうその必要もない。恨みは晴らした。焼き捨てて、今日から俺も新しい日々を始めよう」

「それがいいわね」

二人は死体の胸に霊鎮《たましず》めの石を置き、太刀で三度、宙に十字を描いた。タコのシャーラームから教わった悪霊除けのまじないだった。それから火を熾《おこ》し、簪とチキランケの毛髪とイシマロの鬟《ミドゥラ》を放り込んだ。それらは一条《ひとすじ》の煙となって青空に消えた。ハルが足下を指差して言った。

「旦那《ニシパ》、この剣《つるぎ》はどうします？」

「そうだな」と、クマは、空の色を映して転がっている小《こ》草薙《くさなぎ》の剣《つるぎ》を見下ろした。切っ先にはマサリキンの赤い血がこびりついている。「こんな物を持っていたために、レサックは悲しい目に遭った。こんな魔剣はあってはならぬ」

クマは大きな岩の上に剣を置いた。レサック愛用の石頭棍棒を掴み、頭上に振り回して弾みをつけ、力いっぱい剣身に叩きつけた。凄まじい音がして、二つに折れた剣《つるぎ》の残骸が左右に吹っ飛んだ。

「もうこいつは剣《つるぎ》でも何でもない。ただの鉄屑だ。錆びて腐って土に戻れ」クマはそう言って、折れた鉄片を爪先で蹴飛ばした。それから能う限りの優しい声で、傍らのハルに語りかけた。

「ハル、お前には危ないところで命を助けられたな。お礼を今、言ってしまおうか。それともこんな俺でよかったら、生涯かけてお前に恩返しをした上で、天上の神の国《カムイモシリ》に帰る時、しみじみと言わせてもらおうか。どっちがいい？」

「嬉しいことを言っておくれだね、旦那《ニシパ》。そんならできるだけ後回しにしてくださいな。たっぷりと優しい恩返しをしていただかないと、つまりませんからね」

下でトーロロハンロクの嘶《いなな》きが聞こえた。相変わらず潰れた蝦蟇《がま》のような間抜けた声だった。

「行こうか」と、クマはハルの肩に手を回した。「若い者たちが待っている」

65　それぞれの凱旋

鎮狄将軍《ちんてきしょうぐん》・阿倍駿河《アベノスルガ》は雪山で、エミシの住宅再建用の材木伐り出しに従事していた。ある日、作業を終わって洞窟に戻った時、作業班の班長が言った。

「いよいよ国に帰えることができそうだ。朝廷は食糧の不足している時期にも拘わらず、雪中に遭難した皇軍《スメラミクサ》を助けたことへの褒美としてエミシに米穀を賜るそうだ。エミシ側は、もし国に帰りたくなくて、この儘エミシの仲間として暮らしたいなら、喜んで受け入れると言っている。そのように希望する者は申し出ろ。ただし帳簿の上では戦死扱いとされるから、残してきた親族には朝廷から弔慰《ちょうい》の下され物が与えられ、減税措置がとられるそうだ」

帰国できると聞いて、みんな大喜びした。

「帰ってもいいことはない。口分田《くぶんでん》に縛りつけられて、牛馬のように扱《こ》き使《つか》われる人生より、ここの気のいいエミシと楽しく暮らしたほうがいい」と言い出す者が出て来て、結局百三十二人がエミシ同化民《ピリカサンペ》になることを選んだ。大抵独身者だった。

セシリパと二十人の騎兵に引率されて、武装解除された鎮狄軍捕虜は脊梁山脈《せきりょうさんみゃく》を越えた。もう二度と来ることもあるまいからと、セシリパがウナルコ山の出湯《いでゆ》で一晩ゆっくり慰労してくれた。辿る山道にも春の気配が忍び寄り、木々の枝に小さな芽が膨らみ始めていた。五日ほどののんびりした旅の後、鎮狄軍千八百五十一人が将軍・阿倍駿河と共に陸奥鎮所に辿り着いた。

鎮所正門には、征夷将軍・多治比縣守《タディピのアガタモリ》が街道の両脇に整列する部下の将兵約千五百人と共に鎮狄軍を迎えた。雪解けで泥濘《ぬかる》んだ街道を、まずヌペッコルクルの赤い旌旗《せいき》を押し立てたリクンヌップ隊が先導し、その後から捕虜が四列縦隊でざっと四百メートルの行列を作ってゾロゾロと歩いて来た。迎える者、迎えられる者、両者の間から期せずして歓声が湧き起こった。

正門の前に、征夷将軍が副将軍と共に待っていた。護送隊長のセシリパが、乗馬の儘、その前に進み出て、徒立《かちだ》ちの征夷将軍を見下ろして大声で言った。

「わしはリクンヌップの大首長《シャパ》、セシリパである。これはピータカ女帝の命により、我らが在所を襲って村々を焼き払った者どもである。我らを守りたもう雪の女神《ウパシマッカムイ》はこの悪業をお怒りになり、雪崩によって多くを罰した。憐れに思い、生き残りを救い出し、諭《さと》したところ前非《ぜんぴ》を悔い、焼き払った村の再建に力を尽くし、これまでよく働いた。以後、我らに害をなさぬと誓ったのでこれを赦す。二度と愚かな真似をするな、とお前らの頭目ピータカに伝えよ。なお、この穢らわしき物は我らには不要ゆえ、捨ててゆく」

セシリパが、持っていた細長い錦の袋を足下の泥濘《ぬかるみ》に投げ捨てた。言うだけ言うと、部族長は言葉に似合わぬ優しい笑顔を将軍たちに投げ掛け、その儘、くるりと馬首を転じた。

「ヌペック・イコレ！」

護送隊が一斉に叫び、地響きのような馬蹄の音と共に雪解け道を駆け去って行った。

護送隊が去ると、かろうじて軍隊としての威儀を保っていた将兵がどっと崩れた。生きて再会できた嬉しさに征夷軍も鎮狄軍も入り乱れて、互いに抱き合い、声を放って泣いた。阿倍駿河がその無秩序な混乱の中から、悄然《しょうぜん》と歩み出て来た。身に着けた物は汚れた襤褸《ぼろ》の防寒布だけで、持っている物はたった今、拾い上げた泥だらけの錦の袋に包まれた節刀《せっとう》だけ。縣守《アガタモリ》は、呆然と佇む鎮狄将軍をしっかりと抱きしめた。


「これから凱旋の準備をする」政庁で、敗戦の経過を報告し合った後、縣守が重々しく宣言した。

「凱旋……ですか?」と、駿河は驚いて訊き返した。

「然様《さよう》、凱旋だ」駿河にも、その言葉の意味はわかっていた。

「エミシが鎮狄軍を殺さなかったのは、なぜだと思う?」

「リクンヌップで焼き払った村を再建するための労働力が必要だったからです。人質としての利用価値も考えたはずです」

「我々征夷軍も全滅寸前のところまで追いつめられながら、俄《にわか》に見逃された。これは何故だ?」

「そのほうが得だと踏んだのでしょう」

「然様。彼らは学んだのだよ。前《さき》の按察使《アゼティ》・上毛野広人《カミトゥケヌのピロピト》殿を殺したら、帝国は電光石火、征討軍を派遣した。もともと小部族の寄合に過ぎなかったエミシどもの間に、強烈な危機意識が生まれた。だが、我らにとっては折悪しく季節は冬。蛮族と猛吹雪という二つの強敵に悩まされる破目になった。ここで征討軍を殲滅《せんめつ》したら、帝国の猛反撃は必至だ。大海を挟んだ白村江《パクスキのエ》と違い、ここは陸続き。しかも次の戦《いくさ》は兵を動かしやすい夏場になる。そうなれば人口の規模からしてエミシは圧倒的に不利だ。連中も考えたのだ。我らの戦力を再起困難な程度に叩いておいて、和睦《わぼく》に持ち込もうとな。

この度の戦は我々の完全な敗北だ。わしらは節刀を賜る身でありながら、敵に降伏せざるを得なかった。ところがエミシは、我らに凱旋《がいせん》せよと言う。朝廷には、エミシを多数殺し、村々を焼き払って鎮圧したと報告しろという。勝利の証しとして、前《さき》の按察使《アゼティ》・上毛野広人《カミトゥケヌのピロピト》殿の首級を我々が奪い返したとして示せと言い、こちらに渡してよこした。これで我々の面目を立て、その上で賠償を要求した。名目は飢えて暴発する蛮族を救恤宥和《きゅうじゅつゆうわ》するためだとせよ、と。南にパヤート族、北にエミシと、両方で干戈《かんか》を交えざるを得なくなっている今の帝国には、エミシをねじ伏せるだけの力がない。朝廷は要求を呑み、それでそなたらも解放されたのだ。鎮狄軍《ちんてきぐん》が蛮族の捕虜になった事実はなかったことにされる。それどころか恭順した北狄《ほくてき》の村が雪害で潰れたのを再建してやり、王化政策《ミオモムケー》を推進した功績者ということになっている。

愚昧な蛮族と侮《あなど》っていたが、頭のよい奴らだ。我らにとってはこの上もなく苦い凱旋だ……。鎮狄軍の人的損耗は、実際は極寒による遭難がほとんどだが、公には戦死扱いとされ、遺族への弔慰《ちょうい》もなされる」

「然様《さよう》でございましたか」

「勅許《ちょっきょ》を得たので、ここで皇軍《スメラミクサ》を解散する。我々は残務整理を行い、軍務記録を整備し、植民者を村に返し、それが済み次第帰京しよう。護衛として青首隊百騎を連れることにする。途中には飢えた難民や兵士崩れが野盗化して、我々を狙う危険がある」

征討軍の兵は三日の休養の後、帰郷を許された。軍防令《ぐんぼうりょう》の規定により、帰路の食料支給はない。

東山道を疲れ切った兵たちが帰って行く。四カ月前に征夷鎮狄両将軍に率いられて軍鼓の音も勇ましくやって来た一万余人の威容は嘘のようだ。軍隊を解散して七日目、後始末を終了し、マルコ党からの貢《みつ》ぎ物《もの》である帰路の食糧を携えた征夷将軍と副将軍、鎮狄将軍《ちんてきしょうぐん》、そして軍監《ぐんげん》、軍曹などの高級将校は、青首親衛隊に守られて鎮所を後にした。

「わしはちと寄り道をして行きたい」と、縣守《アガタモリ》が言い出した。「阿倍駿河殿はこの儘、東山道を進まれよ。わしは後から追いつく」

「どこへいらっしゃるので？」

「石代《イパシロ》が言っていたな。この陸奥《ミティノク》で最大の、死神《ライカムイ》の巨大墳墓《ポロトゥシリ》という墳墓があるそうだ。どれほどのものか、この目で見ておきたい」

「それは結構ですが、護衛が必要です。わたくしもお供を致します」と、副将軍が言い張るので、彼と護衛の青首を二十騎連れて、本隊と別れた。二日目の夕方、途中、賊に襲われることもなく、みな、無事に追い付いて来た。

「いかがでしたか。どうせ蛮族の墓でござろう。将軍がわざわざ出向かれるほどのものではなかったのでは？」と、阿倍駿河が物好きな縣守を笑った。

「いや、なかなか……」

縣守は無口だった。蛮族エミシの酋長が、あれだけの巨大な墳墓を造営していたとは思っていなかった。上毛野《カミトゥケヌ》には往時のケヌ王国の巨大墳墓が幾つもあるし、帝国内で最大の墳墓はイドゥミの国にあるオポサザキ帝の墳墓で、全長四百八十六メートルの桁外れのものだ。とは言え、そのほかにたくさんあるスメラミカドの墳墓といえども、ライカムイに比べれば見劣りする。もう一息だったのだな、と縣守は思った。思うに帝国の今あるは、あのケヌ王国を打ち破ったからだ。この無敗の帝国を破ったエミシの力は戦慄すべきだ。彼らに統一政権を作らせてはならぬ。権威と抑圧を嫌う蛮族が自由への渇望に団結する時、それは恐るべきものとなるだろう。

エミシ族の中に胚胎《はいたい》したポロモシルンクル思想は、もう一息でこの列島の支配者の地位を争える段階にまで成長していたのだ。それを邪魔した要件は恐らく二つ。一つは地の利。海によって大陸との交流が盛んにできるような場所ではなかったこと。もう一つは彼らの古い伝統。争いを好まず、何よりも自由を重んじ、馬鹿正直で誠実な文化的伝統だ。これが、せっかくあそこまで成長したポロモシルンクルの力ある体制を内部から破壊し、縣守の目から見れば愚かしいポンモシルンクルの幻想的文化にのめり込ませてしまった。

「自由」。それは確かに民草《たみくさ》にとっては魅力的なものだろう。しかし、万里の波濤を渡って大唐帝国と世界の有り様を見てきた縣守にとって、そもそも文明国家というものは民の自由を殺してこそ成立するものだ。文明と自由とは両立しない。文明国家の根幹をなす律《りつ》も令《りょう》も、人民の自由と平等を抑制することでのみ達成される。

危なかったな……と縣守は思う。あれほどの巨大墳墓《ポロトウシリ》を築く能力がありながら古風な伝統にしがみついたために、歴史から取り残されて衰退する哀れな蛮族だが、その能力は侮れない。いかなるものであれ、彼らに統一政権を作らせてはならぬ。

戦《いくさ》に敗れた敵を、敢えて「凱旋」させてやろうという自己抑制の利いた戦略は驚嘆すべきものだ。彼らは「おとな」なのだ。それに比べれば、我がウェイサンペ帝国はまだ若く未熟だ。長い時の流れの果てには、逆に精神文化の根底をエミシ化されるようになるかも知れない。そんな思いが敗北感と共に、縣守の心を蝕《むしば》み始めていた。

凱旋将軍たちが道々、見たのは悲惨な現実だった。旅が五日、六日と経つにつれて、道端に倒れている者の姿が目につくようになった。飢えて足取りもおぼつかぬ者、ただ虚ろに道端にしゃがみ込んでいる者、衰弱して地に横たわり、死を待つだけの者、そしてやがて餓死者。東山道沿いの村々を飢えた復員兵が襲い、略奪を働く。あちこちで血だらけの死体が路傍に転がっていた。殺されているのは大抵、飢えて戦闘力の衰えている敗残兵だった。できたばかりの壮大な律令制度が、早くも綻《ほころ》び始めているように見えた。

　ピータカ女帝は、莫大な賠償をいつまでも与え続ける気はあるまい。遠からずまた遠征軍を派遣するだろう。今上《きんじょう》女帝の右腕として朝廷を牛耳っている長屋《ナガヤ》親王《しんのう》が北の大地を放置しておくはずがない。だが、縣守は二度とこの地に足を踏み入れるつもりはなかった。蛮族と見下げていたこの地の民には、冒すべからざる気品がある。赤気《せっき》に躍るあの不気味な白龍に挑むのは、懲り懲りだった。

　米俵を積んだ荷駄の列は常に暴徒の襲撃の的だった。餓狼《がろう》の群れと化した皇軍《スメラミクサ》が、夷俘《イープ》青首隊の鉾《ほこ》に貫かれて街道に屍を曝《さら》した。夜陰に紛れて暴徒が駅家に火を放ち、米俵が奪われ、衛兵が殺された。惨憺たる旅は、かつて部下であった敗残兵との殺し合いの連続だった。やっと陸奥《ミティノク》の国境《くにざかい》を越え、副将軍の故郷である下毛野《シモトゥケヌ》の国府《コクプ》に駆け込んだ時には、百騎の青首親衛隊は六十六騎に減り、米俵は一俵も残っていなかった。

　ここまで来れば、まずは安心だ。疲労困憊した一行は、国府で十日ほど休養した。石代《イパシロ》は久しぶりに親類縁者に囲まれて大歓迎を受け、痩せこけた腹に美味い物をいっぱい詰め込んだので、たちまちもとの「尿逆《ユパシル》」さまに則り、厠《かわや》の女神に惚れ直され、水を飲んでは裏に通うこととなった。

　縣守は本拠地である武蔵《ムッツァシ》の国府には立ち寄らず、上毛野の国府に向かった。そこで広人《ピロピト》の首級《しゅきゅう》を遺族に渡し、鄭重に葬らせた。その場に佇みながら、かつては胸躍らせて美しい理想と信じていたものを、今腐ったこの醜い首と共に土中に埋めているような気がした。

自分の身代わりになって死んだ息子の首は、壬生《みぶ》にいる彼の母親の許に自らの手で届けよう。

都への道は虚しく遠く、そして足も心もやたらと重かった。街道の両脇に植えられた桜並木の花は既に散り、葉桜が凱旋将軍を迎えていたが、雨上がりの泥の上に散った無数の花びらが、人馬に踏まれて惨めに汚れ潰れているのを見ると、なぜか、縣守はそれを避《よ》けて通った。

66 丹頂、北に帰る

ウカンメ山は山桜が満開だった。長い冬が過ぎ、足下に春の草花が咲き始めていた。北側の下り坂を一団の人々がさんざめきながら下りて行く。故郷に帰るマサリキンとその花嫁となるカリパを見送るためだ。

「あなたは」と、アルサランがカオブエイに尋ねた。「この連中と運命を共になさるおつもりですか」

カオブエイは笑った。

「人の運命も民族の運命も、予想通りには行かないのが人生の面白さだ。人間の知恵など限りがある。コダーさまはきっと、我々の思いもよらないすばらしい未来を用意していなさる。それを夢見て、わたしはこの国で生きて行くつもりだ」

「軍師としてのあなたの目に、この連中はどう映りますか?」

「確かにわたしは彼らに軍事を教えた。彼らはまるで砂地が水を吸うように、わたしの教えることを吸収した。その真摯さ、有能さは驚くべきものだ。もうわたしが教えるべきことなどない。彼らはわたしが教えたことに改良を加え、独自の戦法を編み出す。敵の大軍を誘導して分割し、各個に撃破する巧みなやり方には舌を巻いた。なぜこれほどの学習能力があるのか、独創力と意欲があるのか、わたしはむしろそこに驚きと興味を持つ」

「興味深いことを伺いますな。で、その秘密は何だと思われますか」

「オノワンクが自軍の弱さを知っていることだな。弱さを自覚する者は往々にして恐怖のために萎《い》縮《しゅく》し、戦わずして敗北する。弱さを自覚しつつ敵に挑むには、大変な知恵と勇気が要る。彼は弱さの中にこそ勝機を摑もうとする。己の弱さをさらけ出して敵を誘い込み、敵を二進《にっち》も三進《さっち》も行かぬ陥穽《かんせい》に誘い込んで滅ぼす。勝つにしても、その先を見越して節度ある勝ち方を探る。あの自制力は見事だ。彼は常に、どう終わらせるかを考えて戦《いくさ》をしている」

「欠点は何ですか」

「情愛が深過ぎることかな。それが部下の絶大な信頼を生んでいるのだが、同時に舐《な》められる。その例がイレンカシだ。オンニは、あれほどひどい裏切りに遭い、命さえ奪われかけたのに、イレンカシに名誉ある討死をさせてやろうとした。あれは危険な賭けだった。もしあの時、イレンカシを討死にさせられなかったら、ヌペッコルクルは大混乱に陥り、収集がつかなくなっただろう」

「でも、何とかなりましたね。あのお方の情愛には計算が隠れていますよ」

「そうでなければ、将は勤まらない。ウソミナ、シネアミコル、マサリキンなどという男たちが彼を支えていたから、オノワンクもあんな危険な真似ができた。彼らの互いの信頼は鉄よりも強い」

「ウォーシカの撤退戦で、彼が殿《しんがり》を務めたことをどう思われますか」

「殿《しんがり》としての働きぶりは見事だったが、あれほど彼の馬鹿さ加減を露呈した行動もない。将としては考えられない愚行だ。うまくいったからよかったものの、万一敵の矢に射られでもしていたら、全軍が壊滅する。その点、息子を影武者に仕立てて討死させたアカタマリのほうが、軍事の常道としては真っ当だ。オンニに二度とあんな馬鹿な真似をさせてはならない。だが、あれでオノワンクの評価が全エミシ族の中で急上昇したことは確かだから、一面では大成功だったな」

「あなたは、これから何をなさるおつもりですか」

「正直のところ軍人としての仕事は余り好きではない。人を殺すより生かすほうが楽しい。これからは、この連中の中で医者として役立ちたい。ところで、アルサラン、いや、盗賊トヨニッパ、お前はこれからどうするつもりだ。また馬泥棒に戻る気か？」

「もうそれはやめました。ただし、泥棒はやめません」

「けしからぬことを申す。アンガロスが怒るぞ」

「わたしはこれまで大勢のエミシをかどわかして、ウェイサンペに奴隷《ヤトゥコ》として売って儲けて来ました。とうとう罰が当たりましてね、最後に売ったのが何と自分の実の妹だったとは！　今度はウェイサンペに売られたエミシ奴隷《ヤトゥコ》を逆に盗み出し、故郷に連れ戻す仕事をするつもりです。盗賊のわたしにはうってつけの仕事だと思いませんか」

「地獄《ゲーヒンノム》の王《シャー》になる野望は捨てたのか？」

「ロクサーナに叱られました。そんなおぞましい所になど行くな。パラダイダに迎えていただけるようにしろと、散々に言われましてね。そうしようかと思っています」

「それならアンガロスも喜ぶだろう。ヌペック・イコレ！」

カオブエイが笑った。その声に応えるように、坂道の下のほうから人々の叫び声が聞こえた。

「ヌペック・イコレ！」

「ヌペック・イコレ！」


ウカンメ山の北の山裾、別れの場所と決めていた山桜の大木の下に、花嫁姿のカリパとマサリキンが待っていた。見送りの人々の間に青い衣装の美しい女が二人交じっている。カオブエイがオンニの側に寄って何かを囁いた。オンニは嬉しそうに笑い、アルサランとシネアミコルを手招きした。

「アルサラン、トヨニッパという名は捨てたそうだな。それは真《まこと》か」

「はい、きっぱりと捨てました。どうぞ、エミシ同化民《ピリカサンペ》の仲間に加えてください」

「いいとも。お前さんには女房と娘を助けてもらった。大して恩返しもできないが、エミシ同化民《ピリカサンペ》になるというのなら、せめてこれを受けてくれ」

オンニはそう言って、頭に付けた自分の赤鉢巻を外し、それを手ずからアルサランの頭に巻いた。

「もったいない。オンニの鉢巻を、わたくしのような者にくださるとは！」

オンニは、涙を溜めているアルサランの手を取って言った。

「頼みがある」

「何なりと！」

「知っての通り、カリパは生みの親も育ての親も亡くした。花嫁の持参する婚家への進物はヌベッコルクルとして、できるだけの仕度は揃えた。お前はカリパにとっては実の兄、シネアミコルは育ての兄だ。二人で親代わりとして付き添ってくれ。倅《せがれ》ポーはマサリキンに命を救ってもらった。せめてもの恩返しに、婿添《むこぞい》を勤めさせてやりたい。御苦労だが、奴をわしの名代として連れて行ってやってくれないか」

「勿論ですとも。承知致しました。ありがとうございます」

この話を脇で聞いていたマキが、シピラを連れて寄って来た。

「恐れながら」と、美しい声が囁いた。「嫁添《よめぞい》がまだのようでございますね。よろしければ、この者をお使いくださいませ。カリパさんとは大の仲良しです」

押し出されたシピラが、チラリとアルサランに目をやり、なぜか赤くなって俯《うつむ》いた。

「おう、これは願ってもないことだ。よろしければ是非お願いしたい。ところで」と、オンニは側にいるカオブエイ将軍と、その横に慎ましく立つマキを見ながら言った。

「将軍、あなたもこの国に骨を埋めるおつもりなら、いつまでも傍観者的友人の立場に留まり、この儘、独りというのはよくない。心身共に我らの仲間となっていただくには、そろそろ後添《のちぞい》をお世話しなくてはなりませんな。お覚悟あれ」

カオブエイ将軍がマキをチラリと見、年甲斐もなく頬を染めた。


「では行くか」と、オノワンクが寂しそうな笑顔でマサリキンを見詰めた。クマとハルも並んで涙ぐんでいた。レサックがいないのが寂しい。赤髭のシネアミコル、オラシベツのウソミナ、そしてラチャシタエック老人。皆、激戦を生き延びて来た仲間だった。

「オンニ、お呼びがあればすぐに参ります」と、若者が朗らかに答えた。

「お前はよく働いた。この度の戦《いくさ》でお前の果たした役割は大きい。エミシが一万人もの軍勢を集結できたのも空前のことだ。弱さこそが強さの源だということを忘れるな。ふるさとでは家族が待っている。よい子をたくさん授かるように祈るぞ。いつかまた一緒に歌おう」

山桜の木の下に真っ白な牝馬《ひんば》が男衆に手綱を取られて待っていた。赤い手綱と赤い鞍と赤い鐙《あぶみ》で可愛らしく飾られていた。鬣《たてがみ》にまで赤い飾り紐が結ばれている。

「お転婆カリパ、わしからのお祝いだ。受け取ってくれ。名は雪女《ウパシマツ》。わしの乗馬の娘だ」

オンニから手綱を渡されて、カリパが嬉しさに跳び上がった。

「ブヒヒヒヒヒ！」

トーロロハンロクが素っ頓狂な嘶《いなな》きを上げた。この綺麗な牝馬に一目惚れしたらしい。

「トーロロハンロク、まだだ、まだだ！　俺も我慢しているんだ。お前も我慢すべきだ！」マサリキンがギューギュー手綱を引っ張った。その生真面目な顔に、みんなの笑いが弾《はじ》けた。

どこまでも続くコイカトー大湿原が青い空の色を映して輝き、春の花々が一斉に咲き始めていた。

地平線にノンノヌプリの秀峰がくっきりと聳え、白い丹頂鶴の群れがカウカウカウと賑やかな声で鳴きながら、はるかなケセの山々のほうへ飛んで行くのが見える。

新郎新婦の後ろに二人の兄と婿添嫁添役の二人と嫁入り道具を積んだ駄馬が従った。

「皆さん、お世話になりました。またお目にかかる時まで、お元気で！」

「ヌペック・イコレ！」

「ヌペック・イコレ！」

花嫁の乗る白馬の背に、真新しい赤い五絃琴《トンクル》が揺れていた。北国の遅い春、花吹雪がウカンメ山全体を覆って空に舞う、すがすがしい朝であった。

山浦玄嗣

1940年, 東京市大森区山王の生まれ, 生後すぐ岩手県に移住し, 釜石市, 気仙郡越喜来村（現・大船渡市）に育つ. 50年に同郡盛町（現・大船渡市）に移る. 66年, 東北大学医学部卒業. 71年, 医学博士. 81年, 東北大学抗酸菌病研究所助教授. 86年, 故郷の大船渡市盛町で山浦医院を開業. 医師・言語学者・詩人・物語作家. 故郷の大船渡市, 陸前高田市, 住田町, 釜石市唐丹町（旧気仙郡）一円に生きている言葉, ケセン語を探究する. 掘り起こされた, その東北の言語を土台として, 新約聖書を原語ギリシャ語から翻訳した『ケセン語訳新約聖書四福音書』（イー・ピックス出版）を刊行. 2013年には, イエスが生きた時代の, 土と風の匂いが籠もる, 独自の評伝『ナツェラットの男』（ぷねうま舎）執筆.
著書に, ケセン語研究が結実した『ケセン語入門』（共和印刷企画センター, 1989),『ケセン語の世界』（明治書院, 2007),『ケセン語大辞典』（上下, 編著, 無明舎出版, 2000), 詩集『ケセンの詩（うだ）』（1988), 金を産出する故郷の歴史に材をとった物語『ヒタカミ黄金伝説』（共和印刷企画センター, 1991), ケセン語訳聖書の注解書『ふるさとのイエス――ケセン語訳聖書から見えてきたもの』（キリスト新聞社, 2003),『走れ, イエス』（2004),『人の子, イエス――続・ふるさとのイエス』（教文館, 2009), そして福音書の新訳『ガリラヤのイェシュー』（イー・ピックス出版, 2011）これを元にした注解書『イチジクの木の下で』（上・下, イー・ピックス出版, 2015）などがある.
『北の英雄伝 紅の雪原を奔れ, エミシの娘』上の巻は, 2024年4月, ぷねうま舎より刊.

北の英雄伝
紅の雪原を奔《はし》れ、エミシの娘 下の巻

2024年6月25日　第1刷発行

著　者　山浦玄嗣《やまうらはるつぐ》

発行者　中川和夫

発行所　株式会社 ぷねうま舎
〒162-0805　東京都新宿区矢来町122　第二矢来ビル3F
電話 03-5228-5842　　ファックス 03-5228-5843
http://www.pneumasha.com

印刷・製本　真生印刷株式会社

ISBN 978-4-910154-56-5　　Printed in Japan